I0554340

Benito Pérez Galdós

Episodios nacionales V
De Cartago a Sagunto

Barcelona **2024**
Linkgua-ediciones.com

Créditos

Título original: Episodios nacionales V. De Cartago a Sagunto.

© 2024, Red ediciones S.L.

e-mail: info@linkgua-ediciones.com

Diseño de cubierta: Michel Mallard.

ISBN tapa dura: 978-84-1126-377-1.
ISBN rústica: 978-84-9007-317-9.
ISBN ebook: 978-84-9007-233-2.

Cualquier forma de reproducción, distribución, comunicación pública o transformación de esta obra solo puede ser realizada con la autorización de sus titulares, salvo excepción prevista por la ley. Diríjase a CEDRO (Centro Español de Derechos Reprográficos, www.cedro.org) si necesita fotocopiar, escanear o hacer copias digitales de algún fragmento de esta obra.

Sumario

Brevísima presentación

La obra

De Cartago a Sagunto es la quinta novela de la quinta y última serie de los *Episodios Nacionales* de Benito Pérez Galdós.

De Cartago a Sagunto —del levantamiento del cantón de Cartagena a la proclamación de Alfonso XII en Sagunto— es el trayecto que traza Galdós en este episodio, de la mano del peculiar Proteo Tito Liviano. Tras la rebelión de Cartagena, iniciada en el episodio anterior, nos encontramos en Madrid, donde la división irreconciliable de los republicanos entre unitarios y federales lleva a la caída del gobierno Castelar, que dimite tras perder una moción de confianza, seguida del golpe de estado del general Pavía, con invasión de Cortes incluida. Estamos en 1874, año en que se reactiva la Tercera Guerra Carlista. Galdós, decepcionado por la frustrante aventura republicana, se muestra escéptico a través de su alter ego ante los acontecimientos que relata. El protagonista, tras asistir al levantamiento de Cartagena, es testigo en Madrid de la caída de la república y del asalto al congreso por la guardia civil. Nuestro protagonista está en esta novela liado con una nueva mujer, Chilvistra, otro extraño personaje femenino que le ocasiona multitud de disgustos, en una clara equiparación con los que la propia España le ocasiona a Galdós. Tito asistirá a la sangrienta represión de las tropas carlista en Cuenca, pero la acción, aunque lo anuncie el título de la novela, no llegará hasta Sagunto.

I

Arriba otra vez, arriba, Tito pequeñín de cuerpo y de espíritu amplio y comprensivo; sacude la pereza letal en que caíste después de los acontecimientos ensoñados y maravillosos que te dieron la visión de un espléndido porvenir; vuelve a tu normal conocimiento de los hechos tangibles, que viste y apreciaste en la vida romántica del Cantón cartaginés, y refiérelos conforme al criterio de honrada veracidad desnuda que te ha marcado la excelsa maestra *Doña Clío*. Abandona los incidentes de escaso valor histórico que han ocurrido en los días de tu descanso soñoliento, y acomete el relato de las altas contiendas entre cantonales y centralistas, sin prodigar alabanzas dictadas por la amistad o el amaneramiento retórico.

Obedezco al amigo que me despabila con sacudimiento de brazos y tirones de orejas, cojo mi estilete y sigo trazando en caracteres duros la historia de estos años borrascosos en que, por suerte o por desgracia, me ha tocado vivir. Lo primero que sale a estas páginas llegó a mi conocimiento por los ojos y por el tacto: fue la moneda que acuñaron los cantonales para subvenir a las atenciones de la vida social. Consistió la primera emisión en duros cuya ley superaba en una peseta a la ley de los duros fabricados en la Casa de Moneda de Madrid. Las inscripciones decían: por el anverso, *Revolución Cantonal. —Cinco pesetas*; por el reverso, *Cartagena sitiada por los centralistas. —Septiembre de 1873*.

Elogiando yo la perfección del cuño ante los amigos don Pedro Gutiérrez, Fructuoso Manrique, el brigadier Pernas y Manolo Cárceles, éste, con su optimismo que a veces resultaba un tanto candoroso, me dijo: «Fíjese el buen Tito en que ese trabajo lo han hecho los buenos chicos que en nuestro presidio sufrían cadena por monederos falsos.» Puse yo un comentario a esta declaración, diciendo que los tales artífices fueron maestros antes de ser delincuentes, que en la prisión afinaron su ingenio, y que la libertad les habilitó para servir a la República con diligente honradez, cada cual según su oficio. «Así es —dijo Cárceles—, y da gusto verles por ahí tan tranquilos, sin hacer daño a nadie, procurando aparecer como los más fieles y útiles auxiliares del naciente *Anfictionado español*.» Antes de la emisión de la moneda se pagaban los servicios con cachos de plata que luego se canjearon por los flamantes y bien pronto acreditados duros de Cartagena.

En los mismos días me enteré por los amigos de la nueva organización que se había dado a los altos Poderes Cantonalistas. Dimitió el Gobierno Provisional, incorporándose a la Junta Soberana, que se fraccionó en las siguientes Secciones: *De Relaciones Cantonales*: Presidente Roque Barcia, secretario Andrés de Salas. —*De Guerra*: Presidente general Félix Ferrer, secretario Antonio de la Calle. —*De Servicios Públicos*: Presidente Alberto Araus, secretario Manuel F. Herrero. —*De Hacienda*: Presidente Alfredo Sauvalle, secretario Gonzalo Osorio. —*De Justicia*: Presidente Eduardo Romero Germes, secretario Andrés Lafuente. —*De Marina*: Presidente brigadier Bartolomé Pozas, secretario Manuel Cárceles Sabater. Los cargos de presidente y secretario de estas Secciones equivalían a los de ministro y subsecretario de los diferentes ramos.

Sin puntualizar una por una las diversas expediciones marítimas que efectuaron los barcos insurgentes a fines de septiembre, procuro corregir mi deficiente sentido cronológico y me apodero de algunas fechas, claveteando en mi memoria la del 24 porque ella señala mi nada lucida incorporación a la escuadra que fue al bombardeo de Alicante con las miras que fácilmente supondrá el lector. Mi amigo Cárceles, que se empeñaba en hacer de mí una figura heroica, me metió casi a empujones en el *Fernando el Católico*, vapor de madera, inválido y de perezosos andares, el cual iba como transporte llevando gente de desembarco ganosa de probar en una plaza rica la fortaleza de su brazo y el largor de sus uñas. Al conducirme a bordo, Cárceles puso en mi compañía para mi guarda y servicio a un presidiario joven, simpático y hablador, que desde el primer momento me cautivó con su amena charla y la variedad de sus disposiciones. Antes de bosquejar la figura picaresca de mi adlátere y edecán, os diré que el Cantón creyó deber patriótico cambiar el nombre del barco en que íbamos, pues aquello de *Fernando,* con añadidura de *el Católico*, conservaba el sonsonete del destruido régimen monárquico y religioso. Para remediar esto buscaron un nombre que expresase las ideas de rebeldía triunfadora, y no encontraron mejor mote que el estrambótico y ridículamente enigmático de *Despertador del Cantón.*

A la hora de navegar en el *Despertador*, mi asistente o machacante hizo cuanto pudo para mostrarse amigo, refiriéndome con donaire su corta y patética historia. Resultó que hacía versos. En su infancia se reveló sacando de su cabeza coplas de ciego; luego enjaretó madrigales, letrillas y algunas composiciones de arte mayor que corrían manuscritas entre el vecindario de su pueblo natal, la villa de Mula. Por algunos trozos que me recitó comprendí que no le faltaban dotes literarias, pero que las había cultivado sin escuela ni disciplina... Casó muy joven con moza bravía; surgieron disgustos, piques, celeras, choques violentísimos con varias familias del pueblo. Cándido Palomo, que tal era su nombre, alpargatero de oficio y en sus ocios poeta libre, llegó una noche a su casa con el firme propósito de matar a su mujer; mas tuvo la suerte de equivocarse de víctima y dio muerte a su suegra, que era la efectiva causante de aquellos líos y el impulso inicial de la tragedia. Cuando Palomo entró en presidio compuso un poema lacrimoso relatando su crimen y proceso. Aunque plagado de imperfecciones, el poético engendro me recordó el libro primero de *Los Tristes* de Ovidio y aquel verso que empieza *Cum repeto noctem*...

Con estas y otras divertidas confidencias de aquel ameno galopín, que también repitió una letrilla y un romance burlesco que había dedicado a cantar las malicias de su suegra días antes de despacharla para el otro mundo, entretuvimos las horas lentas de la travesía, terminada a las nueve y media de la noche frente a la ciudad del turrón, la dulce Alicante. El primer cuidado del caudillo cantonal que nos mandaba (y juro por la laguna Estigia que no sé quién era) fue notificar a los cónsules que si la plaza no aprontaba buena porción de víveres y pecunia, conforme al truculento *ultimátum* formulado en viajes anteriores, comenzaría el bombardeo al amanecer... Llegado el momento, colocadas en orden de batalla las naves guerreras con nuestro *Despertador* a retaguardia, intervino el Almirante de una escuadra francesa surta en aquellas aguas, logrando con hábil gestión humanitaria que se aplazase el bombardeo cuarenta y ocho horas. Pusiéronse a buen recaudo los vecinos pacíficos de Alicante, y el Gobierno Central, representado allí por mi amigo Maisonave y por un general cuyo nombre no figura en mis anotaciones, se preparó para la defensa.

A las seis de la mañana del 27 rompieron el fuego las fragatas *Numancia*, *Tetuán* y *Méndez Núñez* con pólvora sola, y como no izase Alicante bandera de parlamento se hicieron disparos con bala contra el castillo y la ciudad. El castillo, visto desde la mar, parecíame asentado en la cima de un alto monte de turrón, deleznable conglomerado de avellanas y miel. A pesar de estas apariencias, nuestros proyectiles no hicieron allí estrago visible. En la plaza advertimos señales de gran sufrimiento, y las balas que de allá nos venían apenas rasparon el blindaje de nuestra *Numancia*. Como tampoco sufrieron deterioro las inservibles carracas *Tetuán* y *Méndez Núñez*, envejecidas e inútiles en plena juventud, no pude ver en aquella militar función más que un juego de chicos o un bosquejo parodial de página histórica, para recreo de gente frívola que se entusiasma con vanos ruidos y parambombas.

Cinco horas duró el simulacro, disparando nosotros ciento cincuenta proyectiles que debieron de ser pelotas de mazapán. Total, que Alicante no dio un cuarto y que nos marchamos con viento fresco, llevando a la mar la jactanciosa hinchazón de nuestras fantasías. Mientras nosotros navegábamos hacia Cartagena, ufanándonos de haber impuesto duro castigo a la plaza centralista, las autoridades de ésta telegrafiaban a Madrid extravagantes hipérboles del daño que nos habían causado: según ellas, la obra muerta de nuestras naves estaba hecha pedazos y las cubiertas sembradas de cadáveres; en tierra, don Eleuterio y el general, cuyo nombre sigo ignorando, habían afrontado el bombardeo con espartano heroísmo. Por una parte y otra era todo pueril vanidad y mentirosas grandezas para engaño de los mismos que las propalaban.

En el viaje de regreso hice amistad con otro galeote, llamado de apodo *Pepe el Empalmao* por la desmedida talla de su cuerpo flaco y anguloso. Aprovechando un rato en que mi machacante subió a cubierta, dejándonos en el primer sollado, me dijo que la bravía mujer de Palomo, guapa de suyo y mejorada en sus atractivos por los afeites y pulidas ropas que a la sazón gastaba, hacía en Cartagena vida libre, requiriendo el trato de señores ricos en casas discretas cuyas paredes eran reservado encierro del escándalo. Añadió que si yo quería verla y juzgar por mí mismo su buen apaño de rostro y hechuras, él no tendría inconveniente en llevarme a donde pudiese encontrarla. El pobre Cándido conocía el aprovechado mariposeo con que su mujer se ganaba la vida; visitábala alguna vez; pero ella con buenas o malas razones, según el viento o el humor reinantes, le apartaba de su lado, dándole algunos dineros que eran el mejor específico para que el marido se curase del molesto afán de sus visitas. Comprendí que *Pepe el Empalmao* era un sutil rufián y le prometí aceptar sus buenos servicios, tan necesarios, como dice Cervantes, en toda república bien ordenada.

Retirado de mi presencia *El Empalmao* por accidentes del servicio, volvió junto a mí Cándido Palomo, al cual le faltó tiempo para brindarme sabrosos apuntes históricos de su camarada. José Tercero, que tal era el nombre del rufián, había ido a comer el bizcocho y el corbacho del presidio por ejercer con demasiada sutileza las artes de corrupción, asistido de una mala hembra, llamada por mal nombre *Marigancho*, que purgaba sus delitos en la Galera de Alcalá de Henares... Dejo a un lado a éste y otros prójimos de interesante psicología, para seguir desenredando la madeja histórica. La Junta Soberana resolvió canjear con el comercio, por artículos de comer, beber y arder, gran copia de materiales existentes en el Arsenal y fortificaciones: bronces, hierros, maderas finísimas, y cuanto no tenía inmediata eficacia para la defensa de la plaza. Acordó además la Junta reforzar la guardia de la fábrica de desplatación y amenazar a varios industriales, entre ellos al marqués de Figueroa, con el embargo de sus bienes si no pagaban a la Aduana, en el término de cuatro días, los derechos de Arancel por la importación de carbón y otros efectos.

Continuaron aquellos días las salidas por mar y tierra. Resistí a las sugestiones de Gálvez para que le acompañase en una expedición que hizo a Garrucha con el *Despertador* y la fragata *Tetuán*. Creí más divertido para mí, y más eficaz para la misma Historia, salir por las calles de la ciudad con mi amigo *El Empalmao* a la fácil conquista de Leonarda Bravo o *Leona la Brava*, como vulgarmente llamaban en Cartagena a la mujer de Palomo. Pronto la encontramos, que para llegar a la gruta de tal Calipso no era menester larga exploración por tierras desconocidas. En una casa recatada y silenciosa, medianera con la vivienda y taller de las tres muchachas retozonas amigas de Fructuoso, recibió mi visita. Era una mujer bonita y fresca, bien aderezada para su oficio, cariñosa en el habla y modos, como a sus livianos tratos correspondía.

Nada advertí en *Leona* que justificara su fama de braveza. A mis preguntas sobre esto me contestó que la ferocidad de su genio habíala mostrado tan solo en el tiempo que hizo vida conyugal con Palomo, por ser éste un terrible celoso atormentador y un carácter capaz de apurar y consumir a la misma paciencia. Pero que recobrada la libertad, y respirando el libre ambiente del mundo para vivir del beneficio que su propio mérito y gracias le granjeaban, se había trocado de leona furibunda en oveja mansísima. Ni fue corta ni desabrida mi visita, sino, antes bien, larga y placentera.........

No sé si en los medios o en el fin de nuestra accidental intimidad, *Leona* me dijo que no vivía donde estábamos sino en la parte alta de Santa Lucía. Oyendo esto acordeme de la famosa fragua mitológica y de la escuela de Floriana. A mis preguntas, sugeridas por el recuerdo de aquellos lugares, contestó la moza que existía la fragua, que el patinillo era secadero de una tintorería y la escuela depósito de cosas de barco. Las maestras puercas y legañosas que allí daban lección a los chicos harapientos del barrio, se habían largado a otra parte. Esto avivó mi curiosidad y el deseo de reconocer aquellos lugares, y pidiendo permiso a *La Brava* para visitarla en su vivienda, nos despedimos hasta una tarde próxima.

II

Que la Junta Suprema de Cartagena autorizase una función dramática en el teatro Principal, representándose *Juan de Lanuza* y destinando los productos a los Hospitales, no merece largo espacio en estas crónicas. Tampoco debo darlo a la expedición de Gálvez a Garrucha, extendiéndose a Vera y Cuevas de Vera, donde tuvo lucido acogimiento y pudo afanar dinero y provisiones de boca. La repetición de estas colectas a mano armada las priva de interés en el ciclo cantonal.

Mejor alimento, lector voraz, siquiera sea de golosinas, te doy contándote que guiado por mi embajador venustino José Tercero fui a visitar a *La Brava* en el altillo de Santa Lucía. Entramos a la vivienda de la moza por la fragua de marras, en la que forjaban clavos unos vulgarísimos y tiznados herreros, que ni la más remota semejanza tenían con los gallardos alumnos de Vulcano, y menos con el Titán hermosísimo en quien los ojos de mi fantasía vieron al creador de mil hijas de recia voluntad.

Pasamos de allí al patinillo, donde unas mujeres con las manos carminosas ponían al Sol madejas de estambre recién teñido de colorado. Entramos luego en lo que fue escuela, y vi el local repleto de barriles de alquitrán, de viejas lonas y de montones de la filástica que se usa para calafatear las

14

embarcaciones. Ni rastro hallé de objetos escolares. ¡Y pensar que allí se me representó en carne viva la ideal Floriana, educadora de pueblos, virgen y madre de las generaciones que han de redimirnos! ¡Qué cosas vio mi espíritu en aquel mísero aposento, y qué divinos embustes imaginó, pintándolos en la retina, el caldeado cerebro de este antojadizo historiador!

Introdújome Tercero en un angosto pasillo, que era pórtico de humildes viviendas numeradas. En la salita de una de éstas encontré a Leonarda con el cabello suelto, en compañía de una mujer que no era peinadora sino maestra, y que a mi amiga estaba dando lección de escritura. *La Brava*, con los dedos tiesos, llenos de tinta y torcida la boca, hacía tembliqueantes palotes, poniendo en ello toda su alma. La maestra, con dulce paciencia, guiando la mano de su discípula, la corregía y amonestaba... Pásmate, lector incrédulo, y abre tamaños ojos al saber que en la profesora reconocí las facciones de *Doña Caligrafía*, ya envejecidas y deslustradas cual si hubiera pasado medio siglo desde que la vi o creí verla en la compañía y séquito de la ideal Floriana.

Deseosa de hablar conmigo, *Leona* suspendió la lección, despidiendo a la momificada pendolista y a Pepe *el Empalmao*. Sin más ropa que la camisa y una holgada bata de colorines; sin corsé, los desnudos pies en chancletas, suelto el negro cabello abundante, Leonarda ponía la menor veladura posible entre sus corporales hechizos y los ojos del visitante. Afectuosa y comunicativa, me habló de esta manera:

«Veo que te asombras de que ande yo en estos jeribeques de la escritura. Pues sabrás que no me contento con ser lo que soy al modo rústico y ordinario. Me enloquece la ambición. Desde que me metí en este vivir *arrastrao*, la mirilla en que tengo puestos los ojos de mi alma es Madrid... Quiero *dirme* a la Corte, donde podré ser mujer alegre con más aquél que aquí, luciendo y aprovechando lo que Dios me ha dado... Comprenderás, querido Tito, que no puedo ir hecha una burra, pues entonces no me saldría la cuenta, que aquél no es un público de patanes sino de personas principales y de posibles. Yo sabía leer a trompicones, y ahora esta pobre maestra que aquí has visto, vecina mía, por dos reales que le doy un día sí y otro no me enseña la lectura de corrido, y además me da lección de escritura, empezando por tirar de palotes que es muy duro ejercicio... Pienso yo que la ilustración es necesaria aun para las que andamos en tratos... ya me entiendes... En Madrid haré vida de libertad, pero mirando a lo elegante y superfirolítico. Como en ello están todos mis pensamientos, pongo gran atención en el habla de los señores con quienes una noche y otra noche tengo algo que ver, y cuantas palabritas o frases les oigo, que a mí me parecen finas, las atrapo y me las remacho en la memoria para soltarlas cuando vengan a cuento. Ya sé decir: *a tontas y locas, de lo lindo, en igualdad de circunstancias, partiendo del principio, permítame usted que le diga, mejorando lo presente, tengo la evidencia, seamos imparciales, bajo el prisma, bajo la base...*»

Discretísimo y práctico me pareció el anhelo de aquella pobre criatura, que no sabiendo salir de su esfera mísera trataba de ennoblecerla y darle asomos de dignidad. Felicité sinceramente a *La Brava*, incitándola a que se esmerase en engalanar con flores, siquiera fuesen de trapo, el camino vicioso que había de seguir, siempre que su destino no le marcara otro mejor aunque menos bonito. Puso ella a sus confidencias el remate de esta profecía: «Con lo poquito que ya sé, y lo que he de aprender, no será difícil que en Madrid me salga un marqués viejo, rico, baboso, a quien yo pueda manejar como un títere, que me ponga casa elegante, con alfombras y cortinones de seda, y me vista con toda la majeza del siglo. *Pa* entonces tendré coche y me pasearé muy repantigada por las alamedas que llaman el Retiro y la Fuente Castellana...» Después de esto vino la peinadora. Del tiempo transcurrido desde la operación de aderezarse la hermosa cabellera hasta que se puso a almorzar un excelente arroz con pescado, no debo decir nada a mis lectores, pues la tela de la Historia tiene dobleces impenetrables.

Vestida y calzada salió Leona conmigo al patinillo, donde vimos un sujeto en mangas de camisa, lavándose la cara en una pobre jofaina de latón. Mi amiga le saludó risueña, como a vecino que en uno de los cuartos de aquella humilde casa moraba. Apartándonos de él para dejarle fregotearse a sus anchas las orejas y el pescuezo, *La Brava* me dijo: «Este tipo es otro presidiario suelto a quien sus compañeros de *gurapas* llamaban *don Florestán de Calabria*, y por este remoquete le conoce todo Cartagena. Es noble, según dice, y desciende de príncipes napolitanos. Vino a cumplir condena de seis años por enmiendas que hizo al testamento de una tía suya. Es hombre de historias, de lenguas, y tan *périto* en la escritura que no hay letra ni rúbrica que no imite.»

Al llegarnos otra vez a *don Florestán*, ya estaba el hombre frotándose las orejas con una toalla no muy limpia. Era un cincuentón de mediana estatura, cabeza romántica del tipo usual allá por el 45, ahuecada melena, bigote y perilla corta como los que usaron Espronceda y los Madrazos. Presentado a él por *Leona*, que le dio el nombre de *Florestán*, me dijo estrechándome la mano: «Ya le conocía a usted de vista y por su fama de historiador, señor don Tito. Mucho gusto tengo en ser su amigo; pero sepa ante todo que ese nombre que me ha dado doña Leonarda es broma de compañeros maleantes. Yo me llamo *Jenaro de Bocángel*, y mi linaje está entroncado con la nobleza española de Nápoles y Sicilia. ¿Habrá usted oído hablar de los duques de Amalfi? Pues de ellos vengo yo por la rama paterna; con los ilustrísimos Marqueses de Taormina, residentes en Palermo, estaba emparentada mi madre, doña Celimena de Silva; y no falta en mi sangre algún glóbulo procedente de la clarísima estirpe de los Escláfanis de Siracusa. Algo más de mi persona y familia, así como de los vaivenes de mi existencia, he de contarle a usted... Antes le pido permiso para volver a mi aposento y arreglarme un poco, pues no está bien que los caballeros se presenten ante sus iguales con este desaliño de andar por casa. Hasta luego.»

Entró corriendo en su vivienda el tronado caballero. Mi amiga y yo nos quedamos riendo de su estampa fachosa y de sus hinchazones nobiliarias. Díjome *La Brava* que *don Florestán* era un infeliz de buena pasta y corazón muy tierno, a pesar de haber cometido el desliz de aquellas endiabladas escrituras que dieron con sus huesos en el *estaró*. Apenas transcurrido un cuarto de hora, que invertí dando a *La Brava* lecciones de lenguaje finústico, reapareció *don Jenaro de Bocángel* abrochándose un levitín raído, con visos de ala de mosca. El chaleco de colorines y el pantalón veraniego mostraban a la legua los ultrajes del tiempo. Las botas eran de charol deslucido y cuarteado, torcidos tacones y grietas que pronto serían ventanas; la camisa sin almidón; la corbata de color de rosa, anudada con esmero y arte. En el corto tiempo que consagró a su aliño, tuvo espacio Bocángel para peinar y alisar su melena coquetona, para darse un poquito de negro humo en las canas del bigote y un toque de rosicler barato en las mejillas.

Pegando la hebra cortésmente en nuestra charla, *don Florestán* me dijo: «Si como parece escribe usted los grandes anales de este Cantón que tanto da que hablar al mundo, seguramente tendrá que ocuparse de mí. Pues allá van datos de este aristócrata perseguido inicuamente por haber tomado como buen caballero la defensa de la bondad y la rectitud. Me soltaron de las prisiones no por la clemencia sino por la justicia, que nunca debieron traerme a padecer entre ladrones y asesinos. No fui criminal: fui amparador de los menesterosos, abogado de la verdad, adalid del derecho. No me arrepiento de lo que hice, sino que de ello estoy muy orgulloso, pues si mi tía doña Silvia Menéndez de Bocángel procedió criminalmente privando del usufructo de sus riquezas a los parientes más próximos, yo, Jenaro de Bocángel y de Silva, en representación de toda la parentela pobre, salí a la palestra jurídica inspirado por Dios y por todas las leyes divinas y humanas. No cerré contra la injusticia armado de espada y lanzón. Mis armas fueron una pluma bien cortada y el buril de la navajita con que grabé la figura y lemas de varios sellos en la blandura de una patata. Resultó un codicilo que tuvo en confusión al tribunal por largo tiempo... Fui vencido; la sociedad, que es muy perra y muy ladrona, me destrozó con las garras de sus infames escribanos y leguleyos. Y no contenta con deshonrarme, me encerró en presidio por seis años. Pero el varón justo no se acobarda ante la adversidad, y aquí me tiene usted decidido a defender el derecho de los humildes contra la soberbia y egoísmo de los poderosos endiosados. Sostengo y sostendré que mi tía doña Silvia fue una solemne bribona legando sus riquezas a una piara de frailes inmundos y de monjas idiotas y puercas... Conque... Aquí tiene usted, señor mío, un tema tan admirable que si lo campanea en su Historia, como sabe hacerlo, resonará en todas las naciones de Europa, Asia, África y América.»

Respondile socarronamente que trataría el asunto con entusiasmo, poniendo en el mismo cuerno de la Luna la abnegación y valentía del caballero don Jenaro de Bocángel. Añadí que necesitando para llevarle a mis historias un conocimiento fiel de la vida y costumbres del personaje, de sus medios de existencia, de sus trabajos o quehaceres, le pedía licencia para estar en su compañía algunos ratos. Él, con júbilo y cortesanía, me respondió de esta manera: «No saldré en toda la tarde, ni a prima noche. A su disposición me tiene para cuanto guste indagar acerca de mí. No le ruego que me acompañe a la mesa porque ya sé que almorzó con Leonardita; además mi comida es tan sobria que sería penitencia demasiado dura para una persona como usted: un platito de cocido, tres o cuatro ciruelas y un vaso de vino de Alicante. Vivo ¡ay!, en estrechez indecorosa con dos pesetas diarias que me pasan unos parientes de Madrid.»

Deseosa *La Brava* de emprender su ronda vespertina por las calles alegres de la metrópoli cantonal, se despidió de nosotros hasta la noche, y yo me metí con don Jenaro en la mísera covacha donde escondía su degenerada grandeza. Después que devoró con famélicas ansias el comistraje que le sirvió una mujer desgreñada y andrajosa, mostrome el caballero un montón de cartas recibidas de Madrid y las contestaciones que él había ya medio escrito. Díjome que se consagraba exclusivamente al magno asunto de humanidad y justicia por el cual había roto lanzas en la ocasión que motivó la execrable sentencia. Hasta morir seguiría luchando, y esperaba que un triunfo glorioso coronase al fin sus trabajos y horrendo sacrificio. Entre varias cartas me leyó una que dijo ser de una prima suya, señora linajuda que de su dorada opulencia había descendido a la triste condición de patrona de huéspedes de a tres pesetas.

De los trozos de cartas leídos, el más extraordinario, peregrino y despampanante fue éste: «Ya puedo asegurar que antes de fin de año se proclamará en Madrid el Cantón que llaman *Carpetano*, centro y cabeza, según me ha dicho mi sobrino Policarpo, de los demás Cantones de la España. Entonces, Jenaro de mi vida, será la nuestra. Porque tú con tus influencias y Policarpo con las suyas, que no son flojas, echaréis por tierra esas leyes inhumanas que nos han despojado de lo nuestro para dárselo a la mano muerta, como tú dices, o a la mano demasiado viva y sucia, como digo yo... Castelar está dado a los demonios. Ve venir el Cantón y no le llega la camisa al cuerpo. Mi opinión es que si este papagayo quiere hacerse cantonalista, para seguir en candelero, debéis mandarle a escardar cebollinos.»

Después de celebrar con ditirambos de júbilo estas graves noticias, sin poner en duda su certeza, agregó Bocángel que no era de su gusto el nombre de *Carpetano* con que los madrileños querían bautizar el nuevo Cantón. Mejor sería llamarle *Mantuano*, voz que se acomodaría fácilmente al criterio del vulgo... En el curso de nuestra conversación me mostró luego el de *Calabria* ejecutorias de familia de los siglos XVII y XVIII, escritas en lengua italiana y fechadas en Palermo. A pesar de lo rancio del papel y de lo arcaico de la escritura, no creo pecar de malicioso diciendo a mis lectores que en los tales documentos había puesto su hábil mano el propio *don Florestán*, insuperable calígrafo según pude apreciar por las diferentes obras de su pluma que pasaron ante mis ojos... Dejéle al fin en su febril tarea epistolar, doliéndome de la incurable vesania de aquel pobre hombre, más digno de los cuidados de una casa de orates que de los rigores del presidio.

Volvime al centro de la ciudad en busca de alguna noticia sustanciosa o siquiera chismes políticos dignos de ser contados. Cerca del Arsenal me encontré a Fructuoso Manrique y al cartero Sáez, por los cuales supe que los vigías del puerto señalaban hacia poniente tres barcos de gran porte que, según creencia general, eran de la escuadra centralista mandada por el contralmirante Lobo. Así en el Arsenal como en las calles de la población advertí que pueblo y Milicias ardían en entusiasmo ante la proximidad de una naval refriega con los buques del Gobierno, a los cuales pensaban derrotar y destruir precipitando sus despojos en las honduras del reino de Neptuno. Cené con Alberto Araus, ministro de *Servicios Públicos* (léase Fomento), el cual participaba del general furor y bélico optimismo, anhelando *la más alta ocasión que vieron los pasados siglos y esperan ver los venideros*. A este propósito dijo: «En el nuevo Lepanto nosotros seremos la Cristiandad y ellos la bárbara Turquía.»

Al retirarme a mi fonda encontré a *La Brava* que iba de vuelta para su casa. Acompañela hasta la plaza de la Merced, y sentados en un banco charló conmigo de cosas diferentes, entreverando estas donosas consultas: «Tú que eres tan sabio, don Tito, dime: ¿qué significa *inocular*?... Explícame también qué quieren decir estas palabritas: *bajo el punto de vista económico...*» Con toda la claridad posible contesté a sus preguntas, y ella me dijo: «Yo me pensé que *económico* y *economía* eran cosa de ahorrar; y eso bien lo entiendo, que ahorrando estoy y todos los días meto en una media lo que me sobra. Así voy *ajuntando* para mi *mantencion* en Madrid hasta que se me arregle el negocio. Por tu salud, Tito mío, no digas nada a nadie, que si se entera ese granuja de Cándido será capaz de ir tras de mí y darme la gran desazón... Yo te aseguro que *Leona la Brava* dará que hablar en los Madriles. Y ahora te suplico que mientras esté en Cartagena me des lección en todo lo tocante a palabras finas, modos de saludar, de comer, de presentarse ante la gente, con los toquecitos de gracia, chispa y salero que allí se estilan entre personas que a un tiempo son alegres y de buena educación. Enséñame todo esto, que ya te pagaré el favor algún día en *parné* del mejor cuño.»

Prometile ser su catedrático, siempre que ella se corrigiera de emplear en la conversación dicharachos flamencos, y ella me dijo: «Por la gloria de tu madre, Titín, pégame un *cate* siempre que me oigas decir alguna de esas porquerías. Me propongo que no salgan de mi boca, y se me escapan por la fuerza de la costumbre. ¡Estará bueno que en Madrid, cuando me vea con personas bien habladas, suelte yo un *diquelar*, un *mangue*, un *cangrí*...! Ten por seguro que la ambición de esta borrica que quiere afinarse ha de ir muy lejos. Ya me estoy viendo entre medio de *tantismo* señorío. Me gustaría mucho trincar a uno de esos marimandones que llaman hombres públicos, y embobarle de tal modo que no se atreva a respirar sin mi licencia. Yo le daría la mar de consejos, señalándole las teclas que habían de tañer para gobernar al pueblo con decencia y justicia, con lo cual, figúrate, vendrían a bailarme el agua todos los lambiones de la Política, saldría mi nombre en los papeles y me daría más charol que un *dichabaró*. ¡Ay, se me ha escapado! Pégame, Tito. *Dichabaró* quiere decir gobernador.»

No sigo relatando la evolución de esta *lumia*, que quería elevarse de un salto en la escala social, porque otros hechos que parecen traer médula histórica requieren mi atención. A las siete de la mañana del 11 de octubre salieron de Cartagena las fragatas *Numancia*, *Méndez Núñez*, *Tetuán* y el vapor *Fernando el Católico* (*Despertador del Cantón*), haciendo rumbo hacia cabo de Palos en busca de la escuadra centralista, compuesta de las fragatas *Vitoria*, *Almansa*, *Navas de Tolosa*, *Carmen*, las goletas *Prosperidad* y *Diana*, y los vapores Cádiz y Colón, al mando del contralmirante don Miguel Lobo.

III

Subime a Galeras para ver la función, que por las trazas había de ser imponente, aunque ninguna de las dos escuadras era digna de tal nombre, pues cada una contaba tan solo con un barco de combate. En realidad, el duelo se entablaba entre la *Numancia* y la *Vitoria*. Los demás buques eran unas respetables *potadas* que no servían más que para hacer bulto. Ni con ayuda de los buenos catalejos del castillo pude ver gran cosa; pero como el cartero Sáez y algunos de los Voluntarios y soldados de la fortaleza tenían ojos de águila, con lo que ellos me contaron y lo poco que yo pude distinguir aderezo mi relato en la siguiente forma:

Eran las doce próximamente cuando la *Numancia* se separó más de una milla de sus inválidas compañeras, y a toda máquina se coló en medio de los barcos centralistas. Luchó sola contra los buques de Lobo, que la rodearon disparando sobre ella todos sus cañones. Mas era tal la pujanza de la fragata, cuyo nombre se inmortalizó en la guerra del Pacífico, que salió ilesa de aquella embestida temeraria. Hizo nutrido fuego con sus baterías de babor y estribor, y rompiendo el cerco viró con rapidez, sin cesar en sus disparos.

Llegaron después al combate las apreciables carracas *Méndez Núñez* y *Tetuán*, y la *Vitoria* dispuso sus garfios de abordaje intentando hacerse con la más próxima, que era la segunda. Ésta disparó sus andanadas con brío, causando algún estrago en la cubierta de la *Vitoria*, la cual, teniendo que acudir en auxilio de sus compañeras centralistas a las que seguía cañoneando la *Numancia*, no pudo realizar el abordaje ni hacer cosa de provecho. El vapor-goleta *Cádiz* izó bandera de parlamento cuando uno de sus tambores fue destrozado por los disparos de la *Numancia*. La *Carmen* y la *Navas de Tolosa* sufrieron bastantes averías, y como por nuestra parte la *Tetuán* y la *Méndez Núñez* habían agotado sus escasas fuerzas, quedó concluso el combate poco después de las dos de la tarde. Los barcos cantonales pusieron proa a *Cartago Espartaria*, y Lobo se retiró mar afuera.

Se me olvidó decir, para terminar la descripción de aquel Lepanto en zapatillas, que a bordo de la *Numancia* iba el general Contreras, y en las demás naves del Cantón varios individuos de la Junta Soberana. Desde Galeras vi que al llegar al puerto los combatientes se les hacía un recibimiento loco, con gran algazara de vítores, aplausos y otras demostraciones, cual si volvieran de un Trafalgar al revés trayendo la cabeza de Nelson. Estos ruidos de la pasión local y del entusiasmo sectario son la música inevitable que ameniza nuestras civiles contiendas por un sí o por un no... Luego supe que los cantonales traían cinco muertos, entre ellos don Miguel Moya, vocal de la Junta Suprema o Soberana.

En el tiempo que estuve en el castillo de Galeras hice amistad con un hombre muy avispado, cuyos ojos suplieron a los míos en la visión del lejano combate. Su vista superaba a la de las gaviotas, y todo lo refería como si los objetos se acercasen hasta ponerse a tiro de fusil. El mismo me reveló con donosa franqueza, su condición de presidiario, diciéndome que la condena había sido por diez años, y que solo le faltaban meses para cumplirla cuando el Cantón le puso en libertad. De las causas que motivaron su encierro no me dijo nada ni osé yo preguntarle. Era de buen talle y agradable presencia, uno de esos hombres de naturaleza tan peregrina que a los sesenta años conservan una dulce jovialidad y el contento de vivir. Sus canas se armonizaban con sus ojos azules de expresión bondadosa, y su palabra era fácil, serena y de perfecto casticismo en la dicción. David Montero, que así se nombraba, había ejercido antes de su delito la profesión de mecánico, dedicado casi exclusivamente a la compostura y arreglo de instrumentos de náutica. Tal era en el Departamento la fama de su habilidad, que tuvo siempre la tienda llena de sextantes, octantes, brújulas, barómetros aneroides, y no faltaban cronómetros, pues era también consumado relojero. Apurábanle sus clientes, y él, infatigable, a duras penas cumplía aumentando las horas de trabajo.

Cuando bajábamos del castillo, David me contó que al entrar en prisiones, otros mecánicos vinieron a suplirle, estableciéndose en Cartagena. Él, en tanto, logró con su buena conducta que el jefe del presidio le consintiera montar un reducido taller en las estancias altas del penal, con lo que alivió la pesadumbre del ocio y la tristeza, granjeándose algunos dineros para mejorar las condiciones materiales de su vida.

Al despedirnos en la Plaza de las Monjas ofreciome su casa, situada en lo más alto de la ciudad, no lejos de la vieja iglesia románica. Díjome que gustaba de vivir lo más cerca del cielo, pues con la libertad le habían entrado aficiones astronómicas. Prometí visitarle para conocer sus nuevos estudios... A poco de separarme de él para ir al Ayuntamiento encontré a *Pepe el Empalmao*, el cual me dijo que David Montero fue condenado por dar alevosa muerte a su manceba y a una *guaja* con quien la sorprendió en malos pasos.

El entusiasmo de Cartagena por el primer choque naval continuó con hervor creciente en los días sucesivos. El 14 de octubre, la Junta Soberana acordó un plan de combate: *luchar hasta vencer o quedarse sin un barco*, según la espartana frase de la *Gaceta* del Cantón. En la mañana del 15 salió la escuadra en busca de los barcos de Lobo, que se hallaban a la vista. A retaguardia, en el famoso *Despertador*, iban el bíblico Roque Barcia y Manolo Cárceles, en representación de la Junta Suprema, para hacer cumplir las disposiciones estratégicas de ésta y resolver sobre cualquier incidencia que ocurriese en el curso de la batalla. Navegaban los buques de combate en correcta línea, y apenas divisaron los barcos centralistas éstos se pusieron en orden conveniente para afrontar la lucha.

Cuando ya estaban los adversarios a tiro de cañón adelantose la *Tetuán* rompiendo el fuego contra *la bárbara Turquía*, como dijo Alberto Araus. Apenas recibieron los primeros balazos, las naves centralistas viraron en redondo, poniendo rumbo al Sur en franca retirada. Los cantonales las persiguieron cerca de cuarenta millas hasta perderlas de vista, y regresaron a Cartagena, quedando roto el bloqueo por mar. No hay que decir que cuando entraron en el puerto los que se llamaban vencedores se repitieron las inevitables alharacas y la greguería jubilosa.

Al consignar que a bordo de las naves cantonales iba lo más granado y florido del personal revolucionario, debo decir y digo que el único hombre de mar y de guerra marítima que a mi parecer merecía ser recordado en la Historia era un tal Alberto Colau, contrabandista, hijo de Alicante y tan familiarizado con las aguas mediterráneas y con los peligros del navegar y del combatir, que entre toda la gente llegada de diversas partes a la República Cartagenera no se pudiera encontrar quien le igualase. Le conocí el mismo día 15, a poco de saltar en tierra, y quedé maravillado de su espléndida y arrogante facha. No era menester ciertamente el auxilio de la fantasía para ver en aquel hombre la resurrección del tipo del corsario que en los tiempos de la piratería heroica llenó los anales del mar Interno.

Descollaba Colau entre la muchedumbre por su robusta complexión y lucida estatura, por su curtido rostro y el mirar flamígero de sus ojos negros.

Como el azabache eran también sus cabellos crespos, sus cejas pobladas y el bigotazo que perpetuaba la tradición de la moda turquesca. Coronaba su cráneo con el fez rojo, complemento, en cierto modo histórico, de la figura de aquel Barbarroja redivivo. Andando los días se vio un gorro colorado en el puente de la *Numancia*, de donde vino el atribuir a Contreras el uso de tal prenda. No; el fez no era de Contreras, sino de Colau, y éste, a juicio de un historiador psicólogo, la figura más saliente, pintoresca y castiza del Cantón Cartaginés.

La bravura pirática del arrogante aventurero se llama hoy contrabando, que viene a ser lo mismo con diferencias de tiempo y lugares. En sus faluchos de vela, Colau desafiaba las olas y la persecución de las escampavías del Resguardo. Cuando la astucia no le bastaba y era preciso emplear la violencia, no vacilaba en derramar sangre. Empezadas sus correrías en Gibraltar, se trasladó luego a Orán, donde obtuvo provecho mayor y campo de operaciones más extenso. De la costa argelina nos traía tabaco, licores, telas, quincalla y otras mercancías vigiladas por nuestros aduaneros. A los *vistas* de acá, unas veces les cerraba los ojos, y otras les rompía la cabeza. Con este ten con ten y un ardor infatigable, hizo Colau en poco tiempo una fortunita y vivía en Orán como un bajá, con su mujer y sus hijos, bien quisto de los franceses y de la colonia española. De él se contaba que nunca se le acercó un necesitado sin que al punto le socorriese, y en la misma Cartagena era el amparador de todas las personas o familias que, perseguidas por el Centralismo, se habían refugiado en la Plaza.

Con la fiereza del continente y rostro de Colau contrastaba la blandura de su trato en la vida social. Era cariñosísimo y a veces hasta pueril. Al estallar la revolución cartagenera se presentó en la Plaza ofreciendo sus servicios a la Junta Revolucionaria, que los aceptó en el acto dándole el mando de la fragata *Tetuán*, la cual manejó y gobernó desde el primer momento con la misma destreza que solía desplegar en el gobierno y mando de sus faluchos... Pasé una tarde con él y otros amigos en el café de la Marina, charlando de aventuras guerreras en el mar y en la costa. Colau nos refirió terribles episodios de su lucha contra las olas embravecidas en los duros Levantes, que mil veces le pusieron a dos dedos de caer en los profundos abismos. Nos contó también alijos que por su descomunal audacia parecían fabulosos, y peripecias trágicas de sus encontronazos con los aduaneros y demás patulea del Fisco.

A la gentil cortesía de Cárceles debimos aquella tarde el obsequio de jerez y pastelillos, y en la alegría del beber y del charlar suplicamos al contrabandista nos dijese el porqué ostentaba en el ojal de su chaqueta el botoncito rojo de la Legión de Honor. Con modestia ruda evadió Colau la respuesta, queriendo llevar a otros asuntos el vago coloquio. Pero Manolo Cárceles, tan indiscreto en aquel caso como amante de la verdad, nos refirió el hecho heroico que había motivado aquella distinción, empezando por decir que Francia no concede nunca tales honores más que al mérito indudable.

Horroroso temporal de Levante descargó una tarde sobre Orán, con furibundas rachas de viento y olas como montañas, que en pocos minutos destrozaron la escollera del nuevo puerto en construcción. En lo más duro de la borrasca presentose a la vista un trasatlántico francés, que traía de Marsella pasajeros de diferentes clases sociales, y entre ellos gran número de mujeres y niños... Muy apurado venía el barco por los accidentes de una tormentosa travesía, y al querer tomar puerto se le vio a punto de zozobrar, estrellándose contra las peñas o los bloques de la escollera destruida donde reventaban las olas. En el muelle estaba casi todo el vecindario de Orán, con ansiedad y espanto, pues muchas familias tenían seres queridos entre los pasajeros del vapor. Nadie osaba intentar el salvamento, que era poco menos que imposible en condiciones tan aterradoras.

De pronto apareció entre la multitud un hombre... Este hombre era Alberto Colau... que con fuerte y altanera voz dijo así: «¡Cobardes! Si no hay quien me siga yo iré solo a salvar los que pueda. Si alguno me acompaña, mejor.» Cuatro o seis marineros se adelantaron, dispuestos a secundar al español en su hazaña. Metiéronse todos en una lancha grande, con vela y remos, y desafiaron impávidos el oleaje furioso. Al cabo de algunos ratos de indecible angustia realizó Colau el primer salvamento. En la segunda tentativa, que fue la más emocionante, se veía desde el muelle la lancha de Colau, a veces balanceándose en la cresta de una ola formidable, a veces precipitándose en la hondonada líquida... Por momentos desapareció...

Creyeron los angustiados espectadores que no volvería; pero volvió, ¡hurra!, trayendo unas señoras lívidas y unos niños llorosos, mojados todos

26

hasta los huesos... Los marineros bogaban con sereno coraje; Colau, en pie, las melenas al aire, llevaba el timón, empuñando la caña con tal fuerza que no le superara el propio Neptuno... El tercer viaje fue más benigno. Las mismas olas parecían inclinarse respetuosas ante la intrepidez de aquellos hombres. Cuando terminó el salvamento y pisaron tierra todos los náufragos del vapor, se produjo una indescriptible escena sentimental: abrazos, besos, exclamaciones, llantos de alegría. Alberto Colau, desentendiéndose de las manifestaciones de cariño y gratitud, tomó con sereno continente el camino de su casa.

«Ahí le tenéis —dijo Cárceles al poner término a su relato—. Ahí tenéis al héroe, ostentando en su pecho la insignia de la Orden de Caballería más acreditada que existe en la Edad Moderna, recompensa de su esforzado ánimo y de su amor a la Humanidad.»

—Caballero fui siempre y caballero soy —dijo Colau, contraviniendo discretamente su natural modestia—. *La Orden del Contrabando* pide arrojo temerario, paciencia en las adversidades, calma y tino cuando sean menester, liberalidad, sangre fría, prendas que entiendo yo son y han sido siempre la mejor gala y adorno del alma de los caballeros.

IV

Fáltame decir, para redondear la personalidad de Colau, que en el trajín del contrabando también comerciaba. En aquellos tiempos era muy estimado en el Norte de África el aljófar, perlitas pequeñas y mal configuradas con que las moras adornan y recaman sus chaquetillas, sus fajas y babuchas. Como en España venía desmereciendo este artículo, multitud de tratantes en pedrería iban de pueblo en pueblo comprándolo para llevarlo a Marruecos y Argelia. A igual tráfico se dedicó Alberto Colau en Cartagena, extendiéndose no más que a Lorca, Totana y Murcia. Redondeaba su especulación trayendo de África zafiros y esmeraldas que en España tenían cotización muy alta.

Dicho esto, añadiré que aquella misma noche cenábamos Fructuoso Manrique, Cárceles, Alberto Colau y yo, en el propio café de la Marina, cuando vimos entrar fachendosa y arrogante a *La Brava*, que agarrando con desgaire una silla se plantó en nuestro corro junto a Colau, acometiéndole con esta viva requisitoria: «Eh, Alberto, cómprame ahora mismo este aljófar que te traigo. Dispensen los señores y sigan comiendo, que no vengo a cenar, sino a mi negocio.» Diciéndolo sacó un envoltorio de papel de periódico en que guardaba un puñado de perlitas, y así prosiguió: «Las he recogido entre mis amigas. A ver cuánto me vas a dar, judío arrastrao. Yo quiero por ellas veinte*chus*, o por lo menos una *jara*.»

Dejó Colau el tenedor, y risueño, sopesando la mercancía, dijo a la moza: «Pero si esto no vale más de doscientos *rumbeles* a todo tirar. En fin, ya hablaremos. ¿Quieres cenar?» Rechazó *La Brava* con donosura el galante ofrecimiento, y todos reiteramos con alegre algazara la invitación: «¿Quieres huevas de *jumo*? ¿Una copa de jerez? ¿Dátiles de mar? ¿Un pastelillo de estos de crema que están tan ricos?»

—Bueno —exclamó *Leona* arrimando su silla en el hueco que le hicimos y cogiendo el primer plato vacío que encontró—. Venga alguna cosita. Pero déjenme que siga con mi negocio. Yo todo lo miro ya *bajo el prisma* de mi *economía*.

—Ya, ya sé por Dorita —dijo Fructuoso— que acumulas fondos para irte a Madrid y hacerte un buen cartel en la *cocotería* elegante.

—¡Calla, *malange*, tú qué sabes de eso! —replicó ella, atizándose una copa de Jerez—. Yo necesito cuartos porque me voy volviendo muy regalona. Díganle a este perro de Colau que tenga conciencia y me pague por el género lo que le pido.

—Yo te daría eso y más —repuso Alberto— si hicieras caso de mí. ¿Qué demonio vas tú a pintar en los Madriles? Allí no hay más que pobretería finchada y figurones políticos que no tienen ni un *calé*... Repito lo que te he dicho mil veces. Cuando acabe este jollín del Cantón en que estamos metidos, vente a Orán conmigo. Verás qué tierra, chica. Allí encontrarás la mar de franceses tontos y ricos. ¡Qué fácilmente los podías pescar, gitana, con el anzuelo de esa carita! Pues digo; si le caes en gracia a uno de aquellos morazos podridos de dinero, que se pirran por las españolas, ¡ay morena!, te cubres el riñón para toda la vida.

—No me hables a mí de tierras extranjeras —contestó *La Brava*—. Yo tiro siempre al españolismo... *La Madre Patria necesita de todos sus hijos*, como dice don Roque... y de todas sus hijas, digo yo.

La respuesta de Alberto Colau a estas sesudas consideraciones fue coger el papel donde estaba envuelto el aljófar, y sacar de su repleto bolso varias monedas de oro y una de plata, que entregó a la mozanca, añadiendo estas expresivas razones: «Pierdo dinero. Allá no pagan el adarme de aljófar más que a seis pesetas. Pero en fin, para que no chilles te doy la *jara* y un *chus* de propina.» Continuó la conversación alegre. Mientras *Leona* devoraba pastelillos, jamón en dulce y otras frioleras, humedeciéndolas con Jerez, todos le dirigíamos chicoleos, anunciándole los grandes éxitos que había de obtener en Madrid. Ella nos atajó diciendo: «No hablen de eso, que el diablo las carga. Estoy perdida si mi marido se entera. Cándido no me deja vivir, me persigue, me acosa. Ese condenado *parte del principio* de que yo soy rica, y cuando me niego a darle dinero se pone fosco... Temo que el mejor día me mate como mató a mi madre... Si le da por seguirme a Madrid... No quiero pensarlo... ¡Sálveme la Virgen de la Caridad!»

Desde allí nos fuimos todos al teatro Principal, donde había función de aficionados. Representaban un dramón, obra de dos autores indígenas, titulado *Glorias del Cantón y perfidias del Centralismo*. Camino del teatro, *La Brava*, cogiéndome del brazo y retrasándonos del grupo, me dijo con misterio: «Explícame ahora mismo qué quiere decir *en tesis general*, porque anoche Juanito Pacheco, el hijo del marqués de Águilas, que es un chico que habla muy requintado y siempre con mala idea, me dijo que yo y otras como yo éramos, *en tesis general*, lindas bestias sin alma. Lo de *tesis* me ha escocido, créelo. Dime si es alguna desvergüenza, porque yo no aguanto *ancas de nadie*.» Solté la risa y le contesté que no era fácil explicarle el significado de la palabra *tesis*, pues tendría yo que emplear en mi lección otros vocablos incomprensibles para ella; que no hiciera caso; que ya iría aprendiendo eso y mucho más en el trato con la gente de Madrid.

Persistiendo Leonarda en sus anhelos instructivos, me dijo: «También hablaron anoche de que a Pepito le da por *la ironía*. Para mí que *la ironía* es como quien dice *la viceversa de las cosas*.»

—Así es —repliqué yo—. Veo que tú sola vas aprendiendo con tu propia inteligencia y criterio. ¡Adelante, mujer de los alegres destinos!

En esto llegamos al teatro. Leona no quiso entrar. Su marido hacía el papel de traidor centralista, y por bien que ella se escondiese entre los espectadores no podría evitar que el indino saliera al público para darle la matraca y corromperle las oraciones. La *tesis general* de Cándido Palomo era emborracharse todas las noches... Retirose mi amiga a su casa, muy satisfecha con la *guita* que le había sacado a Colau, y los demás entramos a ver la función. El frenesí patriótico que en su drama pusieron los inocentes autores, no atenuaba los disparates de fondo y forma. Sin pararnos en estos pelillos aplaudimos hasta desollarnos las manos.

En los siguientes días supimos que el contralmirante Lobo dio cuenta de su retirada al ministro de Marina, en términos que ha conservado la Historia para conocimiento de hombres y sucesos. Era Lobo un técnico excelente, autor de obras muy estimables; mas en el mando naval no pudo poner nunca su nombre a la altura de su suficiencia científica. He aquí lo que telegrafió al señor Oreiro: «Hoy 15 de octubre han salido otra vez las fragatas insurrectas en orden de batalla. La *Numancia* iba un poco delante, pero sin romper la línea de los otros buques, y formando con ellos un muro de hierro. Todos maniobraban muy bien y parecían mandados por jefes expertos. En vista de lo cual, y teniendo que reparar algunas averías y proveer de carbón, he ordenado partir con rumbo a Gibraltar.»

Bañándose en agua de rosas quedaron los cantonales con la inexplicable inhibición, por no darle otro nombre, del Contralmirante Lobo, y era general creencia que ello se debió al respeto que le impuso el acertadísimo plan y perfecta organización táctica de las naves de Cartagena, obedientes a las órdenes del contrabandista. Los amigos y admiradores de éste le dimos desde aquel día título y diploma de marino de guerra, llamándole, entre veras y bromas, *el Comodoro Colau*. La mejor prueba de que Lobo no supo engallarse ante los barcos cantonales en su segunda salida fue que le censuró duramente el general Ceballos, sucesor de Martínez Campos en el mando de las tropas sitiadoras de Cartagena. El Gobierno Central destituyó a Lobo en el mando de la escuadra, nombrando para este puesto al Contralmirante Chicarro. Fueron asimismo reemplazados el comandante de la *Navas de Tolosa* y el segundo de la *Blanca*.

Fuera de la feliz aventura del *Despertador del Cantón* que apresó una goleta cargada de bacalao, lo que trajo gran alivio a la plaza mal surtida de víveres, no hay sucesos dignos de mención hasta la salida de la escuadra para Valencia con los mismos barcos y los propios jefes que en las anteriores correrías llevara. Para el mejor desempeño de mis deberes croniquiles embarqueme en el *Católico Despertador*, desoyendo las amonestaciones de David Montero y de *La Brava*, que al despedirme en el Arsenal me vaticinaron una jugarreta del Destino. *Leona* había echado las cartas, y David consultado el inmenso libro del firmamento. Ambos presagiaban que tendríamos unas miajas de catástrofe. Pero yo, que nunca di crédito al lenguaje de las estrellas ni al de los naipes, me agregué a la expedición tranquilo y confiado. ¡Ay, ay; cuán equivocado estaba yo y cuán en lo cierto aquellos buenos amigos! Sabed, lectores compasivos, que cuando habíamos rebasado de Alicante, montado ya el cabo Huertas... Pero dejadme tomar aliento, pues se trata de uno de los más apretados lances de mi vida.

El *Despertador* iba de vanguardia, con mar llana y tiempo cerrado de niebla. A la madrugada, cuando bajo cubierta dormían todos los tripulantes, menos una veintena que huyendo de la pesada atmósfera de cámaras y sollados subimos a pasar la noche con los que hacían servicio a proa y en el puente, fuimos sorprendidos y aterrorizados por la visión de un corpulento barco que se nos echaba encima. Era la *Numancia*. Nuestro timonel inició una virada rápida, mas con tan mala suerte que el formidable espolón de la fragata embistió el costado de estribor de nuestro barco, hizo añicos la rueda y abrió un inmenso boquete en el departamento de calderas y máquinas. Aunque en la *Numancia* dieron contravapor apenas divisaron al *Católico*, no se logró evitar el desastre.

No podréis imaginar la confusión, el espanto de los que estábamos sobre cubierta. El *Despertador* se hundía rápidamente como un cesto cargado de plomo. Empezó a salir gente por las escotillas. No hubo tiempo de arriar nuestros botes, y si no es por los de la *Numancia*, que acudieron con presteza, todos habríamos perecido. Ya tenía el *Católico* la popa bajo el agua cuando yo salté, no sé cómo ni por dónde, a un chinchorro que estuvo a punto de zozobrar por los muchos hombres que en él se metieron. En tan horrible confusión caí al agua y fui recogido por unos marineros que luego vi eran de la *Tetuán*, pues entre ellos estaba Alberto Colau. A éste debí mi salvación, que todavía creo milagrosa. Mi primer pensamiento fue para recordar las fatídicas predicciones de *La Brava* y David Montero.

La escena era espantosa: vi a muchos infelices que nadaban desesperadamente, tratando de agarrarse a los pocos salvavidas que fueron arrojados desde el buque náufrago. Desgarradores gritos aumentaban el horror de la catástrofe. Yo también grité llamando a mi machacante... ¡Cándidoo!... ¡¡Palomo, Palomo!!... Ni éste me respondió ni le vi entre los que luchaban angustiosamente con las negras aguas... Cuando estábamos como a diez o doce brazas del siniestro, noté que del Católico solo se veían ya los palos, la chimenea y un poco del tambor de babor. Al reconocerme seguro en la cubierta de la *Tetuán*, tropecé con un contramaestre del *Despertador* y le pregunté por Palomo. «Dormido estaba como un leño —me dijo—. Quise despertarle; le tiré de una pata; no rechistó. *Ajogado* estará.»

El primer cuidado de los supervivientes fue calcular el número de víctimas. Unos decían que eran ciento y pico; otros que no pasaban de treinta. Luego quedó fluctuando la cifra entre sesenta y setenta... Consagrado por todos un pensamiento de fúnebre despedida a los que habían perecido y al pobre *Despertador*, la escuadra cantonal siguió su ruta. Llegamos al Grao de Valencia, donde estuvimos fondeados tres días y medio. No pudiendo obtener de la plaza lo que pedíamos, arramblamos con los barcos mercantes *Darro*, *Victoria*, *Bilbao* y *Extremadura*, cargados de víveres, tejidos y otros artículos de comercio. Nuestro arribo a Cartagena fue el 22 de octubre si no me engaña mi flaco sentido en la cuestión de fechas. Salté en tierra con botas prestadas y una gorra de marinero, pues perdí las prendas mías equivalentes en las ansias del naufragio.

En la plaza de las Monjas encontré a *La Brava*, que ya tenía noticias del desastrado fin de su caro esposo. Inquieta y medrosica me preguntó por él, y yo le dije sin preparación ni melindres que ya podía tenerse por viuda. No se cuidó la buena moza de disimular su alegría, y me consultó si estaba en el caso de vestirse de luto por el bien parecer. Mi opinión fue que si tenía ropas negras debía ponérselas, siquiera unos cuantos días, a lo que me respondió que algunos trapitos conservaba del luto que llevó por su madre, añadiendo: «Con mi ropa negra y la cara un poco afligida representaré muy a gusto lo que llama Juanito Pacheco *la comedia social. En igualdad de circunstancias*, igualdad de sentimientos y luto al canto. Ahora lo llevaré como huérfana y como viuda, y tú podrás mirarme *bajo el prisma* que quieras.» Me acompañó hasta mi fonda en la calle del Cañón, y por el camino me habló de este modo: «A pesar de lo que me has dicho, no acabo de creer que ese posma de Cándido haya perecido. Tiene más picardías que un gato soltero, y puede que se haya hecho el náufrago para cuando una esté harta de llevar luto aparecerse en alguna isla desierta de las que llaman Columbretes, o Filipinas de la mar Caribe.»

El 24 de octubre apareció nuevamente en aguas de Cartagena la escuadra centralista, al mando del Contralmirante Chicarro, reforzada con la fragata Zaragoza, que había venido de Cuba. Los barcos de Chicarro cruzaban sin cesar frente a Escombreras; pero el bloqueo no era de gran eficacia porque de noche, sin luces, entraban embarcaciones menores que mantenían en regular abundancia el abasto de la ciudad.

En una de mis excursiones a Santa Lucía, visité al desdichado prócer maniático *don Florestán de Calabria*, a quien hallé muy abatido y macilento por efecto del frío que vino con las primeras lluvias de noviembre. Envuelto en una manta vieja y rota continuaba arrimado a la mesa en la fementida estancia que era su mísero albergue. Cubría sus pies descalzos con una mugrienta toquilla de su casera, y no dejaba de la mano la tarea de contestar con tembloroso pulso la copiosa correspondencia de sus parientes de Madrid. Como en aquellos días de recogimiento había dejado de pintarse la perilla y los pómulos, tuviérasele por envejecido en dos o tres lustros.

Lástima grande me inspiró el caballero sin ventura, y atento a remediarle volví aquel mismo día con la modesta ofrenda de unas babuchas de orillo, un gorro de pellejo y un chaquetón, deslucido pero en buen uso, que me compró para este fin Alonso Criado, el camarero de la fonda. No necesito decir cuánto agradeció mi pobre amigo aquellas prendas, demostrando su necesidad con las prisas que puso en estrenarlas.

Al estrecharme las manos con honda emoción se le saltaron las lágrimas, y como advirtiese yo que al llanto siguieron desaforados bostezos, comprendí que su mal no era solo de frío sino de hambre. Saqué del bolsillo algunas pesetas para ofrecérselas con efusión sincera; pero no quiso tomarlas. Se puso de mil colores, rechazando el socorro. Su delicadeza, su dignidad de hombre linajudo, le permitían quizás admitir un obsequio de la amistad, siempre que éste fuera en especie; dinero jamás admitiría. El oro y la plata ofrecidos a título de caridad causábanle un horror invencible. Luego añadió: «Mi patrona o casera me dará de comer mientras el bloqueo de la plaza impida la llegada del correo que ha de traerme... Fondos.»

Pasado un rato me dijo: «Siéntese a mi lado un momento y le pondré al tanto de las graves noticias que tengo de Madrid. Cierto es que Castelar ha restablecido la disciplina, aplicando severos castigos; cierto es también que ha reconstituido en su antiguo ser y estado el Cuerpo de Artillería. Pero con todo esto sepa usted que el *Cantón Mantuano* será un hecho muy pronto. Nos lo traerá el mismo Castelar. Aquí tengo textos fehacientes... las cartas de mi sobrino Policarpo que está muy bien enterado de todo y es el brazo derecho de don Emilio. ¿A que no adivina usted quiénes ayudarán al presidente a traernos el Cantón? Pues los generales de más nota, y entre éstos el más decidido es... ¿quién dirá usted?... El general Pavía... Don Manuel Pavía y Alburquerque... Eh, ¿qué tal?... Aquí, aquí están los textos. Véalos.»

V

Las visitas que en los siguientes días hice a *don Florestán de Calabria* me proporcionaron agradables ratos de parloteo con *La Brava* en su propia habitación. Mostraba *Leona* bastante inquietud ante el cerco que a la ciudad ponían las tropas centralistas mandadas por Ceballos, activando cada día más los trabajos de fortificación y atrincheramiento. «*A mi juicio* —me dijo Leonarda torciendo la boquita como hacía siempre que pronunciaba palabras escogidas— pronto empezarán nuestros contrarios a zurrarnos *de lo lindo*, y tanto apretarán el *sedio* que no podrá entrar ni salir bicho viviente. Si tuviera yo mi *economía* en todo su *pogeo*, quiero decir si hubiera *ajuntado* dinero bastante, mañana mismo saldría de *naja* para Madrid.»

Respondile que tuviera sosiego porque el sitio no había de ser muy duro. ¿Por qué no aplazar el viaje hasta fin de año? En un momento de afectuosa intimidad me salió de la boca el chispazo de estas palabritas: «No juraré yo, pecador de mí, que no te acompañe para hacer tu presentación en el gran mundo, que solemos llamar *demi-monde*.»

Movido de no sé qué atracción inexplicable, visité también por aquellos días a David Montero. Este hombre me interesaba enormemente por su natural agudeza, por su vida laboriosa y trágica. Si eran dignos de estima

34

los pensamientos que en el curso de la conversación mostraba, no lo eran menos los que a medias palabras y con velos de reserva dejaba traslucir. Cuando le conocí se me mostró como habilísimo mecánico de instrumentos menudos y sutiles. Después, en su casa, se me reveló como astrónomo con puntas de nigromante. Últimamente advertí en su taller apuntes, papeles llenos de guarismos y trazos lineales que indicaban estudios de Aritmética y Geometría.

Una mañana, al traspasar los umbrales del hogar de Montero, situado como he dicho en los altos de la vieja Catedral, tropecé de manos a boca con una mujer que, si no era la propia *Doña Aritmética* era el mismo demonio, transfigurado para volverme tarumba. Trémulo y confuso le pregunté: «¿Pero es usted *Doña Aritmética*?» Y ella me contestó entre asustada y burlona: «No señor; no me llamo Demetria, sino Angustias para servir a Dios y a usted.» Repuesto de mi sorpresa pude advertir que había semejanza de facciones entre la servidora de Floriana y la criada de David, solo que ésta era mucho más madura y peor apañadita.

Poco después, cuando Montero me daba cuenta de la parte no reservada de sus trabajos, entró a llevarle café otra anciana vestida de negro, en quien de pronto vi pintiparada la imagen de *Doña Geografía*. También entonces expresé mi curiosidad, y ella repuso: «No me llamo Sofía sino Consolación, y soy de Totana para lo que usted guste mandar.»

—Pues mire, don Tito —dijo a la sazón David, riendo—. En broma llamo a esta buena mujer *Doña Geografía*, porque sabe de memoria los nombres de todos los pueblos del país murciano.

No era la primera vez que sufría yo tales equivocaciones. Algunos días sentíame perseguido por fantasmas, reminiscencia de mi antigua navegación por el inmenso piélago suprasensible.

Sin saber cómo, nuestra conversación recayó en el asunto del cerco de la Plaza, mostrándose David algo pesimista sobre las consecuencias de esta función militar, y no mal informado de los planes del Ejército sitiador. Hizo breve semblanza del general Ceballos, del brigadier Azcárraga y de los comandantes generales de Artillería e Ingenieros brigadier don Joaquín Vivanco y coronel don Juan Manuel Ibarreta, revelando conocimiento directo de sus respectivos caracteres. Luego enumeró las fuerzas Centralistas, según su parecer escasas pero bien disciplinadas. Marcó después el contingente de las diversas Armas, con tal precisión y seguridad en las cifras como si lo hubiera contado. Notando mi extrañeza por la posesión que tenía de aquellos datos sin salir de la Plaza, me dijo:

«Algunas mañanas me voy al castillo de Moros. En lo más alto de sus muros he puesto un anteojo de mucho poder, con el cual veo los trabajos que hacen los sitiadores. Ya sabe usted que la primera batería la tienen emplazada en Las Guillerías. En ella hay cuatro piezas de a dieciséis. El talud interior del espaldón está revestido de cestones, y las cañoneras de sacos terreros. Han emplazado la segunda batería cerca de las casas de don José Solano, artillándola con cinco obuses de a veintiuno. El terraplén interior consta de tres planos diferentes.

»Más allá, junto a la ermita de San Ferreol, hay otra batería con seis cañones de a dieciséis. Los revestimientos están hechos con cestones y fajinas. La batería de la Piqueta, que está al lado de la finca de este nombre, se halla provista de *cubre-cabezas*, y tiene un través en su centro que completa la protección del retorno de la derecha.»

—Ya veo, amigo David —le dije sin ocultar mi asombro—, que es usted una enciclopedia. Yo le admiraba como mecánico y astrónomo, y ahora resulta que es usted maestro también en el Arte de la Castrametación.

—La tristeza y el aislamiento —replicó él— nos lleva, señor don Tito, a la variedad de los estudios. Hace unos días, hallándome hastiado de trabajar sin fruto, sentí vivas ganas de tomar el tiento a las cosas de Guerra... Vea los libros que tengo aquí. Me los ha prestado el brigadier Pozas, que, según entiendo, no los ha leído ni por el forro... Si sigo en esta inacción que me entumece el cerebro, el mejor día me encuentra usted entregado al Derecho canónico, o al Ocultismo, que así llaman hoy a la Magia.

Con la idea de obtener de aquel hombre extraños hilos o hilachas para mi tejido histórico, seguí visitando a Montero. Algunas mañanas no le encontré en su casa. Esperábale, y al fin le veía llegar fatigado y cubierto de polvo. Venía sin duda del campo reseco que a Cartagena circunda. A las veces, no me hablaba de nada concerniente a las fuerzas sitiadoras, sino de chismes y enredijos del interior de la ciudad; por ejemplo: «Parece que hay sospechas de que Carreras, Pernas, Del Real y otros militares, hociquean secretamente con el general Ceballos. Dicen que corre el dinero... Yo no lo creo. Tal infamia no es posible.» Otros días se lanzaba desde luego, sin preámbulos, a departir sobre el Arte de la Fortificación.

«Para proteger las baterías que acaban de emplazar —me dijo una mañana—, y para oponerse a cualquier salida que intentemos los cantonales, están los sitiadores haciendo espaldones sistema Pidoll, modificado con pozos para los sirvientes de las piezas, que creo son de las de a diez. Uno de los espaldones lo construyen entre el ferrocarril y la finca de Bosch, otro en las inmediaciones de la casa de Calvet, y otro junto a Roche Bajo. Parece ser que cuando terminen estas obras empezará el bombardeo, y allá veremos quién puede más.»

Pepe el Empalmao, a quien yo utilizaba mediante cortas dádivas para recadillos y espionajes de diversa índole, aprovechó una tarde en que nos encontramos enteramente solos para decirme con ronco sigilo cavernoso: «Señor don Tito, ese David sale de madrugada, y escondiéndose de la gente va al campo de los judíos Centralistas. Allí se pasa las horas hablando con éste y con el otro, y mayormente con uno que llaman *el Azcárrago*. Esto se lo digo a usted solo. Chitón y armas al hombro.»

—Me parece, Peporro —contesté yo, para estimularle a mayores confidencias—, me parece que no es David solo. También tú y otros como tú... Metéis la cuchara en la olla del enemigo.

—¡Señor! —exclamó furioso José, golpeándose el pecho con rabia—. Llámeme lo que quiera menos traidor. Por la necesidad le presto a usted y a otras personas servicios de tercería. Pero vender a mi Cantón de mi alma... ¡eso no lo hago por todo el oro del *Potosí sumarino*!

Buscando yo nutritivo condimento histórico, encontraba tan solo aguanosas y desabridas salsas. Por las tardes, en la redacción de *El Cantón Murciano*, Fructuoso Manrique y Manuel Cárceles me referían los sucesos, abultándolos desaforadamente. Las cosas más vulgares, en boca de aquellos patriotas ingenuos, eran trágicas, épicas y de grandeza universal o cósmica. Un día de noviembre, no importa la fecha, leí en pruebas un artículo de Roque Barcia, que ofrezco a mis lectores como muestra de la literatura política sentimental que hizo estragos en aquellos tiempos. El insigne don Roque flaqueaba por la entonación lacrimosa de sus escritos, inspirados en los trenos de Isaías, o en los cánticos de David bailando delante del Arca Santa.

Decía Barcia en su artículo que pronto partiría de Cartagena, por la necesidad de *inflamar en todas partes el fuego sagrado del Cantonalismo.* Al marchar a otras *Regiones, donde estaba a punto de sonar el grito,* rogaba a todos que se acordasen de él. Concluía así la salmodia: «Cuando los niños de hoy pregunten a sus madres ¿dónde está aquel hombre que nos dio tantos besos?, que les contesten: ¿vosotros no sabéis la historia de aquel hombre?... Pues era... hijo, era un pirata.»

El 26 de noviembre (esta fecha es de las que no pueden escaparse de mi memoria), a las siete de la mañana, rompieron el fuego contra la Plaza las baterías Centralistas. Al bombardeo no precedió intimación ni aviso alguno. El primer momento fue de estupor medroso en Cartagena. Pero el vecindario y los defensores de la ciudad no tardaron en rehacerse: hombres, mujeres, niños y ancianos corrían al Parque en busca de proyectiles y sacos de pólvora, que llevaban a los baluartes de la muralla. Yo fui también allá para enterarme de cuanto ocurría, y vi actos hermosos que casi recordaban los de Zaragoza y Gerona.

Entre la muchedumbre encontré al veterano de Trafalgar, Juan Elcano, que ansiaba reverdecer sus marchitos laureles. Gesticulando con sus manos temblíconas me dijo que si le daban un puesto en la muralla cumpliría como quien era. La persona del heroico viejo trajo a mi mente la imagen de *Mariclío,* con quien primera vez le vi comiendo *aladroque* en la puerta de un caserón de Santa Lucía. Al momento le pregunté por la divina Madre, y afligido me contestó: «Ya no está la Señora en Cartagena. Una noche, hallándonos todos sus amigos *acoderados* a ella, oyéndole contar cosas de los tiempos en que era moza (y para mí que su mocedad la pasó en el Paraíso Terrenal), se desapareció de nuestra vista y todos nos quedamos con la boca abierta, mirando al cielo, porque nos *pensemos* que se había ido por los aires. Una vieja sabidora que andaba siempre con *Doña Mariana,* nos dijo: "Bobalicones; aunque la Señora gusta de platicar con los humildes, no creáis que es mujer; es Diosa". Yo calculo, acá para entre mí, que *Doña Mariana* es el Verbo, o por mejor hablar, la Verba divina.»

Al atardecer de aquel mismo día supe que el veterano de Trafalgar, consecuente con su destino heroico, había muerto en la muralla defendiendo la idea cantonalista, última cristalización de su patriotismo.

Continuó el bombardeo en lo restante de noviembre, con mucha intensidad durante el día, atenuándose algo por la noche. Los proyectiles de los sitiadores producían más estragos en los edificios de la población que en las fortalezas. La Junta Soberana recorría los castillos y baluartes dando ánimos a los defensores de la Plaza. Ocasiones tuve yo de ver y apreciar por mí mismo el tesón de los Cantonales ante los fuegos Centralistas. Esta virtud les hacía merecedores de la independencia que proclamaban. Había cesado el estruendo importuno de los vítores, arengas y aplausos, y llegado el momento, la función guerrera desarrollábase gravemente, con viril entereza que rayaba en heroísmo.

Accediendo a las súplicas de los Almirantes de las escuadras extranjeras, el general Ceballos concedió armisticios de cuatro y seis horas para que salieran de Cartagena los ancianos, niños y mujeres. Una de éstas, la impaciente *Leona*, se preparó para escabullirse aprovechando alguna de aquellas claras. Pero yo la disuadí con la promesa de acompañarla si hasta Navidad me esperaba.

A don Jenaro de Bocángel le vi en el baluarte de la Puerta de San José, lacio, trémulo y despintado, no ciertamente con anhelos heroicos, sino con la modesta pretensión de transportar agua, proyectiles y cuanto los combatientes necesitasen. Llevaba las babuchas de orillo y el pardo chaquetón que yo le regalé. En el corto diálogo que sostuvimos me dijo que, según noticias transmitidas por la suegra de su sobrino, la proclamación del *Cantón Mantuano* dependía de que la indómita *Cartago* hiciese una defensa heroica, no dejando títere con cabeza en el Ejército de Ceballos.

El 29 de noviembre marchó la escuadra Centralista a repostarse de carbón en Alicante. El 30 hicieron los Cantonales una salida desde el fuerte de San Julián, causando 25 bajas a los batallones de Figueras y Galicia, que mandó a su encuentro el general Ceballos. Como yo no cesaba en mis investigaciones, allegando datos para los anales de *Mariclío*, fui a ver a David Montero, y éste me dijo que Ceballos, apretado por el Gobierno para rendir la Plaza en pocos días y no teniendo bajo su mando fuerzas suficientes para consumar empresa tan difícil, había presentado la dimisión. No di crédito a esta noticia. Algunos días después volví a visitar a Montero, encontrándole inquieto y caviloso. Díjome que en sustitución de Ceballos vendría López Domínguez, general joven, procedente del Cuerpo de Artillería, y sobrino de Serrano. No pude arrancarle más confidencias, ni me dio el menor indicio de la fuente de sus informes.

El 5 o el 6 de diciembre, no acierto a puntualizar la fecha, subí de nuevo a la guarida del mecánico, astrónomo y estratega. Al traspasar la puerta saliéronme al encuentro, desoladas, las dos viejas a quienes mi exaltada mente confundió con las vaporosas figuras de *Doña Aritmética* y *Doña Geografía*, las cuales me manifestaron que estaban solas pues don David, después de quemar todos sus papeles, se había marchado una madrugada enviando luego el aviso verbal de que su ausencia duraría largo tiempo. Aquellas pobres mujeres no sabían qué hacer ni a qué santo encomendarse.

Del 12 al 13 llegó López Domínguez y tomó el mando de las fuerzas sitiadoras. Ceballos había marchado ya, dejando interinamente al frente del Ejército Centralista al general Pasarón. Con el nuevo caudillo vinieron los brigadieres López Pintos y Carmona en sustitución de Azcárraga y Rodríguez de Rivera, que con Pasarón marcharon a Madrid. El primer cuidado de López Domínguez fue recorrer la extensa línea de sitio y revistar las tropas, a las que encontró animosas y disciplinadas. Luego dio una proclama. Siguió después el bombardeo, notándose que la Artillería Centralista hostigaba a la población sin hacer fuego contra los castillos, lo que puso en cuidado a los jefes Cantonales por ver en ello un indicio de secretas connivencias con las guarniciones de los fuertes. Desde que comenzó el bombardeo de Cartagena en 26 de noviembre hasta que López Domínguez tomó el mando del Ejército Centralista, hizo éste 9.297 disparos de cañón, y la Plaza, sus fortalezas y fragatas 10.159. ¡Una friolera!

En el curso de diciembre, pude apreciar por observación directa ciertos hechos que explican y corroboran la psicología de las guerras civiles en España. Leed, amigos y parroquianos, lo que a continuación os refiere un observador sincero de los hilos con que se atan y desatan las revoluciones en los tiempos ardorosos y pasionales de nuestra Historia. Cuando arreció el bombardeo pudo advertirse que los jefes de los batallones de Iberia y

Mendigorría, que como se recordará se habían pronunciado en favor de los rebeldes de Cartagena, se mostraban inclinados a una pronta capitulación. *Tonete* Gálvez, que poseía tanta bravura como agudeza y era el hombre de mando en la República Cantonal, con dotes militares, con dotes de estadista y toda la malicia y sagacidad que siempre han sido complemento de aquellas cualidades, supo calar las intenciones de los individuos del Ejército que meses antes, en los torbellinos de julio y agosto, se habían pasado al Cantonalismo con armas y bagajes. Los vigilaba cauteloso y al fin descubrió el enredo.

Desempeñando el coronel Carreras las funciones de Sargento mayor de la Plaza, dispuso una noche, con el pretexto de defender a Santa Lucía, que salieran el batallón de Mendigorría y Movilizados. Gálvez, noticioso de que se dio a estas fuerzas el mismo santo y seña que tenían los sitiadores para entrar en Cartagena, ordenó al instante la suspensión de la salida, y puso presos al Sargento mayor y a varios jefes y oficiales, asegurándolos en el castillo de Galeras. Al enterarse el general Contreras de lo que ocurría, subió presuroso al castillo para escuchar las declaraciones de los detenidos. Encerrado Carreras en una estancia, alguien observó que rompía papeles apresuradamente.

En esta operación fue sorprendido, y sus guardianes recogieron los trozos de papel, entregándolos a Gálvez y Contreras, que tuvieron la paciencia de unirlos para obtener el texto completo. Entonces se comprobó que había sido vendida la Plaza: era aquel escrito una lista de comprometidos a entregar Cartagena a los sitiadores, y consignaba las recompensas de grados y el premio pecuniario que por su defección les concedería el Gobierno Central. Ordenose en el acto la prisión de los que aquel documento denunciaba, y dieron con sus huesos en Galeras Pozas, Pernas, Perico del Real y otros muchos militares de diferente rango y categoría.

Pocos días después de este grave suceso, supo Gálvez por un soplo que a las doce de la noche tenían decidido embarcar y marcharse de Cartagena algunos individuos de la Junta Soberana. Eran las ocho cuando, reunida la Junta en el Ayuntamiento, se presentó *Tonete* en el Salón de sesiones, sin más escolta que su hijo Enrique, su sobrino Paco y el capitán de Voluntarios Tomás Valderrábano. Llevaba Gálvez las manos en los bolsillos del pantalón y en ellos dos pistolas amartilladas. Apenas traspuso la puerta dijo a los reunidos: «No se mueva nadie. Al que intente salir le levanto la tapa de los sesos, y si alguno se me escapa, en la calle será recibido a tiros.»

—¿Puedo yo moverme? —preguntó el general Ferrer.

—Puede usted pasearse dentro de esta sala; pero nada más —contestó Gálvez con sequedad y entereza, añadiendo sin más preámbulos—. Han sido ustedes descubiertos, caballeros.

Quedaron corridos como monas los señores de la Junta que estaban en el ajo. Estrechó *Tonete* la mano a los que consideraba leales al Cantón; a los demás dijo que quedaban en libertad, que podían ausentarse de Cartagena previo aviso, y que sí alguno permanecía en la ciudad y hacía traición a la Causa sería fusilado en el acto sin compasión.

VI

Ante sucesos de tal trascendencia no podía faltar la bíblica salmodia del bueno de don Roque. Resonó en un escrito jeremíaco recomendando que al imponer castigo a los desleales, se hiciera justicia magnánima, generosa, clemente... Decíase por aquellos días que López Domínguez había pedido cuatro mil hombres de refuerzo al Gobierno Central, y que a los apremios de éste para rendir la Plaza antes de 1.º de enero, fecha de la reunión de las Cortes, contestó que a tantos no se podía comprometer. Con un mes largo por delante quizá podría rematar la empresa.

Castelar ofreció mandar los refuerzos y seguía pidiendo *rendición a todo trance*, ya por la fuerza, ya por el soborno, o bien combinando hábilmente ambos métodos de guerra... A mediados del mes, los sitiadores concentraron sus fuegos sobre los castillos de Atalaya, Moros y Despeñaperros, y las puertas de San José y Madrid. La Plaza contestó con brío, y los disparos de la escuadra Centralista contra San Julián resultaron cortos y por tanto ineficaces.

Reunió a la sazón López Domínguez Consejo de generales para determinar el plan que habían de seguir, acordándose por el pronto la conveniencia de un ataque vigoroso a San Julián, y conviniéndose en la urgencia suma de reforzarla línea de bloqueo: ésta no era inferior a seis leguas, y si no se neutralizaba la extensión con la intensidad, imposible alcanzar el éxito con la rapidez que Castelar quería. Desplegaba López Domínguez enorme actividad, supliendo con su cuidado y esfuerzo la escasez de los medios de combate.

En Pormán celebró el general en jefe una entrevista con el contralmirante Chicarro, el cual le dijo que le era dificilísimo el bloqueo marítimo porque sus barcos andaban bastante menos que los barcos rebeldes. Con tal Marina y un Ejército animoso, pero de contado contingente, era obra de romanos rendir la más formidable plaza de guerra que sin duda existe en el Mediterráneo. Si los Cantonales hubieran tenido tanto seso como bravura en aquella última ocasión de su loca rebeldía, no queda un centralista para contarlo.

Hasta el 28 de diciembre transcurrieron los días sin ningún suceso extraordinario. Continuaba incesante el fuego entre sitiadores y sitiados. Éstos hicieron varias salidas y en una de ellas causaron dieciocho bajas a sus enemigos. Hacia el 22 recibieron los centralistas los refuerzos que esperaban y con ellos veinticuatro piezas de Artillería de dieciséis centímetros. El 24, un proyectil Armstrong disparado por la fragata *Tetuán*, que seguía mandada por el intrépido contrabandista Colau, estalló en la batería número 3 del campo enemigo, haciendo reventar cuatro granadas que dieron muerte a un oficial, catorce artilleros e individuos de tropa, y tres paisanos. Y con esto, amados lectores, llego al día 28, fecha culminante en mi memoria por ser la fiesta de los Santos Inocentes, y porque en aquella madrugada, a punto de salir el Sol, nos escapamos de Cartagena *Leona la Brava* y yo, suceso a mi ver memorable que merece un rinconcito en estas verídicas crónicas.

Mi escapatoria no fue secreta, pero tampoco me convino hacerla pública. Solo me despedí de Manolo Cárceles, a quien tantas atenciones debía. Al abrazarnos, me dio con sus cariñosos adioses algunos recados verbales para Estévanez, Castañé y Patricio Calleja. Prometile yo volver pronto, pues me interesaba mucho el Cantón y quería presenciar hasta el fin su arrogante defensa. En la respuesta de Cárceles creí advertir cierta disminución del optimismo que había mostrado desde el comienzo de la revolución cantonal: «Si nos vencen —me dijo—, y ello habrá de ser más por la maña que por la fuerza, abandonaremos este volcán y nos iremos tranquilamente al África en busca de mejor suelo para poder vivir. Si vuelves, gran Tito, te vendrás con nosotros y nos haremos todos africanos.»

Hasta la línea de bloqueo nos acompañó, al marcharnos *La Brava* y yo, mi leal mandadero *Pepe el Empalmao*, a quien las fatigas del sitio convirtieron de rufián en héroe. Su inveterada indolencia trocose en actividad febril, su astucia de zorro en fiereza leonina. En los baluartes de las puertas de San José o de Madrid afrontaba las balas enemigas, con un desprecio de la vida que ya lo querrían para sí más de cuatro figurones, de los que aspiran a merecer una línea en las altas inscripciones de la Historia. Y no lo hacía por ambición ni propósito de medro; no esperaba recompensa, ni galones, ni cintajos, ni cruces, ni siquiera el aumento de un real en su miserable soldada. Hacialo, sin darse cuenta de ello, por la gloria, por un ideal que indeterminado y confuso hervía dentro de aquel cerebro, que para muchos no era más que una olla del más tosco barro. Como yo no quería partir sin saber algo del pobre *don Florestán de Calabria*, interrogué al *Empalmao*, que así me dijo:

«Ahora presta servicios de ranchero en las cocinas que ha mandado poner la Junta Soberana en el sótano de la muralla de los Mártires. Allí le tiene usted, con su mandil y su cucharón, revolviendo los peroles en que nos hacen la bazofia con que matarnos el gusanillo. Don Jenaro, que no sirve para militar sino para chupatintas, ha pedido a Contreras que le nombre Memorialista mayor de la República Cartagenera. Pero para mí que se queda meneando el cazo toda su vida...» Con esto nos despedimos afectuosamente, y Leonarda y yo cogimos el tren de Madrid en la estación de la Palma.

Ya estábamos instalados en un coche de segunda con la ilusión de ir solitos todo el camino, y ya el tren se ponía en marcha, cuando vimos que avanzaba presurosa y dando chillidos una pobre señora, cargada de envoltorios, que intentó subir a nuestro departamento. Gracias al auxilio que yo le presté pudo poner el pie en el estribo y posesionarse de un asiento. Era una vieja de buenas carnes, vestida de negro. Al fijarme en su rostro temblé de sorpresa y sobresalto: o yo estaba loco o tenía frente a mí a la propia *Doña Gramática*, si bien envejecida, un poquito cargada de espaldas y tan descompuesta de facciones como de vestimenta. Antes que yo pudiera decir palabra, soltó ella la suya dejándome más absorto y alelado que antes, pues en cuanto abrió el pico reconocí la tremebunda y retorcida sintaxis de la que en día no lejano fue mi mayor suplicio. Volví a creer que me perseguían fantasmas al escuchar de boca de la vetusta dama estas enfáticas razones:

«No agradeceré bastante al noble caballero la merced con que me ha favorecido al prestarme ayuda para escalar, con la enfadosa carga de mis achaques y de estos paquetes, el endiablado vehículo. No están ya mis pobres huesos para tan vivos trotes... Ello ha sido que, faltando cortos minutos para la partida del tren, corrí a recoger estos livianos bultos, que olvidados dejó mi señora en la covacha del jefe de la estación, hombre descuidado al par que descortés, por quien a punto estuve de perniquebrarme o de quedarme en tierra. Gracias a usted, repito, y a esta hermosa dama cuyas manos diligentes me ayudaron a subir, y Dios se lo pague, pude meterme en este coche zaguero, y salva estoy aquí, aunque todavía no reparada del grave susto ¡ay de mí!, ni del sofoco de estos cansados pulmones. ¡Ay, ay!...»

Como he dicho, creí hallarme otra vez en pleno delirio y perseguido por las visiones de antaño. Apenas recobré la palabra, que el azoramiento y la confusión me habían quitado, dije a la para mí fantástica viajera: «Señora; perdóneme si la interrogo con cierta indiscreción. ¿Es usted *Doña Gramática*, ilustre dama versada cual ninguna en los giros de las sintaxis?»

—No me llamo *Pragmática* —contestó ella con melindre— sino Práxedes. No soy dama ilustre, aunque no hay bastardía en mi linaje, y solo acierta usted en que mi afición al estudio me ha enseñado a hablar con discreta corrección y propiedad.

En tanto, *Leona* no quitaba los ojos del rostro de la vieja, cuyo hablar finísimo y entonado le colmó de asombro y embeleso. En el mirar de mi amiga leía yo un afán ardiente de apropiarse los términos exquisitos y la nobleza gramatical de nuestra compañera de coche.

«Cualesquiera que sean su nombre, estirpe y condición, señora mía —dije yo a doña Práxedes—, nosotros estamos muy complacidos de haber trabado conocimiento con usted. Juntos haremos este molesto viaje, honrándonos mucho con su grata compañía.»

—¡Ay!, eso no podrá ser —replicó la enlutada dueña, arqueando las cejas—. Y de veras lo siento, porque me hallo harto gustosa entre personas tan hidalgas. En la primera parada que no sea corta tengo que pasarme al coche donde va mi señora, la cual es de alcurnia tan alta que no hay en la grandeza española quien pueda igualarse a ella. Va en el departamento que lleva el rótulo *Reservado de Señoras*. A su servicio tiene damas y doncellas de singular hermosura.

Lo dicho por la vieja me adentró más en los delirios paganos. Pensé que en el mismo tren iba *Mariclío*... quizás Floriana... ¡Dios mío, qué horrible trastorno, mezcla de alegría y espanto! Si yo me presentaba a la divina Madre y ésta me veía con *La Brava*, sin duda me reñiría duramente por mi liviandad... Advertí que doña Práxedes, risueña, no apartaba sus ojos inquisitivos del rostro de *Leona*. Sorprendida de su silencio pronunció estas palabras: «Y esta joven tan hermosa y apuesta ¿no dice nada?» Mi compañera balbució algunos monosílabos que no expresaron más que su timidez y el temor de soltar algún disparate chulesco ante una tan refinada maestra de la lengua castellana... Intenté pedir a doña Práxedes más claras referencias de aquella princesa de alto linaje que iba en el Reservado de Señoras, con acompañamiento de bellas damas y lindísimas doncellas; pero un escrúpulo invencible paralizó mi lengua, y seguí alelado y taciturno.

Al fin, hostigada por la vieja redicha, pudo *Leona* desatar el nudo de su timidez, y pronunció algunas frases rebuscaditas para demostrar que no era muda. «Nosotros vamos a Madrid —dijo haciendo con sus rojos labios mohínes muy finústicos—, porque Cartagena es un infierno en *pequeña miniatura*. Allí la libertad es *un viceversa* del sosiego, o como quien dice, *una ironía* que la tiene a una siempre sobresaltada. En Madrid viviremos tranquilos porque allí la libertad no hace daño a nadie. Además, como estamos bien relacionados en la Corte, lo pasaremos al pelo.»

—Su esposo de usted tendrá, y esto lo colijo por su talante, porte y lenguaje distinguido —dijo la vieja, clavando en mí sus miradas como saetas—, tendrá de fijo, repito, una elevada posición.

—Regular —contestó *Leona*, mordiendo su abanico para contener la risa—. No diré que sea de las más ensalzadas, *ni verbigracia* cosa de poco más o menos. *En el interín*, nos basta y nos sobra para todas las circunstancias de nuestra vida, y como no tenemos sucesión, sucede que marchamos divinamente.

Aunque me mortificaba que *Leona* me diputase por esposo permanente y legítimo, no me pareció bien desmentir a mi amiga, y permanecí callado largo rato, mientras ellas departían a su sabor. Leonarda, perdida completamente la cortedad, hablaba a doña Práxedes de lo divertido que era Madrid, donde había tanta aristocracia y tanta democracia. «Entre otros mil atractivos —dijo—, Madrid tiene toros los lunes y domingos, funciones en la mar de coliseos, misas de seis a doce en todas las iglesias, y a cada dos por tres jaleo de revolución en las calles.»

Hasta la estación de Murcia, donde el tren paraba quince minutos, no se atrevió doña Práxedes a bajar al andén para cambiar de coche. Despidiose de nosotros con frase coruscante y ensortijada, deseándonos un viaje dichoso y toda la ventura conyugal que por nuestra juventud y buenas partes merecíamos. *La Brava*, que en los últimos coloquios había hecho muy buenas migas con aquella gramatical cotorra, tuvo gusto en descender con ella y en llevarle *los livianos bultos*, según la clásica expresión de la matrona provecta. Era mi costilla *per accidens* vivaracha y curiosona, amiga de gulusmear y enterarse de todo. Acompañó a la vieja hasta el Reservado de Señoras y, al abrirse la portezuela para dar paso a doña Práxedes, exploró con rápida vista al interior del departamento en que viajaban las misteriosas damas.

Pronto volvió a mi lado, contándome de este modo lo que había visto: «Pues allí va una señorona con más años que Matusalén, alta y de buenas hechuras. Su cara es blanca, con perfil de estatua: parece mismamente de mármol. Viste de luto y tiene aire de reina que ha perdido el trono. En el fondo del coche hay otras mujeres, y entre ellas una *chavala* guapísima... Como los propios ángeles. La *gachí* parece una diosa de las que he visto pintadas en un libro que tiene *don Florestán*... No pude fijarme más porque ellas me miraban como *choteándose* de mí. Me dio vergüenza y *me retiré en buen orden a mis posiciones*, como dice el ayudante de Contreras.»

Al partir el tren llenose nuestro coche de viajeros de Murcia, que alborotaban hablando a gritos de las cosas del Cantón. Unos ponderaban a Gálvez con extremadas hipérboles, asegurando que si le dejaran sería pronto el dominador de toda España; otros, con desmayado pesimismo, sostenían que el Cantón estaba perdido y que López Domínguez daría buena cuenta de aquella gentecilla, entre Año Nuevo y Reyes. Yo me desentendí de esta conversación, y reclinado en un ángulo del coche, mi mano en la mano de Leonarda, permanecí largo rato soñoliento y meditabundo, pensando en lo que mi amiga me contara de las damas que ocupaban el Reservado de Señoras. ¿Iba *Mariclío* en aquel departamento? ¿Era Floriana la divina hermosura que *Leona* comparó con las diosas?

En estas ideas y en dudas tan crueles fluctuaba mi espíritu, que ya se asía fuertemente a la realidad rechazando toda relación con el mundo de las quimeras, ya se lanzaba disparado a embelesarse con las hermosas visiones Paganas y Mitológicas. Por momentos, el deseo y la curiosidad me aguijoneaban para correr hacia el coche donde iban las misteriosas viajeras; por momentos, el miedo a la desilusión y la idea de ser mal recibido me retenían, sujetándome a la única diosa de que yo podía disponer, *Leona la Brava*, divinidad terrestre, pedestre y de vuelo harto rastrero y prosaico.

En la estación de Hellín saqué un momento la cabeza por la ventanilla, y vi pasar a un hombre de soberbia talla y formas escultóricas. ¿Era el arrogante forjador de voluntades, padre presunto de las mil hijas de Floriana que, después de echar toda el agua fría del mundo sobre mi pasión por la Maestra educadora de pueblos, me arrojó desde lo alto de un talud, cual si yo fuera un muñeco inservible o un despreciable animalejo? Cuando advertí que el divino Titán, vestido con azul ropa de maquinista, se acercaba al Reservado de Señoras y subiendo al estribo departía con las incógnitas viajeras, llegué al colmo del espanto. Tembloroso me arrebujé en la manta y cerré los ojos para reconcentrarme de nuevo en mí mismo. «¿Qué te pasa?» —me preguntó *Leona*. Y yo respondí: «Me pasa... Me pasa que he visto cómo resucita el Paganismo que creíamos muerto para siempre. Me pasa que he visto una figura...»

—¿Pero a quién, a quién has visto? ¿Quién ha resucitado? —exclamó Leonarda con súbito terror, palideciendo—. ¿Es mi marido que ha vuelto ya de la isla desierta?

—No, hija, no. Tu marido... Se lo comieron los peces y lo han digerido ya. La figura que he visto no es la de Cándido Palomo. Es la del forjador atlético hijo de los Dioses, padre de las mil maestras... Renovador del Paganismo...

—¡Bah, bah!; ésas son coplas. ¿Ya estás otra vez con la tecla de los *paganistas*? Pues ya sabes que el mejor *paganismo* es no pagar a nadie y cobrar todo lo que se pueda.

VII

En Chinchilla, donde bajamos a confortar nuestros estómagos con el agua de castañas almidonada que llaman café con leche los fondistas de las estaciones, me puso la mano en el hombro un señor a quien al pronto no conocí.

Era David Montero, totalmente transfigurado de ropa y rostro. Tenía la facha de un clérigo vestido de seglar. Se había quitado barba y bigote, y disimulaba con ligero tinte las canas de las sienes y de la nuca, bajo un gorro de terciopelo negro como el que usan los párrocos de aldea. «Hablemos quedito —me dijo sentándose junto a mí—, y no pronuncie usted mi nombre. Ya ve que voy disfrazado. Me escapé hace días, y en casa de un amigo de Balsicas me vestí de máscara para marcharme a Madrid... *Leona* me mira sonriendo. Sin duda me ha conocido. Adviértale que no venga ahora con aspavientos y que no me llame por mi nombre... Ya hablaremos, ya hablaremos. Dígame en qué departamento van, y si es de segunda como el mío pasaré un rato con ustedes.»

Alegrándome mucho de ver a David, le indiqué que íbamos en el último coche. Antes de partir el tren ya estábamos reunidos los tres y entablábamos una grata conversación sin recelo de ser oídos, pues al pasar de Chinchilla solo quedaron en nuestro departamento dos viajeros, que arrebujados en sus mantas dormían como lirones. «El Cantón está perdido, señor don Tito —me dijo Montero con voz apagada—. Lo estuvo desde 1.º de diciembre. Ya sabrá usted la prisión de Carreras, Pozas y demás individuos del Ejército.»

—Lo sé, lo sé —respondí—. Estoy bien enterado de todo. Desde que López Domínguez tomó el mando de las fuerzas Centralistas, los militares de la plaza se hacen cucamonas con los de fuera.

—¡A quién se lo cuenta usted! —repuso David—. Yo he tenido algún trato con los Centralistas. Ello fue porque un primo mío, Carlos Montero, está de mecánico en el Cuartel general, donde le estiman mucho por los servicios que presta. He hablado con el coronel Sánchez Molero, que ayer me dijo: «La fiesta de Reyes la celebraremos dentro de la Plaza.» He hablado también con López Domínguez, quien, generoso, y muy satisfecho con las referencias que le dieron de mí, me aseguró que pedirá mi indulto. Pero mientras esa gracia viene, yo me pongo en salvo, amigo mío, que si se rinde Cartagena, lo primero que harán los vencedores será meter en *chirona* a toda la población penal. Y lo que es a mí no me pescan.

—Muy bien, David —dije yo—, ha hecho usted muy bien: libertad y vida nueva.

—Eso, eso —saltó *La Brava* juguetona y alegre—. La idea de pasar de un mundo a otro la tuvo antes que usted, amigo Montero, una servidora. No más presidio: el mío era la pobreza, la vergüenza, el andar siempre entre gente groserota y vil o entre señoritos babosos y cargantes que todo lo ven *bajo el prisma de la corcupicencia.*

No pudimos prolongar nuestro coloquio porque Montero se quedó en Albacete, donde tenía un hermano. Allí descansaría breve tiempo, trasladándose luego a Madrid sin abandonar las precauciones que garantizaban su libertad. Díjome su nombre postizo, que era *Simón de la Roda*, añadiendo que se holgaría mucho de que nos viéramos en la Villa y Corte. De su paradero darían razón en el taller de Calixto Peñuela, un su amigo, famoso armero establecido en la calle de los Reyes, número 15... En Alcázar de San Juan, donde la parada fue muy larga, no me fue posible reprimir mi curiosidad, y me lancé a una indiscreta exploración del Reservado de Señoras, cuya portezuela estaba abierta.

Con gran asombro vi que el coche se hallaba vacío. ¿Qué se hizo de las misteriosas viajeras? ¿Se desvanecieron en los aires cual figuras que tenían su domicilio en los espacios imaginarios, o eran seres de carne y hueso que habían terminado su viaje? Busqué a las fantásticas damas a lo largo del andén; luego en la Fonda, y no hallé rastro de las princesas o señoras *paganistas*, como decía *La Brava*. Ésta, que era un águila para las averiguaciones por su metimiento y natural comunicativo, preguntó a un empleado del tren, el cual nos dijo secamente que el Reservado de Señoras había venido vacío desde Cartagena. La mentira y la verdad, enzarzadas y juguetonas, continuaban atormentando mi espíritu.

Nos hallábamos mi *costilla falsa* y yo consumiendo sendos chocolates con tortas de Alcázar, cuando se nos acercó un señor de más que mediana edad, alto y de buen porte, suelto de ademanes y de lengua, que saludó a *Leona* con despejo y gracia, felicitándola por verla camino de Madrid. Fue después al mostrador para pagar su gasto y el nuestro, y yo pregunté a *La Brava*: «¿Este caballero es Prefumo o uno de los Paganes de Murcia?»

—*Pagano* es y de los buenos —me contestó mi amiga gozosa—. Pero no se llama Pagán.

Y cuando el caballero volvía del mostrador salió ella a su encuentro y hablaron un mediano rato lejos de mí. Al meternos en nuestro coche para continuar el viaje, mi esposa fortuita o accidental me dijo, con frase que por su extremada sinceridad parecía candorosa, que el *pagano* le había propuesto pasarse a su departamento de primera y que él abonaría la diferencia del billete.

«¿Qué te parece, Tito? —agregó la moza con zalamería—. Sí tú lo consientes, voy; si no, no. Te digo esto, Titín, porque el ir con ese amigo me servirá para la introducción.»

—¿Qué quieres decir?

—Que para introducirme o como aquel que dice presentarse en la vida de Madrid, ese caballero poderoso me hará un buen avío. Aconséjame si debo ir o no. Aconséjame, hombre.

Con toda honradez y franqueza le contesté que siendo ella mujer libre y árbitra de su destino, podía tomar la senda que más le conviniese para el buen principio y orientación en la carrera que había emprendido. Mi fácil consentimiento produjo en ella un ligero chispazo del amor propio y fugaces monerías de coquetismo. Pero al fin quedó convencida, gracias a la perfecta lucidez con que yo expresé la rectitud de mis intenciones. Díjele que si en Madrid necesitaba de mí me encontraría en mi vivienda, calle del Amor de Dios. Como *La Brava* no dominaba el conocimiento de los números, señalé la casa con la infalible indicación de que junto a la puerta había una cacharrería y en ésta una tablilla anunciadora de *burras de leche*... En Aranjuez se consumó nuestro divorcio. No debo ocultar que si ella se fue un tanto pesarosa yo quedé medianamente triste.

Llegué a Madrid solito y tan campante. Al tomar un coche de punto vi de lejos a *Leona la Brava* con el caballero *pagano*, precedidos de un mozo cargado de bultos, y disponiéndose a entrar en el ómnibus de la Fonda

Peninsular. En mi casa fui recibido con explosión de júbilo. A Rosita encontré más espigada, a Nicanora más barriguda, y a Ido transparente ya de puro espiritado. Una novedad de la vida hospederil me contrarió mucho: la que yo llamaba mi habitación estaba ocupada por una señora, a quien mis buenos patrones no podían echar para restituirme en el usufructo de aquel cuarto. Era una dama recomendada por Delfina Gil, la dulce beata traficante en ataúdes. ¿Era guapa aquella señora? Sí. ¿Joven? Regular, tal, cual... En fin; ya la veríamos.

Ayudándome a quitarme la ropa de viaje, el seráfico Ido me dijo: «Ya sabemos, señor don Tito, que los cabecillas cantonales le nombraron a usted Embajador de Constantinopla, y que usted propuso al Gran Turco pactar un *Tratado de Alianza* con la República Cartagenera... No se ría, no venga negándolo; aquí todo se sabe... Nos dijeron también que estuvo en Roma tratando de conseguir del Papado que se entendiera con Roque Barcia para establecer en Cartagena un catolicismo suave y democrático. Ahora... usted lo negará, porque diplomacia y reserva son una misma cosa... Ahora, digo, viene usted a Madrid a negociar con el Gobierno las paces con el Cantón en condiciones honrosas para ambas partes... No se haga de nuevas... ¡Si aquí le están esperando!... Hace días estuvo en casa don Nicolás Estévanez a preguntar cuándo volvía usted. Luego vino con la misma cantinela un caballero que a mi parecer es el secretario del señor Maisonave, ministro de la Gobernación.»

—También vino —dijo Nicanora, que entraba con ropa limpia para hacerme la cama— uno que debía de ser el propio Castelar...

—Era él, era él —afirmó Ido dándose una palmada en la frente—. Era don Emilio con barba postiza.

—No, José, no; estás trascordado —repuso Nicanora—. Aquel caballero no traía barba... Pero si no era don Emilio, era Carvajal afeitadito... También estuvieron aquí don Luis Blanc, don Serafín de San José y *un porción* de santones, es a saber: el general Velarde, Solís, Moreno Rodríguez, doña Candelarita la escritora, y un tal Robledo Romero que me parece que es borbónico.

El mismo día de mi regreso al hogar patronil, hice conocimiento con la señora que ocupaba mi habitación. Era una dama de agraciado rostro, de estatura menos que mediana, edad incierta entre los treinta o treinta y cinco, tipo de lugareña fina, modosa y bien criada, el habla dulce aunque no exenta de viciosas concordancias, vestida con el hábito de los Dolores, limpia, peinada con esmero y un poquito perfumada.

«No es la primera vez que veo a usted, señor Liviano —me dijo, haciéndome sentar junto a ella en el sofá de los duros y punzantes muelles—. Yo soy vizcaína, de un pueblo que llaman Elanchove, y en Durango tuve el gusto de oír el discurso que usted nos echó sobre la *República Pontificia*, sermón *bonita* que si al pronto nos entusiasmó, luego vimos que irreverente burla era... Conozco a su padre de usted que fuertecito todavía está, aunque resentido de sus achaques. Trato mucho a su hermana Trigidia y a Ignacio Zubiri. Soy amiga de Pepita Izco, y algo parienta del cura Choribiqueta. Me llamo Silvestra Irigoyen, pero allá todos me conocen con el nombre familiar de *Chilivistra*... Conque ya ve que nos conocemos... Y ahora solo me falta decirle que esperaba su vuelta como agua de mayo para que me dé su auxilio *poderosa* en la pretensión que traigo a Madrid.»

Atento a la buena señora, y sintiéndome ya ¿por qué no decirlo?, prendado de su modestia y dulzura melancólica, le dije que dispusiera de mí a todo su talante y voluntad.

«Tanto Delfina como este señor Sagrario y doña Nicanora —prosiguió *Chilivistra*— me han dicho que a usted no le niega nada el Gobierno. Cosa que pida es cosa lograda. Todos me aseguran que va usted para ministro, y que ha venido al arreglo de paces con el *Cantona*.»

Protestando con modestia de aquella supuesta privanza mía, le rogué que me diera razón de su cuita o desventura, y ved aquí lo que me contestó, echando por delante un gran suspiro: «Yo soy casada... No podré decir a usted si el casarme fue para mi felicidad o desdicha, pues de todo hay. Mi marido es... Corazón de ángel y genio de todos los demonios. Pruebas mil tengo de su cariño, y en mi cuerpo no faltan señales de sus malos tratos. Se llama Gabino Zuricalday. En su familia todos son carlistas netos... Desde febrero del año pasado mandaba el 5.º Navarro. Cuentan que era una fiera en los combates... Por dejarse llevar de su arrojo le coparon con otros en un encuentro que tuvieran con las avanzadas de Moriones cerca de Bacaicoa. Cuando le llevaban preso a Pamplona quiso escaparse y... ¡pim!, ¡pum!...

Sin lograr su objeto, Gabino mató a un guardia civil... Milagro fue que no le fusilaran. Hoy le tiene usted en la prisión militar de Logroño esperando sentencia de un Consejo de guerra... Más de un mes lleva en este suplicio; pero ello va despacio. Militares hay del Ejército *liberala* que se interesan por él; mas no faltan otros que no pararán hasta la vida quitarle... Oído el parecer de mi familia, y el consejo de mi confesor, vine a Madrid para poner cuanto esté de mi parte en la santa obra de salvar a ese desgraciado.»

—Procede usted —le dije yo efusivamente apretándole las manos— como esposa cristiana que olvida las ofensas y obra conforme a la divina ley de amor. Porque si es verdad que su bello cuerpo conserva señales de malos tratos...

Chilivistra me interrumpió diciendo con presteza: «Cardenales fueron y *tantas* que llevaba yo sobre mí todo el Sacro Colegio. Mas tiempo ha que no dolerme. Mi confesor, santo siervo de Dios y de don Carlos, me ha dicho que perdone al marido *mala* que me ofendía... y ello no era más que cuando se arrebataba por la bebida o se encalabrinaba porque le había soplado mal el naipe... El Altísimo y mi conciencia me gritan que emprenda la campaña de redención. Lo hago no solo por mí sino por el mi hijo... Se me olvidó decirle que tenemos un niño de siete años al cual he dejado en casa de los mis padres... ¡Ayúdeme usted, don Tito, en esta empresa cristiana, y si en ella salimos *triunfos*ganaremos el cielo!»

Lo que yo mayormente quería ganar era la ternura indecisa de sus ojos, tras de los cuales entreveía los cielos infinitos del amor. «Señora cristiana y dolorida —exclamé con arranque—, yo, como buen caballero, me pongo al servicio de usted, y no tendré paz ni sosiego hasta que rematemos el alto empeño de rescatar la vida de su esposo. Hoy mismo veré a Sánchez Bregua, a Castelar. Mi grande amigo Emilio no me dará una negativa...»

Chilivistra quedó muy complacida, y yo salí de su presencia revolviendo en mi mente un plan de campaña que me pareció inspirado en la lógica más pura. Con el súbito recuerdo de mis admirables éxitos, en la primera mitad del año que expiraba, se renovó en mí la firme convicción de que cuantas peticiones hiciese a los ministros serían inmediata y satisfactoria-mente resueltas, por obra y gracia de mis invisibles espíritus familiares. En aquel poder hermético confiaba yo para conseguir la libertad del prisionero y hacerme dueño de su interesante y acardenalada esposa.

Imaginando que me bastaría poner una expresiva carta a mi amigo Eleuterio Maisonave para que el prodigio se realizase con la presteza sobrenatural de marras, puse en ejecución mi pensamiento, y allá fue la epístola que a mis queridos espíritus daba tarea en qué pasar el rato... Refrescado y vestido de limpio me eché a la calle en busca de mis camaradas, y tuve la desgracia de no encontrar a ninguno.

Silvestra, sola o con Delfina, iba diariamente a misa, y las más de las noches a los oficios que se celebraban en las iglesias próximas. Pero no creáis, lectores píos, que era una de esas beatas apestosas y cargantes que son verdadero antídoto contra el pecado. Largo espacio de la mañana empleábalo en la limpieza y arreglo de su bella persona, y cuando salía tan bien apañada y elegantita, daban ganas de ir en su seguimiento y arrodillarse con ella ante los altares. El 1.º de enero de 1874, se me ocurrió salir en su acecho y la sorprendí hociqueando en la rejilla de un confesonario. Mas no por esto se amenguaban su gracia y atractivos. Algunas veces, después de dar un paseíto por el barrio, volvía trayendo en su pañuelo naranjas o peladillas compradas en los puestos de Antón Martín. Jamás conocí santurrona tan sugestiva y simpática.

Fiado en la intervención de mis amigos del otro mundo, daba yo a *Chilivistra* seguridades de un éxito feliz en nuestra empresa de salvamento, y una tarde, acompañándola con su permiso a la iglesia de Montserrat, donde había sermón y Manifiesto, pude advertir que cuando yo le hablaba de la libertad de su marido no parecía tan contenta como era de suponer. Llegué a formar la opinión de que los anhelos de la dama dolorida y coquetona se satisfarían con obtener la vida de Zuricalday, y conseguido esto... que le mandaran lejos, lejos, a Filipinas por ejemplo, poniendo así la mayor distancia posible entre el adorable cuerpo de la señora y la mano impía del esposo.

No se me olvida la fecha de estas insignificantes ocurrencias y vanos coloquios. Era el 2 de enero. Deseoso de ponerme en contacto con mis amigos me fui al Congreso, donde el invisible poder de *Mariclío* me llevó a presenciar los memorables acontecimientos de la noche del 2 y madrugada del 3 de enero de 1874... ¡Dame tu aliento, sostén en mí la acendrada devoción de la verdad, divina Madre y Maestra!

VIII

El primer amigo con quien tropecé en los pasillos fue Moreno Rodríguez, a quien debí las referencias que me dieron un rumbo fijo en la corriente histórica. Díjome que las mayores dificultades acumuladas sobre el Gobierno Castelar provenían de la inquietud de los Intransigentes y de la cuestión de los obispos. «Ya sabes —añadió— que sin aquiescencia de Roma nombraron arzobispo de Cuba al padre Llorente, íntimo de Martos, y obispo de Cebú al amigo Alcalá Zamora, demócrata de buena cepa, que siendo diputado en las Constituyentes del 69 votó la Libertad de Cultos vestido de clérigo. Sabes también que el Papa se negó a preconizar a estos prelados, y que han pasado largos meses sin que el Gobierno español y el Vaticano se entiendan.»

—Ya, ya lo sé —contesté yo—. Dicen que Pío IX está afligidísimo.

—Naturalmente —repuso mi amigo—; lo está siempre que no puede tener a los países católicos bajo su sandalia. El nuestro se las mantiene tiesas con Roma desde el 68, y por eso el Pontificado ha tenido que cantar la palinodia, conviniendo un *modus vivendi* con el Gobierno Castelar para la provisión de las mitras vacantes, que son muchas. Los jesuitas querían que el Papa nombrase los nuevos obispos arrebatando al Gobierno el derecho de presentación, y hasta tenían preparada una hornada de clérigos carcundas para encasquetarles la mitra. Pero Masttai Ferretti vio que mermaban los chorros del dinero de San Pedro, y acabó por entenderse bonitamente con la República española. Esto es un éxito indudable del Gabinete Castelarino, ¿no te parece, querido Tito? Pues verás qué amarguras y contratiempos le aguardan al bueno de don Emilio. Salmerón está que echa bombas, y me parece que oigo ya los ruidos lejanos de la tempestad que se acerca.

Poco después di de manos a boca con Pablito Nougués, que compartía con Eugenio García Ruiz el fervor unitario. De lo que me contó el inteligente y simpático periodista, redactor-jefe de *El Pueblo*, deduje que la eterna discordia entre unitarios y federales era por aquellos días violentísima. La más clara expresión del odio que unos a otros se tenían es la frase pronunciada por un rabioso Intransigente: «Entre una República que no sea Federal y la Monarquía, preferimos la Monarquía.» Este relámpago no fue el último que me deslumbró aquella tarde en la cálida atmósfera del Congreso.

En diferentes grupos, donde encontré amigos muy queridos, pude oír el retumbar horrísono de la tempestad que se aproximaba. Salmerón, ya muy esquinado con el Gobierno, estimando el *Modus Vivendi* episcopal supremo error y violación del credo republicano, escogió este tema para cantarle a Castelar el *De profundis* y dar con él en tierra.

Una Comisión de diputados se acercó a don Nicolás, rogándole que depusiera su actitud contra el Gobierno. Mas no lograron rendir la tenacidad del filósofo, que condensó su negativa en esta implacable sentencia: *Sálvense los principios y perezca la República*. Tal fue el segundo relámpago deslumbrador que me anunciaba el rápido avance de la tormenta. El espantable fallo del presidente de las Cortes arrancó lágrimas a los leales republicanos que más de una vez jugaron su vida en las conspiraciones y en las barricadas.

No queriendo abandonar el Congreso entre la sesión de la tarde y la de la noche tomé un piscolabis en la Cantina con Martínez Pacheco, Castañeda, Olías, Morayta. Éste nos dijo que el voto de gracias al Gobierno, que presentaron a primera hora de la tarde, se discutía calurosamente. Castañeda refirió que estando aquella mañana en la casa de Castelar, calle de Serrano, don Fernando Álvarez, pariente del gran tribuno, y otros amigos allí presentes, aconsejaron al presidente del Poder Ejecutivo que se resolviera a dar el golpe de Estado. Don Emilio contestó que su honor rechazaba no solo la idea, sino hasta la frase *golpe de Estado*, y que a las Cortes iría sin vacilar, afrontando todo lo que pudiera ocurrir.

Martínez Pacheco, uno de los políticos más ligados al jefe de la Situación, nos contó sigilosamente que Castelar había conferenciado con Pavía en el despacho de la Presidencia para informarle de los rumores por todos oídos de que intentaban sublevarse contra las Cortes Soberanas. El general lo negó en redondo. Don Emilio entonces le exigió palabra de honor de que decía verdad. Pavía, dando su palabra, dijo textualmente: «Jamás, jamás me sublevaré yo ejerciendo mando.» Oído esto convinimos todos en que no había peligro por aquel lado. Don Manuel Pavía y Alburquerque, ayudante de Prim, tuvo siempre estrechas relaciones con los republicanos y era el general que más confianza podía inspirar a todos.

En la sesión nocturna se fue avivando el debate, no sé si sobre la proposición de Morayta y Olías o la indispensable de *No ha lugar a deliberar.* Subí a la tribuna de la Prensa y oí discursos de los conservadores favorables al Gobierno. Romero Robledo dijo que habiendo apoyado a Pi y Margall y a Salmerón cuando eran Poder, no podía negar su voto al Gabinete Castelar. En el propio sentido habló don Agustín Esteban Collantes, que sintetizó su pensamiento en esta frase feliz: «Si un regimiento de Granaderos entrase por esas puertas y se hiciese dueño del Poder, yo sería de los vencidos, ya triunfasen las turbas, ya los Granaderos...» Relámpago intenso que me hizo cerrar los ojos.

Defendió al Gobierno, entre otros, el eximio catedrático don Francisco de Paula Canalejas, que fijó la cuestión política en estos precisos términos: «Si el Ministerio debe caer, es preciso sepamos cuál es la solución que ha de sustituirle.» Atacaron, sin acritud Benítez de Lugo, y con sin igual dureza Corchado y Labra, quienes intentaron presentar a Castelar como sospechoso a los republicanos. No pudiendo formar Gobierno ningún hato suelto del rebaño parlamentario, se imponía un Gabinete sintético o de conciliación; pero como era imposible armonizar la Izquierda con el Centro, y la Derecha con los Intransigentes, resultaba un embrollo de todos los diablos o un nudo que los dedos más hábiles no podrían deshacer.

En esto sonó el primer trueno de la ya inminente tempestad. Salmerón, que había dejado la silla presidencial, soltó en un escaño próximo al reloj el raudal de su elocuencia altísona y majestuosa. Sus negros ojos fulgurantes, su lucida estatura y la solemnidad de sus ademanes, completaban el mágico efecto del orador sobre sus embelesados oyentes. Mostrose ufano de haber contribuido a formar la Derecha, que definió de este modo: «Partido eminentemente republicano, esencialmente democrático en los principios, radical en las reformas, pero conservador en los procedimientos; partido de paz, de orden, de imperio, de ley, de autoridad.» A mi lado, los periodistas, comentando estas palabras, dijeron que la Derecha no la había formado Salmerón con sus vacilaciones, sino Castelar con su continua propaganda. Don Emilio era el representante legítimo y autorizado de la Derecha.

Prosiguió el filósofo sosteniendo que Castelar había roto la órbita de la política conservadora, y trató de probarlo exponiendo vagas generalidades acerca del Ejército, del partido conservador monárquico, de reformas administrativas y de economía de los gastos públicos, sin aludir ni por asomo a la cuestión de los obispos, móvil, según creíamos, de aquella gran borrasca. Se guardó muy bien de indicar cuáles eran las economías y reformas administrativas que, según él, debió Castelar implantar y no lo hizo. Tampoco dijo nada que permitiese apreciar la diferencia entre las disposiciones referentes al Ejército dictadas por don Emilio y las que él adoptó en el período de su mando.

Las únicas afirmaciones, por cierto nada tranquilizadoras, del orador fueron éstas: «Soy inhábil, soy incapaz para el Gobierno mientras las actuales condiciones no cambien: ni pretendo, ni demando, ni acepto el Poder. Si no es posible salvar la situación presente dentro de la órbita del Partido Republicano, antes que romperla nosotros con mano sacrílega, digámoslo a la faz del país; declaremos que no es posible gobernar con nuestros principios, con nuestros procedimientos: así quedará nuestra conciencia tranquila de no haber profanado el Poder, de no haber hollado nuestras sagradas convicciones.»

Aunque no sonaron fuertes aplausos, las señales de asentimiento que advertimos en toda la Cámara, nos demostraron que había herido gravemente al Gobierno el discurso del *filósofo sin realidad*, según la sabida frase castelarina. Había llegado el momento supremo. El presidente del Poder Ejecutivo se levantó arrogante, ansioso de mostrar en aquel torneo la pujanza de su nombre, de su elocuencia y de su honor, como jefe de la democracia gubernamental.

Empezó su discurso el inmenso tribuno con estos ardientes apóstrofes: «Soy sospechoso al Partido Republicano porque le digo que él solo no puede salvar la República; porque le digo que está hondamente dividido y perturbado; porque le digo la verdad, como se la dije a los Reyes, y añado que no gobernará como no condene enérgicamente y para siempre a esa demagogia.» *(Señalando a la extrema izquierda.)*

Fijó luego su significación gubernamental, constante en su vida pública. Sostuvo que nada hizo en el Gobierno que no hubiera defendido en la oposición y expuesto en su programa al ser elevado al Poder. Notó los servicios prestados por él a todos los Gobiernos de la República, de quienes fue ministerial ardiente aun sin compartir sus opiniones, por no mermarles autoridad. Luego prosiguió así: «Tenemos todo lo que hemos predicado. Tenemos la Democracia, tenemos la Libertad, tenemos los Derechos Individuales, tenemos la República. Dos reformas no más necesitamos: la primera es la separación de la Iglesia del Estado; la segunda es la abolición de la esclavitud en Cuba.»

El relampagueo y tronicio continuaban, con fulgores y sonidos más próximos. Un diputado interrumpió: «¿Y la Federal?» Don Emilio repuso con acento iracundo: «Eso... Eso es organización municipal y provincial. Ya hablaremos más tarde; no merece la pena. ¡El más federal tiene que aplazarla por diez años!» En los bancos de la Intransigencia produjeron enorme tumulto las frases del tribuno. Una voz dijo: «¿Y el proyecto de Constitución?» Castelar lanzó esta respuesta fulminante: «Le enterrasteis en Cartagena.» *(Sensación profunda en la Cámara y contradictorias manifestaciones.)*

El jefe del Gobierno puso término a su discurso con estas palabras: «El Partido Republicano tiene que transformarse en dos grandes partidos: uno de acción, progresivo, muy progresivo, a quien le parezcan estrechas y mezquinas nuestras ideas; y otro pacífico, nada de dictatorial, nada de autoritario, nada de arbitrario; legal, muy legal, demócrata, muy demócrata, pero con grandes instintos de consolidación y conservación... Mi política es la natural y podréis maldecirla, pero no sustituirla, porque ante la guerra no hay más política que la guerra.»

Sin más dimes y diretes, porque Salmerón no rectificó y las Izquierdas olfateando su triunfo no quisieron perder el tiempo, se dio por concluso el debate. ¡A votar, a votar! Derrotado por 120 votos contra 100, Castelar entregó a la Mesa la dimisión de todo el Gobierno... Aprobose la proposición de costumbre para elegir por papeletas firmadas un nuevo Ministerio con las mismas facultades conferidas a los anteriores, y se suspendió la sesión por más de dos horas para que los diputados se pusieran de acuerdo... Bajé de la Tribuna con mis amigos periodistas, y en los pasillos y Salón de Conferencias oímos ardorosos comentarios de la votación.

Alguien censuró con acritud a Figueras porque, si personalmente se abstuvo, ordenó a sus parciales que votaran contra el Gobierno. También votaron en contra Salmerón y sus adeptos, el Centro, la Izquierda y los Intransigentes. Al lado de Castelar estuvieron, a más de sus amigos, seis monárquicos y los Unitarios. Hallándome yo en medio de aquel laberinto me encontré de improviso en los brazos de Estévanez. «Pero don Nicolás —le dije—, ¿qué es de su vida de usted? No le he visto en los escaños.» Y él, con semblante triste y voz apagada, me contestó: «No he venido más que a votar y me largo a escape. Mi suegra acaba de morir. Adiós.»

Avanzaba la noche. Ya habían caído en las honduras del tiempo pasado las horas del 2 de enero de 1874 y entrábamos en la madrugada del 3. La votación por papeletas se deslizaba lenta, triste, cadenciosa y somnífera, reproduciendo en los espíritus la pesadez atmosférica de la tempestad que sobre el Congreso se cernía. En los aires sobrevino el silencio lúgubre que precede a los grandes estallidos de la electricidad. No vean mis lectores en esto más que un fenómeno subjetivo, producto de mi caldeada imaginación. La tempestad no estaba en los aires sino en la Historia de España.

A una hora que debía de ser molesta para los trasnochadores más empedernidos, las cinco o las seis de la madrugada, terminó la parsimoniosa votación para elegir nuevo Gobierno, y se dio comienzo al escrutinio con prolijos trámites a fin de garantir la más escrupulosa exactitud. En esto estábamos cuando retumbó sobre nuestras cabezas un trueno formidable. Retembló el edificio, se estremecieron todos los corazones, vibraron todos los nervios... Subió Salmerón a la Presidencia y demudado, lívida la faz, centelleantes los ojos, dijo solemnemente estas fatídicas palabras: «Señores diputados: hace pocos momentos he recibido un recado u orden del Capitán general de Madrid —creo que debe ser ex-Capitán general—, quien por medio de sus ayudantes nos conmina para que desalojemos este local en un término perentorio.»

IX

El rayo corrió por toda la Sala en menos de un segundo, levantando a muchos de sus asientos, y oyéronse estas voces: «¡Nunca!, ¡nunca!» Parecióme que en aquella fracción de segundo los pupitres, los divanes, los candelabros, las luces de gas, las pinturas y adornos, los nombres grabados en las lápidas conmemorativas y hasta los mudos maceros gritaban también *¡Nunca!*

Tratando de imponer silencio, Salmerón prosiguió así: «¡Orden, señores diputados! La calma y la serenidad no deben apartarse de los ánimos fuertes en circunstancias como ésta... Me ha dicho el Capitán general que si no se desaloja el Congreso en plazo perentorio lo ocupará a viva fuerza... Yo creo que es lo primero y lo que de todo punto procede...» Espantoso tumulto ahogó la voz del orador. Algunos vociferaban: «¡Esto es una indignidad, una villanía! ¡Esto es una traición infame!» El presidente, en tanto, gritaba con voz estentórea: «¡Orden, señores diputados, sírvanse oír la voz...!» Continuó el tumulto con creciente estruendo. Varios Intransigentes, en pie sobre sus escaños, gesticulaban y decían: «Calma, señores, mucha calma.» Don Eduardo Chao exclamó: «¡Esto es una cobardía miserable!» Y el filósofo don Nicolás, reiterando sus exhortaciones, exclamaba a grito herido: «¡Orden, orden, señores diputados! Vuelvo a recomendar la calma y la serenidad. Sírvanse oír...» Pero nadie le oyó.

Cuando por agotamiento físico se hizo un poco de silencio, prosiguió Salmerón: «El Gobierno presidido por el ilustre patricio don Emilio Castelar es todavía Gobierno y sus disposiciones habrá adoptado ya. Entre tanto, yo creo que debemos seguir en sesión permanente, y seremos fuertes para resistir hasta que nos desalojen por la violencia dando un espectáculo que, aun cuando no sepan apreciarlo en lo que vale aquellos que solo pueden conseguir el triunfo por ciertos medios, las generaciones futuras sabrán que los que éramos adversarios ahora hemos estado unidos para defender la República.» Varios padres de la Patria exclamaron: *¡Todos! ¡Todos!* Y el presidente contestó: «No esperaba yo menos, señores diputados: ahora seremos todos unos.»

En los escaños retumbó el estruendoso clamor de *¡Todos somos unos! ¡Todos somos unos para defender la República!* Al oír esto no pude contenerme. Se me encendió la sangre, y con toda la fuerza de mis pulmones lancé al hemiciclo estas palabras: «¡A buenas horas mangas verdes! Majaderos fuisteis; sed ahora ciudadanos y dejaos matar en vuestros asientos.» En el espantoso vocerío perdiéronse mis apóstrofes. Muchos diputados daban vivas a la Soberanía Nacional, a la Asamblea y a la República. Salmerón echó el resto de su potente voz con estas frases rotundas: «Se han borrado en este momento todas las diferencias que nos separaban. Borradas estarán hasta tanto que no quede reintegrada esta Cámara en la representación de la Soberanía Nacional...» Otra vez, sintiéndome coro, grité burlescamente: «*¡Tarde piache!*» Mi comentario familiar quedó ahogado en el estrépito de los aplausos que corearon la vibrante protesta del gran metafísico.

Tocó la vez a Castelar, que dijo: «Yo creo que la sesión debe seguir como si no sucediese nada fuera de esta Cámara. Puesto que aquí tenemos libertad de acción, continuemos el escrutinio, sin que por eso el presidente del Poder Ejecutivo tenga que rehuir ninguna responsabilidad. Yo he reorganizado el Ejército; pero lo he reorganizado no para volverse contra la legalidad, sino para mantenerla.» Frenéticos aplausos interrumpieron al colosal tribuno, que terminó de esta manera: «Ya, señores diputados, no puedo hacer otra cosa que morir el primero con vosotros.» *(Inmensa emoción. Muchos se abalanzaron a abrazarle.)*

Don Eduardo Benot se puso en pie, y rojo de ira gritó: «¿Hay armas? Vengan. ¡Nos defenderemos!»

Salmerón: Sería inútil nuestra defensa y empeoraríamos nuestra causa.

Una voz: ¡Quia; ya no se puede empeorar!

Salmerón: Digo que nosotros nos defenderemos con aquellas armas que son las más poderosas en estos momentos: las de nuestro derecho, las de nuestra dignidad, las de nuestra resignación para recibir semejantes ultrajes.

Castelar: Pero una cosa hay que hacer...

Un diputado: ¡Que se dé un Voto de confianza al Ministerio que ha dimitido!

Castelar: De ninguna manera; aunque la Cámara lo acordase, este Gobierno no puede ser Gobierno, para que no se dijera nunca que había sido impuesto por el temor de las armas a una Asamblea Soberana. Lo que está pasando me inhabilita a mí perpetuamente para el Poder.

Varios diputados: ¡No, no, que te creemos leal!

Castelar: Así es, señores diputados, y a mí me toca demostrar que yo no podía tener alguna parte en esto. Aquí, con vosotros los que esperéis, moriré y moriremos todos.

Benot: Morir, no: vencer.

Chao: Ruego, señores diputados, que se expida un Decreto declarando fuera de la ley al general Pavía, sujetándole a un Consejo de guerra... y si es necesario desligando a sus soldados del deber de la obediencia.

Fernández Castañeda: ¡Farsa! ¡Qué Decreto ni qué garambainas! Si no disponemos ni de un cabo y cuatro soldados para que nos defiendan ¿cómo vamos a exonerar a nadie?

(Sánchez Bregua extiende y firma el Decreto. Varios diputados solicitan ser ellos quienes lo entreguen a Pavía.)

Calvo y Delgado: *(Despavorido. Penetrando en el Salón.)* La Guardia Civil entra en el edificio, pregunta a los porteros la dirección de esta Sala, y dice que se desaloje en el acto, de orden del Capitán general.

Benítez de Lugo: Que entre, y todo el mundo a sus asientos.

Salmerón: Ruego que solo esté en pie el señor diputado que se halle en el uso de la palabra.

Benítez de Lugo: Yo que en esta misma sesión he consumido un turno contra la política del señor Castelar, pido que en este momento la Cámara entera le dé un Voto de Confianza.

Castelar: Ya no tendría fuerza y no me obedecerían.

Salmerón: No tenemos más remedio que sucumbir ante la violencia, pero ocupando cada cual su puesto. Vienen aquí y nos desalojan. ¿Acuerdan los señores diputados que debemos resistir? ¿Nos dejamos matar en nuestros asientos?

Muchas voces: ¡Sí, sí, todos!

(Algunos padres de la Patria desfilan silenciosos hacia las puertas altas que dan al pasillo curvo.)

Castelar: Señor presidente. Yo estoy en mi puesto y nadie me arrancará de él. Yo declaro que aquí me quedo y que aquí moriré.

Un diputado: ¡Ya entra la fuerza en el Salón!

Unos: ¡Qué vergüenza!

Otros: ¡Qué escándalo!

Varios: Soldados: ¡Viva la República Federal! ¡Viva la Asamblea Soberana!

Aparecieron por la puerta de la izquierda soldados con armas. Su aire era tímido, receloso. En su actitud se conocía que traían orden de no hacer daño. La grandeza del Salón, la muchedumbre de personas, las voces airadas, les mantuvieron un instante en cierta perplejidad... ¡Pobres hijos de España! ¡Y os sacaron de vuestros hogares para consumar tal crimen!... Algunos diputados se abalanzaron hacia la tropa, agrediéndola con sus bastones y tratando de desarmarla. Entre aquel torbellino se abrió paso el coronel de la Guardia Civil, señor Iglesias, alto, viejo, de blanco bigote y aire muy militar. Tricornio en mano subió a la Presidencia y habló con Salmerón. Tanta gente se arremolinaba en el alto estrado, que no pude distinguir la actitud de don Nicolás ante el embajador de la fuerza bruta. Diputados, ujieres, taquígrafos, se entremezclaban y corrían de un lado para otro en espantosa confusión. Solo permanecían en sus puestos, rígidos y mudos, los maceros, como esos heraldos de piedra que decoran los regios sepulcros.

En esto sonó en los pasillos un tiro. Luego otro y otros... Terrible pánico. Por la puerta de la derecha salieron del Salón de Sesiones muchos diputados: unos para evadirse lindamente; otros para ver lo que ocurría entre la calle y el Salón de Sesiones. A escape bajé yo de la Tribuna. En el pasillo de la Orden del Día vi que la tropa se limitaba a indicar con la mano a los padres de la Patria la puerta de salida. Algunos de los que habían jurado dejarse matar dentro del Congreso antes de rendirse al imperio de la fuerza, recogieron sus prendas de abrigo en el guardarropa y ganaron cabizbajos y silenciosos la calle de Floridablanca. En cambio, los más exaltados trataban de imponerse a los militares con razones iracundas y argumentos contundentes.

Allí presencié una escena, que refiero para que se vea que la elevación de sentimientos no dejó de manifestarse en los incidentes de aquella memorable escena histórica. Emigdio Santamaría, hombre fornido, corto de talla pero de fuerza hercúlea, arrebató su fusil a un sargento de Infantería, en el pasillo circular. Consternado y casi lloroso quedó el pobre sargento, considerándose sin honra por verse inerme e indefenso. Como ya he dicho, tanto él como sus compañeros tenían orden de no agredir a ningún diputado... En esto intervino Antonio Fernández Castañeda, representante de Santander en aquellas Cortes, el cual disipó la ira acometedora de Santamaría con estos conceptos de Patria y Humanidad que fielmente copio: «Amigo Emigdio, no tenemos medios hábiles para sostener nuestro derecho. Tristísimo es decirlo, pero ya no hay para nosotros más recurso que salir y callar, esperando el fallo de la Historia. Lo que usted hace es una locura sin más consecuencia que perjudicar a este pobre muchacho. ¡Devuélvale usted su fusil!» Emigdio Santamaría, apagando los últimos resoplidos de su furia, entregó el arma al sargento, que, con voz empañada por la emoción, dijo: «Gracias, gracias, caballero.»

No era ésta la única prueba que de su comedimiento y claro juicio dieron los buenos *chicos del Ejército*. Obedecían a los autores de aquella infamia sin desconocer que escarnecían a la Patria y pisoteaban las Leyes.

Colándome en el Salón de Sesiones vi a don Nicolás ponerse el sombrero y descender pausadamente de la Presidencia, seguido de los graves maceros. En el banco azul, Castelar, con semblante dolorido y actitud de suprema consternación, permanecía en su sitio como un estoico que apura el cumplimiento del deber hasta el último instante. Rodeábanle sus amigos más adictos y cariñosos. Dirigí una mirada al hemiciclo, y la soledad de los escaños me dio la impresión del hielo de la muerte. Lucían los mecheros de gas como funerarias antorchas... Ya iban palideciendo ante la claridad tenue del alba que por la claraboya cenital tímidamente penetraba...

Por fin, los fieles adeptos del gran tribuno consiguieron arrancarle de su asiento, y sacarle de la *Cámara ardiente* al pasillo. Abrieron paso respetuosos los militares... La que podríamos llamar procesión de duelo se dirigió hacia la escalera y salida de la calle del Florín. Seguí yo detrás, atraído por la solemnidad del suceso y por la figura de *Mariclío*, que creí distinguir junto a la persona triste y agobiada del héroe vencido, Emilio Castelar.

En la calle, dudando yo si era real o imaginaria la presencia de la excelsa Madre, acerqueme a ella. Iba vestida de negro, con la toca y monjil que usaron las reinas viudas y las dueñas ricas, traje con que la iconografía religiosa viste a Nuestra Señora de los Dolores. Suavemente me dijo: «Vete a recorrer las calles que rodean a esta Casa profanada; fíjate en las tropas que han acudido a consumar la fácil y criminal hazaña. Repara bien dónde está *el Pavía*, que verás a caballo, rodeado de bayonetas y cañones, y de toda la máquina marcial hoy dispuesta para matar mosquitos. Di a tus amigos los republicanos que lloren sus yerros y procuren enmendarlos para cuando la rueda histórica les traiga por segunda vez al punto de...»

—Al punto de... —repetí yo—; y al sonido de mi voz, como si ésta fuera el canto del gallo que despide a las almas del otro mundo, la Madre mil veces augusta desapareció de mi vista... Corrí en seguimiento de la comitiva de Castelar, y cuando ésta doblaba la esquina de la calle del Sordo, una mano invisible me empujó hacia la plaza de las Cortes.

La conciencia de mis deberes, como emborronador de páginas históricas, me llevó a revisar las fuerzas apostadas a lo largo del palacio de Medina-celi, calles de Floridablanca, Greda, Turco y Alcalá, hasta el Ministerio de la Guerra. Allí, junto al jardín de Buenavista, vi a Pavía y Alburquerque, rodeado de un Estado mayor no menos nutrido y brillante que el de Napoleón en la batalla de Austerlitz. Ya era día claro, aunque nebuloso, tristísimo y glacial. Todo lo que pasó ante mis ojos, desde los comienzos del escrutinio hasta mi salida del Congreso, se me presentó con un carácter y matiz enteramente cómicos. Pensaba yo que en las grandes crisis de las naciones, la tragedia debe ser tragedia, no comedia desabrida y fácil en la que se sustituye la sangre con agua y azucarillos. El grave mal de nuestra Patria es que aquí la paz y la guerra son igualmente deslavazadas y sosainas. Nos peleamos por un ideal, y vencedores y vencidos nos curamos las heridas del amor propio con emplasto de arreglitos, y anodinas recetas para concertar nuevas amistades y seguir viviendo en octaviana mansedumbre. En aquel día tonto, el Parlamento y el pueblo fueron dos malos cómicos que no sabían su papel, y el Ejército, suplantó, con solo cuatro tiros al aire, la voluntad de la Patria dormida.

Al volver hacia el Congreso decía yo para mi sayo, mirando al porvenir: «Republicanos condenados hoy a larguísima noche: cuando veáis amanecer vuestro día, sed astutos y trágicos.» En la calle del Turco me encontré con Juanito Valero de Tornos, que siguió junto a mí, refiriéndome detalles curiosos observados por él en las postrimerías del Parlamento de la República. «Puedo asegurarte, querido Tito —me decía—, que el truculento general Sánchez Bregua, en el azoramiento de su retirada forzosa, se dejó olvidada la chistera en el Banco Azul. Yo no lo vi; me lo contó Bernardo García, y lo tengo por exacto. De otro ministro sé que buscó refugio en las habitaciones altas, donde vive el mayor, y allí estuvo aguardando a que terminase la degollina...

»Muchos diputados se agazaparon en las oficinas del *Diario de las Sesiones*, y por una ventana salieron a Floridablanca. Por la puerta que da a la misma calle se escabulleron cantando bajito los que más habían alborotado en los pasillos, queriendo desarmar a la tropa: eran Olías, Casalduero, Díaz Quintero, el marqués de la Florida y otros. Antonio Orense dirigió algunas palabras enérgicas a los civiles que custodiaban la puerta; pero éstos no le hicieron caso, y siguió su camino.

»Yo vi a don Nicolás Salmerón salir con el cuello del gabán levantado, y tapándose la boca con un pañuelo. Le acompañaban Carratalá y Montero Rodríguez, embozados en sus capas hasta los ojos... Me consta porque lo he visto, que León y Castillo, Antonio Matos, y Merelles, de acuerdo con los conjurados, hacían frecuentes viajes del Congreso a Buenavista para informar al general Pavía del momento preciso en que debía dar el golpe. Ellos fueron los transmisores del estado agónico de la pobre República. El Capitán general de Madrid no se puso en movimiento hasta que supo que la enferma estaba dando las boqueadas.»

Anoto los informes de Juanito Valero, descontando de ellos el agridulce que aquel ingenioso amigo ponía siempre en sus referencias políticas. Como buen conservador y alfonsino, no perdía ripio para zaherir y rebajar los caracteres de la gran familia republicano-democrática.

Cansado de correr en tonto por las calles, donde no veía más que tropas fríamente alineadas e inactivas, sin ver asomar por ninguna parte la cara iracunda del pueblo; asqueado del indigno suceso histórico que llegó al brutal *consummatum* sin dignidad por la parte ofendida ni arrogancia por parte de los asesinos de la República, me fui a mi casa con la esperanza de que un sueño profundo ahogara mi desaliento tristísimo y dulcificase mi amargura. Pero mis nervios se opusieron fieramente a que yo durmiera.

Hablé un rato con *Chilivistra*, la cual, compuesta ya y vestida con su hábito de los Dolores, me contó el sueño que había tenido aquella madrugada. Soñó la pobre señora que don Carlos triunfante venía sobre Madrid con poderosa hueste. Yo la tranquilicé diciéndole que la toma de Madrid por el *Niño Terso* no estaba tan próxima como ella había visto en sueños.

Acompañé a mi dama hasta el oratorio del Olivar, y me fui a visitar a Estévanez. En las calles no advertí el menor síntoma de inquietud ni emoción por lo que había pasado en las Cortes. El vecindario se hallaba tranquilo, las tiendas abiertas y todo el mundo en las ocupaciones habituales de cada día. La casa de mi amigo don Nicolás estaba de duelo; la madre política de cuerpo presente. No quise pasar, y aplacé mi visita para el siguiente día... Volví a divagar por la vía pública. En la plaza del Ángel me encontré a Pepe Ferreras, con quien hablé de la increíble tranquilidad que notaba en la población.

«Fíjese usted bien —me dijo el agudo periodista—, y notará más que tranquilidad, alegría... ¿Se asombra usted, querido Tito?... Aquí producen siempre regocijo los cambios de Gobierno, sobre todo cuando son radicales y hay que mover todos los títeres. La mitad de las personas que pasan a nuestro lado son cesantes que aguardan la formación del nuevo Gobierno para pedir que los repongan. Esta situación hará un desmoche tremendo... Notará usted también que en las tiendas reina cierto alborozo. Los tenderos salen a la puerta creyendo oír ya el voceo de los extraordinarios de periódicos *con el nuevo Ministerio*... Madrid se anima, el comercio se despereza, la industria renace de sus cenizas como el Ave Fénix, los negocios se desentumecen, y ya mañana las criadas irán a la compra con más dinero del que suelen llevar a diario.»

Entramos en una sastrería, de cuyo dueño era Ferreras muy amigo. El escuálido sastre, apenas le preguntamos su parecer sobre el cambio político, nos dijo con semblante de júbilo: «Pues nada, señor don José y la compañía, que estamos de enhorabuena; toda la calle lo está. El cambio parece de esos que todo lo ponen al revés. Nos hallamos abocados a una zafra que ha de ser magnífica y provechosa. Algo me ha de tocar a mí de los encargos que han de caer sobre la sastrería de Madrid...

»Antes de media semana habrá que tomar medidas para las 49 levitas de los 49 gobernadores nuevos. De pantalones y chalecos negros, de ternos de lanilla, tendremos tantísimos encargos que será fácil nos quedemos sin género catalán, de ese que llamamos inglés. En el ramo de capas, que es mi especialidad, espero que la cosecha será de las no vistas, pues el invierno crudo y la crisis honda se han puesto de acuerdo para que la gente tenga que abrigarse.

»Ya era tiempo, señor don José, pues en esta *crujida* de la República lo íbamos pasando muy mal. Los republicanos son muy buenos chicos; pero con sus grescas escandalosas, su Pacto, sus Cantones, y la maldita y arrastrada Igualdad, no traen más que hambre y mala ropa. Mis compañeros y yo vivimos de vestir a los españoles. ¡Lucidos estaríamos si nuestro negocio dependiera del lujo que gastan los *descamisados!*»

Nos despedimos del sastre. De madrugada había yo visto cómo se empequeñecían las cosas grandes; acababa de ver cómo crecía y se hinchaba lo infinitamente pequeño.

X

Después de enterarnos mi amigo Ferreras y yo del júbilo de los sombrereros (que en tiempos de República el armatoste llamado *chistera* iba muy en desuso), entramos en el café de La Iberia, donde tuvimos el feliz encuentro del bondadoso Llano y Persi, que nos convidó a almorzar. Eran las doce. En el Congreso estaban reunidos el duque de la Torre, Cánovas, Sagasta, Martos, Becerra y algunos santones más, civiles y militares, amasando el pastelón del nuevo Ministerio para meterlo en el horno. Cánovas dijo que si no se proclamaba en el acto Rey de España al príncipe Alfonso, debía declararse por lo menos abolida y conclusa la forma republicana. A esto no accedieron los altos reposteros, y continuaron trabajando el hojaldre para darle una pronta cochura y servirlo al país.

Ferreras, que era un águila para las indagaciones políticas, difirió por un rato el almuerzo y se fue al profano Templo de las Leyes, de donde volvió al cuarto de hora trayéndonos los nombres del nuevo Gabinete, trazados por él con lápiz en un papelejo. Ante los amigos que formábamos corrillo en dos mesas próximas leyó la esperada y emocionante lista, que reproduzco para conocimiento de los papanatas del tiempo venidero:

Presidente del Poder Ejecutivo, general Serrano. —Presidente del Gobierno y ministro de la Guerra, general Zabala. —Estado, Sagasta. —Marina, Topete. —Hacienda, Echegaray. —Gobernación, García Ruiz. —Gracia y Justicia,

Martos. —Fomento, Mosquera. —Ultramar, Balaguer... Almorzamos alegremente, y allí fue el acumular cálculos sobre la vitalidad de la nueva Situación, sobre el atropellado asalto de puestos oficiales y demás preparativos de la pública merienda burocrática que se aproximaba. Llano y Persi nos contó que, cuando Castelar iba del Congreso a su casa rodeado de amigos, a las siete y media de la mañana, se le presentó un ayudante de Pavía, rogándole de parte del general que continuase al frente del Gobierno. Don Emilio contestó con frase desvergonzada, única respuesta que a tal ultraje correspondía, y prosiguió inalterable y firme su retirada dolorosa.

Gratísima era la tertulia de La Iberia, donde se oían opiniones y comentos dignos de ser grabados en los mármoles y bronces de nuestra inmortal chismografía política. Pero yo, muerto de cansancio por no haber pegado los ojos la noche anterior, me fui a mi casa, a punto que atronaban las calles los voceadores de la *Lista del nuevo Ministerio...* Tendido en mi cama y contagiado de la soñación de mi vecina *Chilivistra*, soñé que era yo sastre, y que estaba cortando las 49 levitas para los 49 flamantes gobernadores de provincia. Luego cambió el tema de mis cerebrales aberraciones, y soñé que la dolorida dama se despojaba de su hábito negro para arrojarse en mis brazos amantes. Por último, andando ya la noche, me atormentó la visión o pesadilla del caso del *Virginius*, que fue uno de los temas tocados en la tertulia del café.

Dicha nave, arbolando bandera americana, fue apresada en aguas de Jamaica por nuestra goleta *Tornado*. Llevaba gran número de filibusteros, norteamericanos, ingleses y españoles, dispuestos a desembarcar en la Gran Antilla para favorecer la guerra contra España. Conducidos a Santiago de Cuba los tripulantes y pasajeros del barco insurgente, fueron fusilados la mayor parte de ellos, contraviniendo las órdenes de Castelar al Capitán general Jovellar para que no se aplicara la pena de muerte sin dar antes cuenta al Gobierno de Madrid. Ante la horrenda tragedia de Santiago de Cuba, desperté en mi cama dando gritos atroces: «¡Teneos, bárbaros! ¡No fusiléis!... ¡A mí!... ¡Socorro!... ¡Clemencia!...»

A mis voces acudió Ido del Sagrario en paños menores, alumbrado de un candilejo, y me dijo: «¿Qué es eso, señor don Tito? ¿Qué le pasa?»

—Que están fusilando a los del *Virginius* —repliqué yo sentándome al borde del lecho—. Los tiros me han dejado sordo.

—¿Pero está usted en Babia? —murmuró mi patrón tembliqueando de frío—. Lo del *Virginius* está arreglado hace ya la mar de días, según dijeron los papeles.

—No, no —exclamé yo lanzándome en pernetas a recorrer la estancia—. En este cuarto estaban conferenciando ahora Castelar y míster Sickles. Todavía estoy oyendo el traqueteo de la pata de palo que gasta el ministro de los Estados Unidos. De aquí pasó don Emilio al cuarto de usted. Bien claro dijeron que es inevitable la guerra con la República Norteamericana. ¡Jesús, qué calamidad! ¡Jesús, qué desastre! ¡Pobre país, pobre España!

Con no poco esfuerzo me tranquilizó Ido, haciéndome volver a mi camastro. La cuestión del *Virginius* era ya cosa vieja. Castelar y el cojo Sickles arregláronla con los bartolillos y bizcochos borrachos que usa la diplomacia...

El día siguiente, 4, lo pasé casi todo con Nicolás Estévanez. Embozados en nuestras capitas nos fuimos a divagar por las calles, observando la fisonomía y estado moral de esta compleja Villa. Hallábase el hombre en un grado tal de desaliento y tristeza, que me fue imposible calmarle con mis excitaciones a la paciencia filosófica. La inhibición del pueblo ante el criminal golpe de Estado le ponía fuera de sí... Más de una vez le oí pronunciar estas frases que copio *ad pedem litterae*: *Lo de ayer ha sido una increíble vergüenza... Todos nos hemos portado como unos indecentes...* Visitamos a no pocos jefes y oficiales de la Milicia Nacional, para ver si los *gorros colorados* se decidían a intentar un supremo esfuerzo. A todos les encontramos indecisos y como atontados. Francisco Berenguer (*el Quito*) fue el único que, como siempre, se mostró resuelto a cualquier barbaridad. Era popularísimo en la Latina y disponía de bastante gente.

Antes de tomar una resolución en asunto tan arriesgado, quiso Estévanez ver a Salmerón, y allá nos fuimos. Dejele en la puerta de la casa y quedé en esperarle en el café de Lepanto. A la media hora volvió el infatigable republicano, diciéndome: «Farsa, farsa; no podemos hacer nada. Salmerón ha recibido un mensaje de Moriones. El general en jefe del Ejército del Norte declara que no está dispuesto a reconocer el Gobierno formado por Pavía.

Pero encarga que no nos movamos para no hacer fracasar sus intentos, y exige que se pongan de acuerdo los desavenidos Salmerón, Pi, Figueras y Castelar... Esto está perdido. Cantemos a nuestra pobre República el debido responso.»

Pasados unos días me enteré de que las únicas poblaciones que protestaron decorosamente contra el golpe de Estado fueron Valladolid, Zaragoza y Barcelona. En la capital castellana pusieron sobre las armas los Voluntarios de la República. El famoso general don Eulogio González Iscar, familiarmente llamado *Gonzalón* por su extremada corpulencia, salió a calmar los ánimos. El gentío le acosó, rechazándole con ultrajes; mas aunque amenazaba con fusilar a los revoltosos nada hizo. El ruidoso motín, con sus incipientes barricadas, fue derivando hacia la tibieza y por fin hacia la paz, convencidos los republicanos de que la cosa no tenía remedio. En Zaragoza ocurrieron tentativas y desmayos semejantes. En Barcelona los Batallones Catalanes que mandaba el *Xic de las Barraquetas*, armaron un cisco que dominó fácilmente la tropa de la guarnición. El pueblo más deshonrado en aquellas vegadas fue nuestro querido Madrid, dándonos el mal ejemplo de una resignación musulmana. *Estaba escrito* que las crisis políticas resolvían las crisis del pequeño comercio y remediaban el hambre atrasada de sastres, sombrereros, zapateros y patronas de huéspedes.

Una mañana llamó a la puerta de mi casa la *Leona* cartagenera. No tuve el gusto de recibirla porque el señor de Ido, oficioso y pudibundo, conociendo por el trapío de la moza que ésta era de cuidado, le dijo que yo estaba ausente y que hasta la noche no volvería. Pasado un cuarto de hora salí a la calle y me la encontré en el portal: *La Brava*, ducha ya en las mentiras cortesanas, había conocido el ardid de mi filosófico patrón. Ella y yo nos alegramos de vernos, y apenas nos saludamos hice propósito de acompañarla hasta su casa. Cuando pasábamos juntitos a la acera de enfrente miré a mis balcones, y en uno de ellos vi a *Chilivistra* que nos*guipaba* cautelosa y un tanto ceñuda.

En el camino hacia la calle de la Victoria, donde Leonarda me dijo que vivía, advertí que la mujer alegre no había perdido el tiempo en la obra ciertamente admirable de su metamorfosis. En diez días de Madrid iba vestida con traje flamante a la moda, y en lo referente a la adquisición de palabras finas, sus progresos me colmaron de asombro. Ya sabía decir *hecatombe, el punto de vista*, *miel sobre hojuelas*, y otras majaderías usuales. Lo primero que me contó fue que el caballero *pagano* con quien llegó a Madrid le había servido de mucho para orientarla en su nueva vida. Pero aquél tomó las de Villadiego, y ella anduvo algunos días un poquito aperreada... Después había tenido la suerte de que le saliera un señorón muy bueno, que solo con verla se enamoró de ella como un colegial.

Parándose en medio de la calle, para hablarme con más reposo, *La Brava* continuó así su historia: «Mi señor es un personaje de la Situación *que acaba de salir ahora*, y está tan loco por mí que me llama su tipo y otra cosa muy bonita... A ver si me acuerdo... Sí, eso es... Su ideal... El nombre, Tito, no puedo decírtelo, porque él es casado y... Debe una tener delicadeza y mirar *el punto de vista* de la familia y la sociedad... Le han dado un destino muy gordo... Creo que cincuenta mil reales y manos libres... Ya le están haciendo un uniforme bordado y un sombrerote con plumas, y todo esto, con el espadín y una banda amarilla, le sale por más de diez mil reales. A mí me ha regalado este vestido. Ya comprenderás que es rico... Rico por su mujer, *naturalmente*.»

Vivía *Leona* en una casa equívoca. Al entrar con ella en su habitación no vi más que a una mujer frescachona que me saludó con amabilidad tan equívoca como la vivienda. Seguimos nuestra conversación *La Brava* y yo hablando de Cartagena y de las trifulcas que allí dejamos. Mi amiga me dijo con viveza: «¿Pero no sabes?... Si tenemos aquí a la Ramira... ¿No te acuerdas de la Ramira, una que iba conmigo la noche que te acompañamos hasta la plaza de las Monjas?... Pues llegó ayer con un chico del ferrocarril... En casa está: voy a llamarla para que te cuente.» Salió un momento, y al poco rato volvió acompañada de su amiga, que era menudita y graciosa. «Siéntate aquí, Ramira —dijo *Leona*—, y cuéntale a don Tito el incendio de la fragata. Verás, hijo, verás qué *hecatombe*.»

«Pues señor —empezó diciendo la narradora—; la fragata *Tetuán* se ha quemado hace unos días. A las ocho de la noche comenzó el fuego, y a la media hora las llamas llegaban al cielo. Era un espanto. Los que estaban a bordo tuvieron que salvarse tirándose de cabeza a las lanchas. Decían que si el incendio había sido por las estopas o por los estopines. Los cañones se disparaban solos. La autoridad mandó que nadie se acercase. La ciudad estaba aterrorizada. A media noche reventó la santabárbara: la cubierta voló por los aires, hasta llegar a las estrellas; se hicieron cisco los palos, el cordaje, cuanto a bordo había, y el casco se fue a pique... ¡Ay, Dios mío! ¡Los cristales que se rompieron aquella noche cuando el retemblido!... Puertas y ventanas hubo que de la sacudida se arrancaron de por sí, saliéndose de sus marcos.»

—Y fue milagro que no hubiera otras *hecatombes* —añadió Leonarda—. Según dice ésta, la *Numancia*, que a la vera estaba de la *Tetuán*, tenía en las bodegas cuatro mil quintales de pólvora, que hizo sacar del Parque tu amigo Cárceles porque contra el polvorín tiraba siempre la tropa del Gobierno.

—Mientras duró el fuego de la *Tetuán* —prosiguió Ramira—, Cartagena estaba como en fiestas con luminarias. Toda la gente se echó a la calle, y se veía lo mismito que en día claro. Los del Gobierno no disparaban. Los de dentro hacían catálogos y calculorios sobre el porqué del siniestro. Unos decían que el barco se quemó *de su motivo*; otros que había sido por mano de los que se fingen amigos y son traidores. Lo cierto fue que cuando los fogoneros de la *Tetuán* vinieron a tierra los encerraron en el Presidio y se les formó causa... En cuantico que voló el barco y Cartagena se quedó a oscuras, los de *López Mínguez* arrearon de firme otra vez a cañonazo limpio contra la pobre ciudad. Habíamos pasado de un infierno con llamas a un infierno entre tinieblas.

Con esto puso fin a su relato la Ramira, porque ignoraba lo que después de su salida del pueblo había pasado. Quiso *Leona* invitarme a almorzar, mas yo la convidé a ella, mandando traer dos cubiertos del café del Pasaje. Informado por mi amiga de que su respetable adorador no la visitaría en toda la tarde, permanecí junto a ella muy a gusto hasta después de anochecido, admirando sus considerables adelantos en el arte de hablar finamente y en otras preciosas y sutiles artes.

Cuando volví a mi casa, ¡ay de mí!, encontré a *Chilivistra* con unos morros de a cuarta que deslucían y afeaban su bello rostro. Mis galanterías delicadas no lograron arrancar la máscara de su desapacible seriedad. A fuerza de ruegos y arrumacos, pude oír de sus labios estas amargas explicaciones: «Ya me he convencido, señor don Tito, de que no debo confiar en el que se ofreció a prestarme auxilio con alma y vida en mis tribulaciones. Permítame decirle que *acción fea* es abandonar a una dama en momentos de prueba, yéndose de paseo con una trotacalles indecente.»

Iba yo a contestarle cuando me quitó la palabra de la boca para seguir despotricando de esta manera: «¿A quién volverme ahora? ¿Con qué brazo fuerte, con qué corazón generoso podré contar?»

—Con el mío, señora —exclamé, echando el resto de mis pelendengues declamatorios y de mi hábil trasteo persuasivo. La domé, la convencí, jurando y perjurando que la *pelandusca* vino a pedirme socorro y que solo fui con ella hasta doblar la esquina de la calle de las Huertas, desde donde marché al Ministerio de la Guerra. Con mohín remilgado y pucheritos graciosos me contestó Silvestra lo que a la letra copio: «¡Ay, Tito, Tito; no sabe usted cuán lacerado está hoy mi corazón! Esta mañana, cuando volví del Oratorio, me dejó usted con la palabra en la boca al intentar decirle...»

—¿Qué, señora, qué?

—Allá voy. Tenga usted calma... Pues mi confesor... No, no, me equivoco... No fue mi confesor, fue el padre Carapucheta, Rector del Oratorio, quien me aseguró que mi marido ha sido puesto en libertad hace unos días... Y usted que es el hombre del gran poder, usted que todo lo arregla con una cartita ¿resulta que ahora no sabe una palabra de esto?

—Perdone, señora. Se lo dice usted todo y no me deja meter baza... ¿Pues a qué fui yo hoy al Ministerio de la Guerra? ¿Qué me dijo el Subsecretario?... Me dijo, en nombre de mi amigo el general don Juan de Zabala, que, atendida como siempre mi recomendación, había sido indultado el capitán carlista Gabino Zuricalday. Eh... ¿qué tal?

—Está bien; pero aún no sabe usted lo mejor, quiero decir, lo peor. El padre Carapucheta, que es hombre a quien no se le escapa nada de lo que ocurre entre carlistas *buenas* y *malas* y tiene allá sin fin de espías que le cuentan todo, me ha enterado de que Gabino, en cuanto pescó *la indulta*, se fue a mi pueblo, cogió al nuestro hijo y se largó con él a la frontera de Francia, donde estará en espera de que don Carlos le dé el mando de *otro batallona*.

—Todo eso, Silvestra carísima —afirmé yo poniendo en mi rostro una calma seráfica—, no es para que cojamos el cielo con las manos. Serenidad, amiga mía. Lo primero es inquirir por ese clérigo Carapucheta el lugar donde Zuricalday se encuentra, y seguirle los pasos hasta que se agregue de nuevo al Ejército de don Carlos.

Chilivistra, levantándose airosa y extendiendo hacia mí su brazo, me dijo con rígida solemnidad: «¿Y podré yo contar, pobre mujer sola y sin amparo, con un caballero hidalgo y valeroso que me asista en los pasos arriesgados que son precisos para rescatar a mi hijito de las manos de Gabino, *forajida mala*?»

—Aun siendo preciso ir al mismo infierno, y pasar por entre todas las catervas de diablos que andan sueltos por el mundo —exclamé yo, dándome en el pecho un fuerte golpe—, aquí está el caballero, servidor y esclavo de la dama dolorida.

—Mire lo que dice y a qué se compromete.

Repetí yo, puesto en pie, con hipérboles más deslumbradoras mi juramento, y en el calor de la improvisación me lancé a darle un abrazo... Del abrazo quise pasar a darle un beso en la mejilla, pero ella desvió el rostro vivamente y me quedé con las ganas... Limitábame a besar ardorosamente sus lindas manos, cuando me dijo con severa dulzura: «Admito muy agradecida su oferta caballerosa, pero ello ha de ser sin el menor quebranto ni perjuicio de mi honestidad... La honestidad es lo primero... No habrá nada entre nosotros que no podamos decir a nuestros confesores.»

Asentí, afirmé, corroboré con desaforados aspavientos.

XI

Mi primer cuidado en los días subsiguientes fue contener la impaciencia de *Chilivistra*, ganosa de lanzarse a románticas aventuras... Una noche, al salir del Teatro del príncipe, encontré a *Leona* que me soltó esta sorprendente noticia: «¿No sabes? Está aquí *don Florestán de Calabria*. Se ha escapado con un oficial de iberia, herido, que viene a convalecer al lado de su familia. ¡Pobre don Jenaro! Ayer tarde me tropecé con él en la calle. Al pronto no le conocí. Se ha cortado las melenas, pero trae todavía la cara de hambre, los cachetes dados de almazarrón y la perilla pintadita con el humo de la sartén. Me dijo dónde vive, pero no *me recuerdo*... ¡Ay, ya doy con ello!... Vive con David Montero. Si tú sabes el domicilio de éste podrás abocarte con el chiflado *don Florestán*... ¡Ah!, también tienes aquí a Dorita, que rompió con Fructuoso por *un agravio contundente*, quiero decir *bofetás*... ¡Y qué cosas cuentan de lo que en Cartagena ha pasado! Dice mi señor que aquello ha sido el acabose de la *apocalirsis*.»

Sin más averiguaciones me fui al día siguiente a la calle de los Reyes, 15, taller del armero Calixto Peñuela, famoso por su habilidad en la compostura de escopetas de caza. Era éste un hombre de pocas palabras, de corta estatura, calvo, afeitado. Entornaba los ojos para mirar por ser corto de vista, y se cubría con un blusón o mandil azul hasta los pies. En él vi el último representante vivo de aquellas ilustres familias de armeros de Madrid, que tanta honra y prez dieron a su industria en el siglo XVIII.

Su tienda era negra, desordenada, llena de piezas sueltas, de armas de fuego en situación de reforma. Advertí que no tenía en el taller ninguna silla, sin duda para que sus numerosos parroquianos no se sentaran a darle conversación. Si el hombre era histórico, éralo también la casa, que había pertenecido a don Francisco Goya.

Con el adusto artífice hablé lo preciso para formular mi pregunta, mas solo obtuve una respuesta rotundamente negativa: ignoraba quién era el tal David Montero. Comprendiendo que quería guardar el incógnito a su amigo, pronuncié el fingido nombre que el tal me confió en la estación de Chinchilla: *Simón de la Roda*. Al oírlo, Peñuela salió conmigo a la puerta, y señalando calle abajo me dijo en forma seca y lacónica: «En esta misma acera verá usted, tres casas más allá, una que no tiene más que un piso alto, con un balcón y dos ventanuchos. En ese piso hallará usted a *Simón*.»

Al poco rato abrazaba yo a David, a quien encontré limando una pieza de ajuste en un torno, junto a la ventana. No vestía ya de negro, y del disfraz con que le vi en Chinchilla solo conservaba el total rapado de sus barbas. Apenas habíamos cambiado algunas impresiones sobre las cosas de Cartagena, cuando vi entrar a *don Florestán*, que venía de la compra con su cesta al brazo. Al verme se deshizo en cumplimientos y demostraciones de alegría, y habló de esta manera:

«Aún tengo tiempo de encender la lumbre... Ya ve usted, señor don Tito, en qué menesteres anda el pobre don Jenaro de Bocángel... Esa bigarda de Dorita, que pasa todas las noches corriendo las siete partidas con bailarines, toreros y hombres de mal vivir, se acuesta *a la hora de las burras de leche*, y todavía la tiene usted dormida como una marmota. Pero aquí está el hidalgo entre los hidalgos, obligado a tirar de cacerola y soplillo, cosa tan contraria ¡oh Dios mío!, a su abolengo y a su nombre... Soportemos, aguantemos con paciencia estas humillaciones, que pronto ha de llegar la buena... Habrá usted visto, señor historiador *don Tito Livio*, que se cumplieron mis predicciones: ya está establecido el *Cantón Mantuano*, aunque disimulado y so color de Centralismo para desorientar a los *alfonsainas*.»

—Sí, sí —dijo Montero, sarcástico—; ¡bonito está el Cantón Matritense, obra de Pavía, Serrano y García Ruiz!... Coja usted la cesta, don Florestán, y váyase a la cocina, que yo cuidaré de tirar de una pata a Dorita para que abra las pestañas, sacuda las greñas, se ponga los huesos de punta y vaya a su obligación. ¡Hala pronto, a la cocina, don Jenaro!

Rezongando se fue *el de Calabria*, y David pasó a otro aposento. Oí la voz descompuesta de Dorita maldiciendo a quien la despertaba. Volvió Montero a mi lado... Sentí el ruido que hacía la muchacha lavoteándose la jeta y requiriendo su ropa y zapatillas. Pronto apareció en la puerta alisándose las guedejas. «Este David tan súpito —exclamó entre bostezos— no la deja a una vivir.» Luego advertí que metía sus blanduras torácicas dentro de un corsé muy deteriorado.

«Siéntese junto a mí, Tito —me dijo Montero—. Por esta gente y por otros que han venido huyendo de la quema, sé lo que ha pasado en Cartagena. En los primeros días de enero arreció el fuego por una y otra parte con intensidad aterradora... Los cantonales izaron en todos los fuertes bandera negra, y los Centralistas se apoderaron de la ermita del monte Calvario, después de retirarse la poca fuerza que la guarnecía. Me han dicho también que la *Tetuán* no ardió por un hecho casual. Cuentan que uno de los fogoneros de la fragata, encerrados en el Presidio, fue malherido en el vientre por un casco de granada, y que antes de morir confesó que había pegado fuego a las estopas de limpiar las máquinas, después de rociarlas con petróleo, recibiendo por este servicio treinta mil reales. Así me lo han referido; no respondo de que ello sea cierto...

»Por el teniente de Iberia que trajo a *don Florestán*, he sabido que López Domínguez recibió el día 3 un telegrama del general Pavía dándole cuenta del golpe de Estado y diciéndole que tal acto fue tan solo una medida heroica para sacar a España del anarquismo y del caos. Añadía el telegrama que acababa de formarse un Gobierno Nacional, y a éste se adhirió aquel Ejército, sin más reserva que la del coronel de Ingenieros señor Ibarreta, el cual manifestó que su Cuerpo jamás se había sublevado contra los Gobiernos constituidos.»

—Y en tanto —pregunté yo— ¿siguieron bravamente unos y otros la lucha emprendida?

—Sí —contestó David—. El día 4, los sitiadores rompieron un fuego vivísimo contra el castillo de Galeras, y los sitiados reforzaron sus medios de defensa montando un enorme cañón Barrios en el baluarte de la puerta de Madrid. La jornada fue muy dura... En ese día subió al cielo de los inmortales el intrépido rufián don José Tercero *El Empalmao*.

—Lo que prueba, amigo mío —observé yo—, que toda una existencia de acciones villanas puede ser redimida en una semana de sacrificios heroicos.

—Así es —afirmó sentencioso David—, y no pocos ejemplos hay de ello en la Historia.

—Tengo entendido que voló el Parque.

—Sí, el 6 al mediodía. El estruendo produjo efectos de terremoto. Perecieron en el momento de la catástrofe más de cincuenta personas, y otras tantas, espantosamente mutiladas, fueron extinguiéndose en los días sucesivos. ¡Horrible, horrible!... Lo más importante que vino después fue que López Domínguez, apreciando los estragos que su Artillería causó en los baluartes de Madrid y Muralla, amenazó con emplazar cañones de gran calibre a setecientos metros de la Plaza, para abrir brechas que facilitasen el asalto. Tales amenazas produjeron mayor exaltación en las fuerzas Cantonales, y los presidiarios dijeron que ellos serían los primeros en ocupar las brechas para recibir dignamente a los sitiadores, *sobre todo si venía delante la Guardia Civil*.

En esto llegó a nuestros oídos el rumorcillo de un altercado en lo interior de la casa, y se nos presentó *don Florestán*, compungido, diciendo: «Señor Montero, señor don Tito: Dorita me ha pegado. Vean el estropicio que me ha hecho en la frente con las tenazas. Y todo porque quise arrimar a la lumbre el cazo en que hago mi café. Más que el golpe he sentido que me haya llamado ladrón.»

Antes risueño que compadecido, Montero le incitó a llevar con paciencia las genialidades de Dorita. Iguales exhortaciones le hice yo. Pero el desdichado Bocángel, adoptando el tono patético y lacrimoso, se expresó de esta manera: «¡No, señor Montero; las humillaciones que sufro aquí no se compadecen con mi carácter altivo! El pan que como en su casa de usted es demasiado amargo, y no pasa por mi gaznate sin producirme bascas horribles. Ya sabe usted que mi prima, la dama ilustre que ha venido a la triste condición de patrona de huéspedes, no quiere admitirme en su casa si no le doy adelantadas las tres pesetas del pupilaje. Pero hay Providencia, señor David, y un hombre como yo no puede andar pidiendo limosna por las calles.»

—Eso no, eso no lo consentiremos —dije yo dando ánimos al infortunado prócer—. ¡Pues no faltaba más!

—Usted, señor don Tito, que sabe tanta Historia —prosiguió don Jenaro—, no ignora que también tengo en mi abolengo ramificaciones con la nobleza castellana. Por mi madre estoy emparentado con el famoso personaje del siglo XVI Ruy Gómez de Silva, esposo de la princesa de Éboli, el cual Silva figura en la ópera que llaman *Hernani*, donde sale cantando por todo lo alto... Pero dejo aparte estas grandezas pasadas para repetir que hay Providencia. ¡Vaya si la hay! Sepan ustedes que me ha salido una protectora sumamente caritativa, quien me ha señalado un corto emolumento para vivir con el decoro que cumple a mi linaje... Y ahora, señor don David, agradeciéndole mucho su hospitalidad, le pido licencia para recoger la balumba de mis papeles, y me retiro de su casa.

Diole Montero el pasaporte con frases de afectuosa consideración, y don Jenaro partió en seguimiento de su mejor acomodo... Dos días me bastaron para saber que la señora caritativa, ángel tutelar del *de Calabria*, era Leonarda Bravo, instalada ya en un pisito segundo de la calle de Lope de Vega, frente a las Trinitarias. A visitarla fui una tarde. La casa estaba bien arregladita de muebles, cortinas y alfombras, y en ella campaba mi amiga como una reina que al trono de sus ilusiones había subido dignamente. Ya conocía yo el buen corazón y natural generoso de la hetaira lanzada con veloz carrera por el camino de la ilustración. Lo primero que hizo al instalarse fue señalar a *don Florestán* dos pesetas diarias para que comiese en una taberna o figón; luego le asignó una peseta más para que le diera lección de escritura, dos horas al día, utilizando la consumada ciencia del eminente calígrafo; y remató el favor concediéndole un cuarto interno de su casa para que pasase las noches. Ahora dejo hablar a *Leona*, que completará estas interesantes noticias.

«No solo me enseña la escritura —dijo ella sentándose en un blando sillón— sino cosas tocantes a la poesía; porque has de saber, Tito de mis pecados, que aquí trae mi señor las más de las noches a unos amigos, que por las trazas deben ser gente de pluma, periodistas o autores de comedias. Ello es que se ponen a decir versos, y a lo mejor salen hablándome de estos o los otros poetas. Como yo estoy *in albis* de tal jerigonza me veo negra para poder contestarles. Pero ya verán qué pronto me entero de todo eso y los dejo con la boca abierta... *Don Florestán* me está enseñando nombres de poetas, y yo los apunto para metérmelos en la memoria. Primero me ha enseñado los españoles, y ahora está con los italianos que son los que mejor conoce, cuatro no más según dice... El Dante, el Ariosto, el Tasso, el *Petaca*...»

—Petrarca, mujer, Petrarca —dije yo—. Ten cuidado, fíjate bien.

—Ha sido una coladura —me contestó Leonarda—. Pero ya pongo en ello mis cinco sentidos, y delante de gente no suelto uno de estos nombres hasta que no estoy bien asegurada de las letras que tiene.

Felicité a mi amiga por el paso feliz que acababa de dar en su regeneración mundana, y por sus adelantos en el arte de hablar bien, a los que se unirían pronto algunos conocimientos literarios. En ella se manifestaban, cada día más claramente, una inteligencia muy aguda y una voluntad bien templada para la vida.

Ocasión es ésta de deciros algo del señor a cuya sombra realizaba Leonarda sus planes educativos, y os daré clara razón de él, reservando su nombre conforme a la delicada prescripción de su coima. Era el empingorotado caballero un terrible burócrata, que siempre tenía puesto en las situaciones liberales por su pericia en el mangoneo expedientil. Conociale yo de vista y no dejaba de admirar su corpulenta figura, su pulida ropa, la mirada de protección y los andares majestuosos que centuplicaban su indudable importancia. Bigote y perilla muy poblados y teñidos de negro decoraban su rostro. En su pechera y en sus dedos lucían brillantes espléndidos.

Pero lo más característico de tan imponente persona eran los sombreros que usaba. La forma de tan descomunales chisteras estuvo muy en auge del 60 al 70: el primero que la llevó fue don José Salamanca. Adoptada después por el *Marqués del Bacalao*, Gándara, un conocido agente de negocios y varios bolsistas y banqueros, siguió imperando en un corto número de cabezas de notoria respetabilidad. Cuentan que fue ministro un sujeto por el solo mérito de usar aquella prenda, cuya especialidad tenían los sombreros Campo y Odone. Era un armatoste de alas anchas y retorcidas por los lados, con alta copa cilíndrica semejante a la chimenea de un vapor. El arrimo de *La Brava* usó siempre la forma más hiperbólica. Visto por detrás, el ajuste del sombrero en la cabeza dejaba a la intemperie un segmento de la lustrosa calva del buen señor. Completo en dos palabras el trazado de esta figura diciéndoos que era uno de esos inconmensurables imbéciles que están siempre en candelero.

Visité yo algunas tardes a *Leona*, hurtándole las vueltas al caballero burócrata, para no tropezarme con él. Un día me recibió mi amiga cuando terminaba su lección de escritura, y por cierto que escribía ya gallardamente, con finos y elegantes trazos. ¡Vaya una mujer! ¡Qué aplicación, qué tenacidad, qué inteligencia!...

Viendo salir al pobrecillo *don Florestán*, observamos que pisaba con el contrafuerte. Movida a compasión, *Leona* le llamó y le dijo: «*Florestancito*, no quiero verle más con esas botas; tírelas, y aquí tiene tres duros para comprar unas nuevas.» Elogié yo su caridad, presagiándole que por esta virtud, y por otras cosas que no son virtud, llegaría seguramente a las mayores alturas de la esfera mundana. Ella, riendo, me contestó: «Déjame a mí de alturas, Titillo, que yo, *con la modestia que me caracteriza*, andaré siempre a flor de tierra.»

—No, Leona —afirmé—. En ti se revela una cortesana de alto vuelo, que será tal vez ornamento de la sociedad futura.

Disimulando con graciosos mohínes la hinchazón de su orgullo, me soltó este verso, seguido de una fantástica cita literaria: «... *Lástima grande —que no fuera verdad tanta belleza...* Como dijo el Petrarca.»

Gozoso y echando facha con sus flamantes botas se me apareció una noche *don Florestán*, cerca de la casa en que moraba su protectora. Me paró y entablamos el siguiente diálogo, que no carece de interés histórico:

«Caballero don Tito, ¿va usted a casa de doña Leonarda?»

—No, hijo, que allí estará el señor del chisterómetro.

—En efecto, allí le tiene usted, acompañado de dos poetas tristes y dos bolsistas alegres que hacen sus versos con números. Leonardita a todos les oye y de todos aprende: ya sabe decir que el Interior está a 45,90, que los Bonos del Tesoro se cotizan a 33,12.

—Y a Montero ¿ha vuelto usted a verle?

—Sí señor, pero no en su casa. ¡Dios me libre de encontrarme con Dorita, que es más mala que un dolor de muelas! He visto a don David en un sotabanco de la calle de San Leonardo, donde mora una tal *Graziella*, italiana, que estaba en Cartagena y de allá vino huyendo hace días.

—¡Por Baco, por todos los númenes de Italia, qué grata noticia me da usted! ¡*Graziella* en Madrid! Iré a verla mañana... ¿Habrá venido con el bestia de Perico?

—No señor. Ha venido con Fructuoso Manrique, ese caballerete semejante a un palo del telégrafo que, según me dijo *El Empalmao* (q. S. g. h.), era novio de Dorita.

—*Graziella* es mujer donosa y atractiva. Entiende de cábala y se divierte con hechicerías que embelesan y cautivan el ánimo.

—¡A quién se lo cuenta usted! —exclamó *don Florestán*—. En Cartagena, mediante el estipendio de cinco duros, le hice yo una copia del *Manual Hebraico de Salomón Safetir*, donde están todos los signos, trazos y garabatines que sirven para el barrunto y adivinación de lo venidero, y para saber lo que está pasando a cien mil leguas de distancia en la esfera terráquea... Apenas llegó aquí, la *Graciella* puso taller y despacho de adivinanzas, con tan buena mano que allí tiene un jubileo de mujeres del pueblo y de señoras de alto copete, que van a que les eche las cartas para descubrir los enredos de amantes o maridos.

—¿Estará haciendo su agosto?

—Ya lo creo. Cuando le pagan bien trae a capítulo a los animales del Zodíaco, *el Carnero*, *el Toro*, *el Escorpión*, *el Macho Cabrío*, y a los que no son animales como *Géminis* y *Libra o la Balanza* que, entre paréntesis, es el signo que presidió mi nacimiento, por lo cual estoy destinado a defender y hacer triunfar la justicia. Mi misión es no tener descanso hasta conseguir que la maldita mano muerta no se apodere por inicuos legados de lo que no es suyo... Cuando usted tenga un rato disponible le daré a conocer las cartas que estoy escribiendo al general Pavía, al general Serrano, al señor García Ruiz y al señor Martos, señalándoles el camino que deben seguir para que las leyes tocantes a la herencia no sean conforme al capricho de una vieja loca, sino ajustadas al fuero de Naturaleza.

No se me cocía el pan hasta encararme con *Graziella*, y allá me fui a media mañana del día siguiente. El taller mágico de la italiana diabólica radicaba en el piso más eminente de la casa en que vivió y murió el buen don Hilario de la Peña. Cuando yo remontaba con dificultad la escalera, mi audaz imaginación me hizo creer que ante mí corrían negros y peludos diablillos... En una estancia larga y de bajo techo encontré a *Graziella*, tan picaresca y sugestiva como siempre, sentada a lo musulmán sobre un tapiz moruno. Vestía también al uso marroquí, con chaquetilla roja recamada de aljófar, amplios calzones y babuchas encarnadas. Entre sus piernas dormitaban dos gatos negros, que a mi parecer, eran los mismos con quienes jugueteó el santo don Hilario momentos antes de expirar. A un lado de la manga lucían dos velas verdes. En el suelo vi un cuervo atado con delgada cadena, y un búho que en platillo de barro comía su ración de carne cruda.

Al verme entrar, la diablesa soltó la risa y...

XII

Yo también me reí viéndola con el atrezo y decorado de las hechiceras de comedia de magia. «Esto, en verdad —me dijo—, no es para tomarlo a guasa, porque gano el dinero a espuertas... Ya puedes retirarte por el foro: es la hora que he fijado para la entrada del público... Mi parroquia es la Humanidad que, como sabes, fue siempre tonta de remate.» Respondile que haría mutis inmediatamente, pues mi visita no tenía más objeto que ver a Fructuoso Manrique. ¿Estaba o no estaba en casa? Me indicó *Graziella* una puerta cercana, diciendo: «Por ahí pasas a mi alcoba, y de ésta a otro aposento donde encontrarás a Manriquito tumbado en un sofá de Vitoria.

Ha pasado toda la noche fuera y está rendido de cansancio. Él también desea mucho verte. Ya te dirá...»

Momentos después había logrado despertar a Fructuoso, y platicábamos de diversas cosas interesantes. Lo primero que me dijo fue que había pasado la noche con Montero, en el domicilio de éste, y que ambos estaban inquietos. Sentían cerca de sí el acecho policíaco como fugitivos del Cantón. Se tranquilizó al saber mi amistad con un inspector de la secreta, Serafín de San José, a quien yo había colocado tiempo atrás de guardia de Orden Público. Aquella misma tarde procuraría verle, seguro de tener a dicho individuo a nuestra completa devoción... El coloquio fue rodando por modo natural hacia los incidentes que precedieron a la caída de Cartagena en poder de los Centralistas. A este propósito, me refirió Manrique lo que a la letra copio:

«La defección del castillo de Atalaya, que está, como recordarás, en un monte que domina el Arsenal, fue el principio del fin. Guarnecían aquella posición fuerzas de Iberia y de Movilizados. A estos últimos los mandaba un tal Joaquín Pagán, *El Enlosador*, y a los primeros un teniente llamado Ibarra. Según me dijo Cárceles, al gobernador de la fortaleza le ofrecieron los Centralistas diez mil duros. De esto no puedo dar fe. Lo indubitable es que Ibarra y *El Enlosador* estaban en el ajo. Lo es también que un paisano, vecino de Quitapellejos, se presentó en el Cuartel general de López Domínguez con el cuento de que los de Atalaya se hallaban muertos de fatiga y de hambre, y que acaso se rendirían si se les aseguraba que no serían fusilados. Contestó el general en jefe que concedería indulto a los paisanos, que a los militares los pondría a disposición del Gobierno, y a los confinados los encerraría de nuevo en el Presidio. Exceptuaba de la gracia de indulto a todos los que pertenecieran o hubieran pertenecido a las llamadas Juntas Supremas del Cantón.»

—Por algo que me dijo Montero, la rendición fue inmediata.

—No, no: espérate un poco. El 9 de enero hubo un fuego vivísimo entre los Centralistas y la Plaza. Solo Atalaya permaneció inactivo y no fue tampoco hostilizado... El día 10, el coronel Sánchez Mira y el brigadier Carmona celebraron una conferencia con los jefes del castillo de Atalaya. A las ocho de la noche se reunían en una casa de campo situada entre la fortaleza y las avanzadas del Ejército sitiador, y poco después estaba concertada la entrega del castillo para las once y media de aquella misma noche, no pidiendo los que se rendían más que el indulto *y algún socorro en metálico.*

Al llegar a este punto, oímos ruidillo de disputa en la puerta de la casa. Creyendo escuchar una voz conocida corrí a satisfacer mi curiosidad, y cuál no sería mi sorpresa al encararme con Celestina Tirado que, actuando de portera en la consulta de quiromancia, trataba de poner orden en el numeroso público, y alinearlo para formar cola. No se hizo de nuevas al verme, y con su habitual socarronería me dijo: «Si el caballero Tito viene también a que le adivinen, póngase en la cola... Hay señoras principales en la consulta.»

—No haré cola, señora doña Celestina —le dije muy quedamente—, si usted me da razón de las damas ilustres que están dentro. Oigo aquí unas vocecitas que... O yo estoy loco o son de personas que conozco muy bien.

Cautelosa y discreta me llevó la Tirado a las habitaciones interiores, dejándome donde podía curiosear a mi sabor. Por una pequeña abertura de la puerta del consultorio mágico vi a Delfina Gay y a *Chilivistra*, que aguardaban el oráculo del cuervo y el búho, y el manejo de cartomancias que la pícara *Graziella* se traía. Visto esto, me volví de puntillas junto a Fructuoso, el cual prosiguió su relato de esta manera:

«El castillo de Atalaya se rindió, y fue inútil la arriesgada tentativa de Gálvez para recuperarlo. Como nota cómica de aquel indigno pasteleo te contaré que el gobernador de la fortaleza vendida a López Domínguez, cuando le preguntó éste qué deseaba además del indulto y de los pocos miles de reales con que había gratificado su infame traición, contestó que deseaba le nombraran... ¿qué dirás?... ¡Administrador del Matadero de Cartagena!

»Sigo mi cuento: al anochecer del 11 de enero se presentó al general en jefe de los Centralistas una Comisión de la Cruz Roja, pidiéndole la suspensión de hostilidades, y asegurándole que si era generoso con los vencidos tal vez se conseguiría la capitulación de la Plaza. López Domínguez contestó ofreciendo indulto para los que se rindieran. De esta gracia quedaban exceptuados todos los individuos de la Junta Soberana, sin perjuicio de recomendarlos a la benevolencia del Gobierno.

»Dio de plazo el general hasta las doce del siguiente día para la entrega de Cartagena, ordenando a su Artillería suspender el fuego. Luego se prorrogó el armisticio hasta las ocho de la mañana del 13. Volvieron los de la Cruz Roja, con unos individuos que se atribuían la representación del Ejército y de los Voluntarios Cantonales. Presentaron a López Domínguez unas bases de Capitulación, que el general rechazó indignado. Siguieron los tratos hasta primeras horas del día 13. López Domínguez dijo que la Plaza tenía forzosamente que rendirse a discreción, y que si se obstinaba en lo contrario la tomaría por asalto, haciendo un duro escarmiento en los que intentasen una resistencia inútil.

»La fiereza que en la mañana del 13 se manifestó en la Junta Soberana y en todos los defensores de la idea cantonal, se fue trocando en resignación estoica. Algunos querían rendirse, distinguiéndose en esta actitud los militares; otros proponían furiosos seguir el ejemplo de Numancia y Sagunto. Por sostener la no rendición hubo algún conato de asesinar a Gálvez, y sus amigos tuvieron que llevarle casi a la fuerza a bordo de la *Numancia*.»

—No se puede negar —observé yo— que López Domínguez ha sabido hacerse superior a la menguada fuerza de que disponía, y que sirvió lealmente a la infantil, inestable República.

—Es verdad —afirmó Fructuoso—. Sigamos y acabemos. Llego al momento más dramático y bello del Cantón Murciano, tan infantil e inestable como la República Nacional de la que intentó desprenderse. La Junta Soberana de Cartagena, los jefes de Voluntarios Cantonales y muchos de éstos, además de los penados, no queriendo aceptar un perdón que jamás solicitaran, resolvieron abandonar la Plaza con sus mujeres e hijos, embarcándose en la *Numancia*. Eran en total unos mil quinientos. Confieso que no tuve valor para compartir la suerte de los que se lanzaron con arrojo temerario al inmenso riesgo de la salida.

»Fuera esperaba la escuadra Centralista, compuesta de cinco fragatas, entre ellas dos blindadas y otros barcos de guerra. Con los ojos llenos de lágrimas me despedí de Manolo Cárceles, Gálvez, Contreras y demás amigos, confundiendo en mis expresiones el sentimiento de mi cobardía y el dolor de ver partir a tanta gente animosa que ponía la honra sobre la vida y la expatriación sobre la libertad... A las cuatro y media de la tarde, mientras entraban en Cartagena parte de las tropas sitiadoras y el general López Pintos se posesionaba del castillo de San Julián, abandonado por su guarnición, levó anclas la nave intrépida que consignó la última página del *Cantón Cartaginés*. Desdicha fue para éste que su postrer aliento sea el más interesante y hermoso en la Historia de aquella turbulenta República.»

—Me han contado que en la boca del puerto embarrancó la fragata.

—Tocó ligeramente en el fondo con la proa; pero dio máquina atrás, y con auxilio de un vapor se franqueó prontamente, saliendo mar afuera. Desde el Empalmador Grande presencié la salida, imponente, grandiosa, en medio de las aclamaciones de los que iban a bordo y del griterío de los que quedábamos en tierra... *¡Viva el Cantón! ¡Viva Cartagena! ¡Antes morir luchando que capitular!*... Claramente divisé el fez rojo del *Comodoro Colau*, que sobre el puente gobernaba el buque en la descomunal hazaña de la escapatoria.

»Al pasar de Escombreras, vieron los de la *Numancia* la escuadra Centralista formada en línea para cerrarle el paso. ¡Momento tan bello que rayaba en lo sublime! Los barcos de Chicarro rompieron un fuego horroroso contra la fugitiva... Colau dio *avante toda máquina*, y viró rápidamente pasando como un rayo por entre la *Carmen* y la *Zaragoza*, contra las cuales disparó sus dos andanadas. Instantes después, la *Numancia*, con veloz carrera, apagadas las luces, se perdió en el horizonte...

»Era la tarde fría, lluviosa y tristísima. El único consuelo de los que permanecimos en tierra fue considerar los palmos de narices con que se quedaron Chicarro y los suyos. Aún no habían vuelto de su asombro, cuando la fragata que realizó el éxodo de los Cantonales al África estaba ya en Orán.

»¡Adiós Cantón! ¡Adiós República ingenua y romántica, que a la Historia diste más amenidad que altos y fecundos ejemplos! Tu existencia duró seis meses y dos días...»

Un rato se nos fue en inciertos cálculos sobre lo que hubiera podido pasar en Orán a la llegada de la fragata. ¿Qué habría hecho el Gobierno francés con los cabecillas, qué con los presidiarios?... Divagando estábamos cuando llegó David Montero, en quien advertimos mayor recelo de los corchetes, que ya descaradamente le seguían los pasos. Para sosegar a mis amigos salí a la busca de mi fiel esbirro Serafín de San José, y no encontrándole en el Gobierno civil, me vi forzado a personarme en la tienda de su esposa doña Cabeza (Concepción Jerónima). Ya era yo sabedor de que se había restablecido felizmente la coyuntura matrimonial.

Mi entrada en la tienda fue un éxito ruidoso, que casi trascendió a la calle. Los dependientes me abrazaron, colmándome de felicitaciones, y al punto bajó la rozagante doña Cabeza Ventosa de San José, quien, al estrecharme ambas manos cariñosamente, se puso muy colorada de la retozona emoción que al verme sentía. De boca de ella oí también plácemes y albricias. Preguntando yo la razón de tales extremos, la tendera me dijo: «Ya nos enteró don Francisco Bringas de que la rendición de Cartagena no fue debida al cañoneo y artes guerreras de López Domínguez, sino a la diplomacia de don Tito, que tiene en la cabeza todo el talento de Dios.» El dependiente principal agregó con petulancia: «Don Plácido Estupiñá supo de buena tinta, y así nos lo comunicó, que el general Pavía quiso hacerle a usted ministro, pero que usted declinó esa honra con su *habitual modestia*. Yo digo que ello será en la primera crisis que *haiga*.»

Como comprenderéis, lectores tan guasones como el que esto escribe, yo dejé correr la bola, y afectando mucha prisa manifesté a la señora la urgencia de hablar con su amante esposo. Por inmediatas referencias de ella me enteré de que Serafín se había reformado; parecía otro hombre, y al ascender a su actual posición su conducta y su porte eran de un perfecto caballero. En tono reservado me dijo la que fue tiempo atrás alivio de mis escaseces: «Como marido cumple, pero es tan *Juan Lanas* como siempre.»

En esto entró el ínclito San José; nos abrazamos, prodigándonos recíprocas expresiones de cariño. Subimos al entresuelo, y reunidos los tres, platicamos sobre el asunto que motivaba mi visita. Total, que Serafín se prestó a ir conmigo a la calle de San Leonardo para devolver la calma a mis amigos los emigrados de Cartagena.

«Ya sé —me dijo por el camino el complaciente policía—, ya sé que el Gobierno le ha nombrado a usted Delegado Secreto con el fin de trabajar la rendición de los carlistas, que nos están haciendo la santísima. Me consta que el Zabala pone a disposición de usted trescientos mil duros que ha de emplear *paulativamente*, según se tercie, en el soborno de los cabecillas que se quieran vender, y para mí que todos morderán el queso. No hay hombre que pueda igualarse a usted en este fregado por su talento macho, su agudeza y el meneo de los palillos en el juego de convencer a la gente, por la buena cuando no por la mala. Como verá, estoy bien enterado: seis millones de reales y manos libres para contratar paces con los carlistas, como lo hizo tan limpiamente con los Cantonales, mediante *conquibus*. No ignoro tampoco que de aquí a julio tiene usted que dar por finiquita esta comisión. Seis meses y cincuenta mil duros cada mes. ¿No es eso?»

A mi regocijada clientela no le ocultaré que también dejé correr esta bola, a pesar de su descomunal magnitud. Cuando Serafín me propuso que le llevara de auxiliar o secretario, le dije que ya pensaría en ello, y tal y qué sé yo; pero que mayormente necesitaba un buen tesorero y contador, muy experto en la Partida Doble. Pronto llegamos al eminente piso de la calle de San Leonardo, y presentado Serafín a Fructuoso y a Montero, quedamos acordes en la manera de asegurar a mis amigos su omnímoda libertad en la Corte de las Españas. Retirose el bueno de San José, diciéndome que estaba impaciente por tomar aquel mismo día una provechosa lección de Partida Doble. David se fue a ver al armero Calixto Peñuela para que le diese más trabajo, y Manrique salió en requerimiento de sus antiguos camaradas, con idea de ser admitido en la redacción de algún periódico mientras conseguía volver por los trámites de costumbre al servicio de Telégrafos.

Quedeme solo con la hechicera y su ayudanta. Terminada la hora de audiencia, presencié el recuento que hicieron de las ganancias de aquel día. Luego las vi comer en el propio local donde tenían su consultorio de adivinaciones. Apagaron las velas, sentáronse ambas a la turquesca, el cuervo por un lado, el búho por otro, y con buen apetito aplicáronse a devorar un oloroso guiso de carne y patatas y otros condumios que les servía una criada algo gibosa, sin que faltaran las ricas uvas de cuelga y el confortante Valdepeñas.

Celestina Tirado, que vestía falda y pañuelo al estilo gitano, me contó que los dineros heredados del cura don Hilario se le habían ido entre los dedos, porque se metió a fiadora y la desplumaron bonitamente, dejándola por puertas. Desesperada y sin arrimo se acogió a la sabia *Graziella*, con quien se apañaba muy bien para hacer juntas el oficio de brujas, granjería de mucho provecho en los reinos de España, según ella había probado y visto por sus ojos más de una vez.

Graciella, sin abandonar su traje moruno, se había recostado en la alfombra después de la comida para fumar un cigarrillo, acariciando el suave plumaje del búho, y en esta postura me dijo: «Más que de Brujería debemos hablar de Ocultismo, que es ciencia flamante, muy bonita, y yo sé de ella más que saben de Teología y Derecho Romano los doctores de Salamanca. Por dominar esa ciencia heme dado buenos atracones de lengua caldea, pues habéis de saber que de los caldeos y egipcios ha venido esta divina monserga. Yo le digo a Celestina que no necesitamos untarnos para salir por esos aires montadas en escobas y llegarnos *pian pianino* al cerro Zugarramurdi, donde nos espera el *Gran Cabrón* con toda su Corte de rabo y pezuña. Ésos son cuentos viejos que ya están mandados recoger. Yo me voy de aquí a los antípodas, o un poquito más allá si quiero, con solo echar unas palabritas caldeas sobre el humo de un braserillo en que pongo a quemar la muela del juicio de un ahorcado que haya sido viudo tres veces y dos vértebras de una urraca muerta en estado de virginidad. Yo me desentiendo del *Cabrío*, que ya está jubilado por viejo, y me pongo debajo del patrocinio de Astarté, diosa de aquellos infiernos que sostienen buenas relaciones con la Humanidad.»

—Pues aquí me tienes —dijo Celestina—, deseando meterme hasta las cachas en la devoción de esa diosa *Trastera*, y hoy empiezo a rezarle padrenuestros y avemarías para que me tome en su gracia.

La profesora de Ocultismo me dio a renglón seguido prueba magnánima de su confianza y del interés que se tomaba por mí. He aquí sus palabras: «Hoy han estado en la consulta dos señoras amigas tuyas. La Delfina quería cerciorarse de la fidelidad de un lindo coadjutor de San Sebastián, con quien cambió promesas de cariño místico y rigurosamente honesto. El dicho coadjutor se fue a Valladolid, donde al parecer se halla en coqueteos igualmente místicos, puros y honestos, con otra dama que allá tiene el negocio de ataúdes, según le han dicho a tu amiga en un anónimo. La señora que por el habla me pareció vizcaína está dislocada por ti, y anhela saber si puede contar con tu amor y tu lealtad en un largo viaje que emprender quiere contigo. Yo les hice un horóscopo con todas las de la ley, y ambas se fueron muy satisfechas. La tuya llevó la seguridad de que estás enamoradísimo de ella y de que la seguirás hasta el fin del mundo. La otra va dispuesta a cambiar de coadjutor, pues en Madrid tiene donde escoger.» Último detalle de esta referencia fue que la vizcaína le había pagado en plata y Delfina Gay en calderilla.

Salí de aquella casa con mi espíritu en rotación vertiginosa. Bajando la escalera creí que brincaban delante de mí negros animalejos con saltos de batracio. Los peldaños vetustos de la casa de don Hilario gemían bajo mis pies articulando frases que no entendí: sin duda me hablaban en idioma caldeo. El fresco de la calle no despejó mi alocado entendimiento. Éste se escapaba de la realidad, lanzándose con avidez jubilosa a navegar por el insondable océano ultraterreno. Cerca ya de mi casa, me parecían vanas y mentirosas las imágenes de los transeúntes que mis ojos veían en derredor. Añadiré que aquel estado mental, sin duda de carácter patológico, me transportaba suavemente a las penumbras de un delicioso éxtasis. ¡Qué gusto mecerme en el vacío y subirme a las estrellas, después de dar un puntapié al sólido asiento de la razón!

Lo primero que hice al entrar en la vivienda patronil fue interrogar capciosamente a *Chilivistra*, para cerciorarme de su visita al sotabanco de las artes mágicas. ¡Grande sorpresa y mayor confusión mía! O la vizcaína disimulaba con extrema sutileza, o la sesión de Cartomancia y Brujería fue hechura quimérica de mis sentidos, sacados de su orden natural por el influjo hermético de aquellas mujeres diabólicas. Creció mi asombro cuando Silvestra me soltó estas despampanantes revelaciones: «No por cábalas y sortilegios, que son pecado mortal, sino por confidencias que acaba de hacer al señor Ido del Sagrario un noble caballero de la Italia o de *Palerma*, que se llama, bien recuerdo el nombre, don Jenaro Bocadeángel, sé que ha tenido usted amores con una bestia hermosa, que ahora está estudiando para señora fina y aristocrática. Daranle título de duquesa de Mula.»

Rompió después *Chilivistra* en un reír histérico. Yo me puse muy serio ante aquel brusco retroceso a la realidad... En el resto de la tarde y a prima noche, logré con artificios de lenguaje, mezclando a las patrañas la verdad, llevar el sosiego al ánimo de mi amiga. Sin jactancia os aseguro que tuve un éxito de los más grandes de mi vida enamoradiza y donjuanesca. La severidad de *Chilivistra* se descuajaba y desleía como un témpano de hielo rodeado de llamas... Sus resquemores contra *Leona* quedaron reducidos a una infantil celera por aventuras retrospectivas en que ninguna parte tuvo el corazón de

Proteo Liviano. Mi personalidad se creció a sus ojos, y echando el resto de mi táctica seductora, la dejé totalmente sumisa, tierna y acaramelada.

Aquella noche nos tuteamos por primera vez.

Y cuando nos entregábamos al descanso encadenó mi albedrío con un emplazamiento perentorio: «¿Vendrás resueltamente conmigo en el viaje que debo emprender para rescatar al hijo inocente del poder de un padre loco?»

Mi contestación fue categórica y rotunda: «Al fin del mundo iré contigo. No me arredran peligros ni distancias. Pasaremos si es preciso del mundo real al mundo quimérico, que es la región de la verdad eterna.»

XIII

Casi automáticamente me llevaron mis pasos, no sé qué día, a la casa de *Leona*. El estado de constante alucinación, que balanceaba mi alma en impresiones de susto y regocijo, sustraíame la noción del tiempo y me daba sensaciones equivocadas de personas y lugares. La vivienda de *La Brava* se me antojó palacio suntuoso... La señora no estaba, según me dijo una linda criadita al abrirme la puerta. Pasé a la sala y al punto se me apareció *don Florestán*, en la misma facha y pergenio con que le conocí en el patinillo de Santa Lucía. Las melenas ahuecadas, según la moda del 40 al 50, ornaban otra vez su noble cabeza siciliana. Había vuelto el rosicler a sus pómulos, y a su perilla el negro humo de la sartén. Con voz opaca y un tanto medrosa me dijo: «Estoy trazando un documento importantísimo, con escritura netamente burocrática y todo primor de sellos y estampillas que han de darle la debida eficacia como documento público... Perdóneme que le deje un momento, pues tengo que acabar mi trabajo ahora mismo. La señora no ha de tardar; ha salido en coche.»

A punto que desaparecía de mi vista *don Florestán*, se me presentó Leonarda, en cuya persona vi la más exquisita elegancia y distinción. ¿Era ya duquesa de Mula? Sentose a mi lado en un rico diván, y apenas me habló de diferentes cosas, ora políticas, ora privadas, advertí la discretísima forma y primor de su lenguaje. No usaba ya sin ton ni son las palabras finas, sino que las seleccionaba, aplicándolas con arte a la expresión de las ideas. Soñaba yo sin duda oyendo la dicción limpia de *Leona*, cual si pasara sobre ella toda la piedra pómez de la Academia de la Lengua.

Díjome mi dulce amiga que no tardaría yo en llegar a *la meta* de mis ambiciones si seguía con paso firme la senda que un *hado propicio* me señalaba. Como yo me manifestase dispuesto a seguir todos los caminos y veredas que los tales hados o hadas me señalaran, añadió la ya retocada y pulida mujer: «Aunque no han de faltarte los medios monetarios para *dar cima* a empresa tan grande, padecerás un ataque de *inocencia paradisíaca* si crees que podrás salir de Madrid sin numerario. Tú eres pobre, yo rica...»

Diciendo esto sacó un portamonedas de malla de oro, y al ver yo que lo abría para darme billetes y monedas, me levanté de súbito, protestando. Mis primeras palabras, trémulas y confusas, fueron: «¿Eres tú, Leonarda, la que a mi lado veo?... ¿Cómo has subido tan pronto a la cima de tus aspiraciones?... ¿Andan también en esto los hados benignos y las hadas traviesas?... Si mis ojos no me engañan, esta vivienda tuya es un lindo palacio... Agradezco tu oferta. Pero no puedo, ni debo, ni necesito aceptarla. Al mediar de todos los meses recojo yo en la portería de la Academia de la Historia la cantidad que para mis gastos asignada me tiene mi divina Madre... ¿No la conoces?... Mi Madre vive lejos de aquí, y rara vez se deja ver en estos barrios... Pasa temporaditas en el Olimpo, con sus hermanas que, naturalmente, son mis tías... Algunas noches viene a esta casa mi tía *Doña Caliope* con los poetas que acá te trae de tertulia el rimbombante señor de los desaforados sombreros...

»Por descuido mío, por el desvanecimiento en que ahora está mi cabeza, he dejado pasar cinco días sin recoger los dineros de la Mamá cien veces augusta y soberana... Allá me voy ahora mismo... Allá me voy... No me retengas; no dejes caer sobre mí el dulce peso de tu cuerpo blando y amoroso... No rodee mi cuello tu brazo... No me cautives... Adiós, *Leo*...» Recuerdo haber oído la voz tenue de Leonarda, diciéndome: «Adiós, Tito chiquitín y salado. Largo tiempo estarás sin verme. Adiós.»

El encontronazo que di al entrar en la Academia de la Historia me despertó. Había recorrido como máquina inconsciente un corto espacio de las calles de Lope de Vega y el León. Una de las jambas graníticas que forman la puerta de la antigua casa del *Nuevo Rezado* me estropeó el ala del sombrero, desollándome ligeramente una oreja... Entré en el portal de la Academia, y la portera, señora de mediano viso, afable y un tanto redicha, me dio un paquetito rotulado a mi nombre con gallarda escritura de Iturzaeta. Apresurábame a romper los sellos de lacre para desentrañar lo que el paquete contenía, cuando la mano menudita de la portera alargó hacia mí un pliego voluminoso que al punto reconocí como de los llamados de oficio. En el sobre me daban tratamiento de Ilustrísimo Señor, y vi un sello que decía: *Presidencia del Poder Ejecutivo.* «¿Qué será esto?» —me dije suspenso y turulato.

Como alma que lleva el diablo me eché a la calle, dándome un segundo trastazo contra la jamba de berroqueña, y al doblar la esquina de la calle de las Huertas metí el dedo en el sobre para rasgarlo y satisfacer mi curiosidad. Hice propósito de irme a mi casa para examinar allí detenidamente aquel embuchado misterioso; pero sumergido en la onda de mi propio afán, seguí sin sentirlo por toda la calle de las Huertas abajo. Lo primero que saqué del sobre fue un oficio, escrito en preciosa letra de pendolista, con la mar de rasgueos y primores caligráficos... Al final me decían que me guardara Dios muchos años, y que patatín y que patatán. Al principio leí que yo había sido nombrado... ¡Jesús, qué demonio será esto!... Me dio en la nariz olor de azufre, pez y otros ingredientes de la droguería infernal.

Con loca precipitación saqué del sobre otro papel. Era una carta firmada por don Eugenio García Ruiz en la que éste me decía que el Consejo de ministros, después de la entrevista que yo celebré en la Presidencia con los señores Serrano, Martos, Sagasta y el infrascrito, vistos mis honrosos antecedentes, *etc...* Examinadas mis altas prendas de reserva y diplomacia, *etc...* Acordado había designarme como Delegado Secreto...

Con mano convulsa, después de restregarme los ojos para convencerme de que funcionaban en toda regla, saqué otro escrito del sobre y... ¡Santa Bárbara!... Era un libramiento firmado por el Director del Tesoro y el ministro de Hacienda señor Echegaray... ¡Ángeles divinos, excelsa Madre: venid en mi socorro!... Con solo presentar aquel documento en la Administración de la Hacienda Pública de Vitoria, me serían entregados *los primeros cincuenta mil duros, de los trescientos mil* que yo debía emplear en la corruptela y soborno de cabecillas carlistas... Lo demás se me iría entregando en otras Administraciones de Hacienda.

Poseído ya de una comezón epiléptica, metí todo en el sobre para leerlo despacio en mi casa, y me encontré en el Prado, frente a la Platería de

Martínez. Me paré en firme, y un rato estuve haciendo cálculos topográficos para ver qué camino había de tomar. Tras un largo discurrir llegué a persuadirme de que por la calle de San Juan podía llegar *a la meta*, como decía mi amiga la duquesa de Mula. Camino del Amor de Dios, y pasando como un borracho de una acera a otra, tropecé con varios transeúntes que me lanzaban hacia el arroyo.

Al cabo, encerrado en mi aposento patronil, traté de reconcentrar mi pensamiento, apurando la lectura de los azufrados papelorios contenidos en el sobre de oficio. Leí, releí: la duda y la certidumbre libraron descomunal batalla en las sombrías regiones de mi espíritu. Lo que más hondamente me alborotaba era el notición de mi conferencia con Serrano, Sagasta, Martos y García Ruiz, en la Presidencia del Consejo, como preliminar y fundamento del cargo de confianza con que el Gobierno me favorecía. Para sacar de aquel abismo de confusiones la verdad que había de tranquilizarme, me arrebujé en una manta, y hecho un ovillo me acosté en mi lecho, amparándome de la oscuridad y un silencio absoluto con el fin de que mi pensamiento trabajase a sus anchas... Ahondando en el problema llegué a creer que tal conferencia era verdad... En esto, entró en mi camarín Ido del Sagrario con la siguiente embajada, que refiero sin dilación para solaz de mis regocijados lectores:

«¿Qué hay, carísimo don José?» —le dije fingiendo que despertaba.

—Ilustrísimo señor —me contestó—, ha estado aquí don Serafín de San José. No le dejé pasar porque creí que Vuecencia no quería recibir a nadie.

—A Serafín sí, sí —exclamé saltando de la cama—. ¿Y no ha dicho si está ya fuerte en la Partida Doble?

—Nada de eso me ha dicho, Ilustrísimo señor... y no le apeo el tratamiento aunque Vuecencia me lo mande... El recado y comisión que traía don Serafín era del tenor siguiente: Hallábase de guardia en la Presidencia del Consejo el día en que Vuecencia celebró una larga entrevista con el general Serrano y los ministros de Gracia y Justicia, Estado y Gobernación. Vio a Vuecencia entrar y salir. Uno de los porteros de la Presidencia recogió un guante que a Su Ilustrísima se le cayó al bajar la escalera. El susodicho guante pasó a las manos del señor de San José para que se le entregase a Vuecencia... y aquí lo tenéis.

Mis asombrados ojos vieron el guante, pendiente de los trémulos dedos del filósofo, y de ellos lo cogí, diciendo con toda la naturalidad que afectar podía: «En efecto, lo eché de menos al volver a casa. Hágame el favor, señor Sagrario, de buscar en el bolsillo de mi gabán el otro guante, y cotéjelos a ver si...»

—Aquí están los dos; son hermanos. El guante perdido y ahora recuperado es el de la mano izquierda.

—Bien, bien. Que me pongan el almuerzo enseguida. Y ahora dígame otra cosa: ¿está en casa doña Silvestra?

—No señor; hoy ha ido a confesar. Para mí que su conciencia está estos días necesitada de un buen limpión... Es un suponer: punto en boca... A Nicanora dijo esta mañana que quizás almorzaría con doña Delfina. Si quiere usted verla váyase al almacén de féretros y allí le darán razón.

Almorcé sin apetito, y por la tarde no vi mejor manera de pasar el rato que lanzarme por calles y plazuelas, metiéndome más y más en la esfera de la incongruencia que era en verdad un mundo delicioso, poblado de indecibles encantos. A varios amigos encontré, y algunos de ellos me felicitaron reservadamente... «Ya sabemos que... ¡Menuda breva, amigo!...» Al caer de la tarde, mis pasos automáticos me llevaron a la calle de los Reyes. En la puerta de la armería de Calixto Peñuela vi a *Simón de la Roda* (Montero), que también me felicitó, lamentándose de no poder acompañarme en mi diplomática expedición.

Seguí luego por la calle de San Bernardino. Al pasar por las Capuchinas zumbaron en mis oídos voces, primero confusas, luego más claras, de mis familiares espíritus, que alegremente me saludaban, celebrando con blando gorjeo mi rápido avance en la esfera política y social. Aturdido y como asustado de mí mismo me metí en un coche de los que en aquel punto había y al cochero di las señas de mi casa, *Amor de Dios, 12*. El vehículo corrió por las calles con un traqueteo espantoso que me crispaba los nervios... y no paró en la puerta de mi casa, sino en Atocha, 3, tienda de ataúdes y coronas para muertos. Ya vi que los hados me llevaban a donde querían. Entré, y a mi encuentro salió *Chilivistra*, que al verme se dispuso a volver conmigo a casa. Por el camino, cogiéndome del brazo para que anduviera derecho, me dijo:

«Por mi parte ya tengo arregladas mis cosas. A ver si acabas tú de una vez, para que partamos esta semana. Mañana no podemos irnos porque quiero asistir a la novena de los Misterios Dolorosos de Nuestra Señora. Pasado mañana tampoco, porque se celebra la fiesta de San Pedro Nolasco, de quien era mi padre especial devoto, y pienso encargarle una misa que oiremos los dos en la iglesia de las Trinitarias.»

Contestele yo que estaba en franquía para partir en globo, en ferrocarril o a caballo, y correr con mi dama hasta el último rincón del mundo. En casa ya, y sentaditos uno junto a otro en el sofá de los muelles punzantes, me dijo *Chilivistra*: «Aunque he confesado dos veces, no creo tener mi conciencia enteramente limpia de pecado. Seamos buenos, Tito, seamos juiciosos, y no nos lancemos a peligrosas aventuras sin llevar nuestras almas bien confortadas en el santo temor de Dios.» Asintiendo yo a cuanto me decía, todo mi afán era que diese la orden de marcha la dulce, antojadiza y un tanto histérica señora de mis atropellados pensamientos.

Un día entero me pasé en sueño profundo, durmiendo la mona que contraje al sumergirme en las ondas en cierto modo alcohólicas del océano suprasensible. El largo sueño agravó la intensa embriaguez de mi espíritu, y por la noche, habiendo salido a que me diera el aire, me creí convertido en pompa de jabón que flotaba sobre los transeúntes, al ras de sus cabezas. Yo era una delgadísima esfera líquida, y temblando me decía: «¡Ay, ay; si reviento al chocar con cualquiera de estas cabezas, me deshago y no seré más que un salivazo mísero de agua jabonosa!»

Por fin llegó el momento del anhelado éxodo. Precedidos de baúles y maletas, salimos una tarde a punto de las siete para la estación de Atocha, y nos empaquetamos en el correo de Aragón. Mi bendita compañera se santiguó, una y otra vez, al ponerse el tren en marcha, y luego siguió rezando hasta más allá de Alcalá de Henares.

Íbamos mi dama y yo solos en un departamento de primera. Observé que Silvestra, al paso por algunas estaciones, consagraba devotas plegarias entre dientes a los santos locales. En Sigüenza rezó a Santa Librada; en Huerta a don Rodrigo Jiménez de Rada, creyéndole santo, y en Calatayud dedicó extremados soliloquios y santiguaciones a los *Divinos Corporales*, confundiendo a Calatayud con Daroca. Así se lo dije, añadiendo que el arzobispo de Toledo Jiménez de Rada no figuraba como santo más que en el cielo de la Historia. En tanto, yo no perdía ripio para proseguir las lecciones que le venía dando a fin de corregir sus vicios de lenguaje, y debo hacer constar que ella demostró con su aplicación el provecho que sacaba de tales enseñanzas.

Aunque salimos de Madrid con el propósito de hacer nuestro primer descanso en Zaragoza, cambiamos de plan en Las Casetas, trasbordando al tren de Castejón. Ya era día claro cuando corríamos por la ribera del Ebro. Nuestro departamento iba mediado de viajeros, los cuales nos informaron de que no se podía ir más allá de Tafalla por la línea de Pamplona, y de que no había seguridad en la línea de Logroño y Miranda, pues se decía que los carlistas de la Rioja Alavesa intentaban vadear el río para ocupar a Cenicero. En vista de estas noticias y ansiando el descanso, nos quedamos en Tudela, donde tranquilamente pasamos la noche.

En la intimidad, sintiéndome yo poseído, por no sé qué fenómeno cerebral, de mi papel de Delegado Secreto, comuniqué a Silvestra todo el intríngulis de mi Comisión diplomática para traer a la paz a los cabecillas carlistas, mediante cebo contante y sonante. Más crédula que yo mi antojadiza y nerviosa compañera, se apoderó gozosa de la noticia, lanzándose a planear mi campaña, que fácilmente podía emparejarse con la suya. «Creo yo —me dijo en tono de firmísima convicción— que ese bandido de Cucala se venderá por veinte mil duros, o quizá por menos... ¿Está por aquí el Maestrazgo?»

—No, hija mía; el Maestrazgo lo hemos dejado a la espalda, al venir de Las Casetas. Mi parecer es que el primer pez a quien hemos de echar el anzuelo es el cura Santa Cruz, poniéndole una buena carnada de diez o quince mil duros.

—Bastará con diez. Ya te diré yo cuál es el terreno en que opera ese forajido, allá entre Tolosa, Betelu y la parte de Vera.

—Mi opinión... ¿a ver qué te parece?... Es ofrecerle a Santa Cruz los diez mil duros, dárselos, y en cuanto veamos que se los mete en el bolsillo, cogerle, fusilarle, y enseguida quitarle el dinero, que puede servirnos para otro.

—¡Muy bien, Tito: qué talento el tuyo! —exclamó *Chilivistra* navegando por el piélago inmenso del desatino—. Pero fíjate, debemos ir primero contra los peces gordos. Si se consigue pescar a Dorregaray con cuarenta mil duretes, a Cástor Andéchaga con veinticinco mil, y a otros tales, habremos hecho más que cogiendo en la red a los bicharracos de menor cuantía... ¡Ah! Pero ahora caigo en que ante todo tenemos que avistarnos con el Administrador de Rentas de Vitoria para que nos entregue...

—Ya, ya, el primer millón de reales —murmuré cayendo en honda perplejidad. Y en mi mente se representó la imagen del Administrador de Rentas como un ser escueto, peludo y rabilargo, que volvía del campo solitario de Zugarramurdi.

XIV

Cediendo a los apremios de *Chilivistra*, que mostraba impaciencia febril, partimos en el primer tren del día siguiente hacia Logroño y Miranda. Al pasar por Calahorra no olvidó Silvestra sus preces por los santos patronos Emeterio y Celedonio, martirizados en aquella ciudad, y cuyas cabezas fueron hasta Santander navegando por el Ebro, el Mediterráneo y el Océano, en un barco de piedra. En Logroño, acordándose mi amiga de la prisión de su marido, formuló mirando hacia el pueblo este femenil apóstrofe: «¡Ah, pillastre! Más quiero verte vivo que muerto; más atado que suelto por esos mundos, llevándote a mi pobre hijo. Pero espérate un poco que ya te cogeremos, tunante... Te compraríamos por cinco mil duros si no supiéramos que habías de jugártelos enseguida.»

Antes de llegar a la estación de Haro, tuvimos una detención de tres horas largas en medio de la vía, sin que nadie supiera por qué. Los viajeros, que entre unos y otros coches discurrían, hablaron de rotura de máquina. Después se dijo que no llegaríamos a Miranda. Un señor que entró en nuestro departamento porque en el suyo había demasiada gente, nos contó que las tropas liberales habían desalojado de La Guardia a los carlistas. Aquel buen señor, regordete, comunicativo y al parecer de ideas avanzadas, dijo después: «Portugalete está en poder de los carlistas. Ya se sabe que don Carlos ha repartido recompensas por ese golpe de suerte: a Dorregaray le ha hecho teniente general, y a Cástor Andéchaga Mariscal de Campo. ¡Bonito se está poniendo esto! A Bilbao lo tenemos cercado de carcundas. ¡Ay, mundo amargo, yo que tenía que ir allá para mis negocios!... ¿Van ustedes por casualidad a Vizcaya?» Contestele que no por casualidad, sino por obligaciones ineludibles, queríamos ir a Vitoria.

Nuestro desconocido acompañante, llevándose las manos a la cabeza, aseguró que no podría ser sin llevar un salvoconducto del Estado mayor del maldito *Treso*, porque los carcas habían levantado la vía desde la Puebla de Arganzón a Nanclares. Repuso a esto Silvestra que si no había tren habría carros o borricos, y que de algún modo llegaríamos, pues nos era indispensable abocarnos con el Administrador de Rentas de la provincia de Álava... Echado un remiendo provisional a la locomotora, prosiguió el tren con marcha perezosa. Hacia las Conchas de Haro se plantó de nuevo como un cojo dolorido de sus débiles piernas. La segunda parada duró hasta el anochecer, y en ella tuvo tiempo el señor regordete para darnos noticia descriptiva y topográfica de la cruel guerra que asolaba el país.

No me detengo a referir los cuentos de aquel buen hombre porque me urge deciros que llegamos a Miranda del Ebro entrada ya la noche, hartos del tren y de su cojera insufrible. En la fonda de Guinea, donde nos albergamos, diéronnos pormenores de la toma de La Guardia. Aunque Moriones llevó consigo bastantes fuerzas para dominar la Rioja Alavesa, aún quedaba en Miranda crecido número de tropas liberales.

A la mañana siguiente, dejando a *Chilivistra* en el lecho con un leve ataque de anginas, salí a recorrer el pueblo con idea de encontrar entre la oficialidad de los Cuerpos allí estacionados algún amigo que me orientase en la correría fantástica que había emprendido, acompañando a una dolorida señora de buen palmito y un tantico alocada. Tan solo encontré a un teniente de Puerto Rico llamado Palazuelos, a quien traté mucho en Madrid, el cual me abrió ruta fácil hacia Vitoria con esta indicación: «Proporciónese usted un carro, amigo mío, y agréguese mañana a la impedimenta de mi batallón, que por orden de Moriones sale para la capital de Álava.» Corrí a llevar esta feliz nueva a mi costilla postiza, y me la encontré metida en fervorosos rezos a San Blas abogado de los males de garganta (festividad del 3 de febrero), con lo cual y unas gargaritas de zumo de limón pensaba curarse totalmente de su angina.

Por abreviar diré que San Blas y el zumo de limón triunfaron en la garganta de *Chilivistra*, y seguida al pie de la letra la indicación del amigo Palazuelos, al anochecer del 4 nos aposentábamos en la fonda de Quintanilla, en Vitoria... Atormentado por la idea de mi entrevista con el Administrador de Rentas, no pegué los ojos en toda la noche. Silvestra durmió a pierna suelta... En las primeras horas de la mañana me incitó a levantarme con fuertes voces, diciéndome: «Mientras yo me lavo y me arreglo, vete tú a presentar tu libramiento al Administrador de Hacienda... Despáchate, hombre, despáchate... Sacude la pereza. ¿Será preciso que te ayude a vestirte?... Si tuvieras mi genio ya estarías en la calle, atento a tu obligación... ¡Hala, hala, despabílate!... ¡Ay, qué pelmazo, Virgen Santa!... Me desesperas...

Objeté yo que nada adelantaría con ir antes de las horas de oficina. Pero ella, con ademán despótico y voces displicentes, me soltó esta rociada: «Vete pronto, que algún tiempo has de necesitar para saber dónde están esas oficinas. Coge tus papeles y no me vuelvas acá sin traerte el millón de reales.»

No pasaré adelante sin daros detallada noticia del carácter complejo de aquella mujer, estudiado por mí a medida que iba observando sus diferentes facetas en el curso del trato íntimo. Era mimosa, blanda y flexible, cuando en ella dominaba el instinto marital, o sea la irresistible necesidad de aproximarse al hombre. Era ferozmente autoritaria, tozuda y de palabra muy agria, cuando imperaba en ella la soberbia. Su misticismo, o insana embriaguez de las devociones supersticiosas, prevalecía tan pronto como se le apagaba el ardor de las borracheras lúbricas.

En su conducta advertí una oscilación isócrona de péndulo: apenas se levantaba un palmo del lodo en que arrastraba su liviandad, emprendía rápido vuelo para subirse a una región de mentirosas estrellas, y de allí caía otra vez al fango. Del mismo modo, los arrebatos de su irritable amor propio alternaban en el curso diario de la vida con su mórbida humildad de fémina caprichosa. Había yo notado que durante semanas enteras comía vorazmente, sucediendo al buen apetito abstinencias de anacoreta. La conocí tierna y amante; la padecí poseída de celos absurdos y de locas envidias. En resumen; llegué a ver en ella una especie de relicario diabólico en el que estaban contenidos los siete pecados capitales.

Salí aquella mañana por las calles de Vitoria en estado de ánimo semejante al de Sancho Panza cuando Don Quijote le envió al Toboso con la carta para Dulcinea. Largo rato divagué movido por una extremada confusión y perplejidad. ¿Presentaría mis documentos al Administrador de Rentas? Sentado en un banco de la Plaza de la Constitución, por hacer tiempo saqué mis papeles, y examinándolos una y otra vez, fijándome en todos sus rasgos y primores de caligrafía, los diputé por buenos, absolutamente fidedignos. Con esta idea me fui como una flecha hacia el edificio donde me dijeron que radicaban el Gobierno civil y la Administración de Hacienda. Pero al llegar a la puerta me sentí detenido por una mano que llamaré invisible y misteriosa. Así son todas las manos que en casos tales atajan a los personajes de novela, lanzados a veloz carrera por un fuerte impulso del corazón. Supersticioso miedo invadió mi alma. Oí la risilla de un diablo maleante y jovial, que a mi parecer salió de las oficinas armado de látigo, más bien zorro para sacudir muebles...

Me retiré, invocando a *Mariclío* para que de aquella horrible turbación me sacase. Pero por más que la llamé con el pensamiento, y aun con la voz, la Madre augusta no vino en mi auxilio. Decidí al cabo volverme a la fonda, después de dar vueltas y más vueltas por las calles circulares de la parte vieja de la ciudad, sin otro objeto que justificar, con una prudente tardanza, el plan concebido para dar el pego a *Chilivistra*... Encontré a ésta ya vestida con su hábito negro de los Dolores, en el cual brillaba el emblema de plata: un corazón atravesado por siete lindas espaditas. Advirtiendo en Silvestra el temblor de labio, signo infalible del punto culminante de su soberbia, me anticipé a su interrogación diciéndole con afectada serenidad: «Pues verás, mujer, lo que me ha pasado.» Y ella, con seca voz airada, balbució estas palabras: «Acaba pronto, majadero... ¿Traes el millón?»

Me senté risueño, simulando cansancio para desarrollar mi plan dialéctico, que fui exponiendo poco a poco en esta forma: «Espérate un poco... Verás... Déjame tomar aliento... El señor Administrador es un caballero amabilísimo, pero...» Interrumpiome Silvestra con estas frases cortadas, que tartajosas salían de sus labios: «Amabilísimo, sí... Será un maula... Como tú... un perezoso... Te habrá mandado que vuelvas... Esa gentuza de oficina siempre tiene en la boca el *vuelva usted*... ¿Y cuándo?... ¿Esta tarde?»

—Esta tarde no... Pero no te sofoques, no te precipites. Siéntate y hablaremos —dije yo, viéndola correr y dar vueltas como una pantera enjaulada—.

Estas cosas no pueden resolverse de momento. Hay casos excepcionales. Verás. El señor Administrador, que, lo repito, es hombre muy fino, me ha mandado volver dentro de unos días... Ten calma... Sin precisar cuántos días... Es que ha tenido que dar a las tropas de Moriones la paga de noviembre y parte de la de diciembre. Ponte en su caso, mujer. Ayer hizo el arqueo, y solo tiene en Caja diez mil duros.

—¿Y por qué no te los ha dado ese bergante?

—Eres una pólvora. Espérate. Los diez mil duros están en calderilla. ¿Cómo quieres que...?

Largo tiempo invertí en desfogar el encendido temperamento de aquella hembra, que se ponía insufrible cuando le soplaba el viento de la soberbia. Dos medios había para domarla: o apurar mis facultades *parlamentarias*, con refuerzo de halagos y carantoñas, o coger una estaca y convencerla con razones contundentes. Este sistema radical no lo había empleado nunca. Preferí en aquella ocasión el método de la verbosidad dulzona, y a la media hora de aplicarlo ya estaba la señora como un guante. Díjome que después de almorzar haría sus visitas a las familias de Vitoria con quienes tenía conocimiento y amistad. Los Baraonas eran los primeros a quienes pensaba visitar, porque con ellos uníanla estrechos lazos de parentesco. Después se vería con los Trapinedos, Prestameros y Romarates. De todas estas familias, que eran fieles fanáticas del *Dios, Patria y Rey*, esperaba obtener salvoconductos para penetrar sin riesgo en el campo carlista. Cuando comíamos me dijo que, por decoro y honestidad, no era prudente que yo figurase como su acompañante. Pareciome muy sensata esta precaución y le manifesté que si sus amistades y parentela le pagaban la visita, yo me ocultaría discretamente.

Al disponer por la noche nuestra partida en dirección a Durango, itinerario marcado por la terca vizcaína, ésta se rebelaba contra la idea de dejar en Vitoria los diez mil duros, y en su desvarío llegó a proponerme que cargáramos con la calderilla, aunque para ello tuviéramos que alquilar cuantos carros fueran menester. Con nuevo gasto de saliva la disuadí de aquel disparate, asegurándole que con mis libramientos en regla bastaba para reducir a los cabecillas más inaccesibles al soborno.

En un mal carricoche, que alquilamos pagándolo muy bien, partimos de madrugada por el camino real de Peña de Amboto y Ochandiano. Invertimos casi todo el día en llegar a este último pueblo por entorpecimientos de la carretera y por los sobresaltos que nos causaron algunas partidas volantes, de las que logramos zafarnos gracias a los salvoconductos de que se pertrechó en Vitoria la tozuda señora que me llevaba de rodrigón o escudero.

En las agrias cuestas de la divisoria tuvimos que aplicar a nuestro desvencijado carruaje la tracción de una pareja de bueyes. En otras partes del camino, los deterioros causados por el temporal de lluvias nos obligaron a recorrer a pie largos trayectos. Estos desavíos, y el hambre que nos extenuaba por habérsenos olvidado la canasta de provisiones, moviéronnos a guarecernos en la posada de Ochandiano para comer tranquilamente y pasar la noche. Gozosos entramos a disfrutar del abrigo de aquella casa, donde además de comodidades tuvimos agasajo y cariño. La patrona, que era una mujer fresca, guapa y de gigantescas hechuras, nos trató desde el primer momento con afabilidad campechana. Apenas cruzados los primeros saludos entre la dueña del parador y *Chilivistra*, lanzáronse ambas a parlotear alegremente en lengua vasca, dejándome casi a oscuras de cuanto decían.

La cena fue sabrosa, animada y familiar, sentándonos juntos en la misma mesa la patrona con dos hijos suyos de corta edad, Silvestra, dos hombrachos de boina blanca con insignias, de teniente el uno de Capitán el otro, y un servidor de ustedes. La posadera, cuyo asiento estaba frontero al mío, blasonaba de persona cortés, dirigiéndome frases en castellano macarrónico para indemnizarme del tedio que me producía el asistir en silencio a una conversación en vascuence. «Esta señora —me dijo mi dama— se llama Polonia Zuazu y es sobrina carnal de nuestro amigo el cura Choribiqueta. Según ella, estás aburrido porque hablamos una lengua que no entiendes, y yo le digo que no debemos hablar castellano para que te acostumbres al son del habla nuestra y vayas aprendiéndola.»

No refiero pormenores de aquella cena ni del franco regocijo que en ella reinó, porque anhelo pasar rápidamente a otro pasaje más interesante. Encendida la vela hospederil en candelero de cobre, Polonia nos guió a la habitación que nos destinaba. Apenas encerrados en ella, vi que mi compañera frente a mí se engallaba con ojos fulgurantes, y el temblor de labio inseparable de sus accesos de ira. Absorto quedé al oír este absurdo despropósito:

«Ya he sentido... bien segura estoy... que por debajo de la mesa... le pisabas el pie a Polonia... No lo niegues: tengo yo mucho pesquis para estas cosas... Y ella, la muy puerca, se dejaba caer pisándote a ti... Es claro como el agua... No se me han escapado tampoco las miraditas que cruzabais ella y tú.»

Grave y firme rechacé la indigna suposición de Silvestra. Pero ella, más enfoguetada en su imaginaria celera, prosiguió de este modo, agriando la voz y sacudiendo mi brazo:

«La gran bribona me dijo que eres muy guapo... Creerás tú que yo no entiendo de estas cosas... Claro: como soy santita no sé nada del mundo... Te equivocas, sinvergüenza... Yo sé muy bien que las gigantonas gustan de los enanitos... y los chiquitines de las marimachos... Puedes irte con ella... No temas nada... El marido está lejos: sirve como tambor mayor en el 6.º de Navarra.»

De toda mi serenidad y paciencia tuve que valerme para refrenar la cólera. Cuantos argumentos me sugería la razón no bastaban para desvanecer el ridículo supuesto de aquella hembra desconcertada. Llegué a pensar que todo era invención caprichosa, histérica, para mortificarme. Por fin, con rotunda frase corté la disputa. Ordené a Silvestra que se acostara, y le dije que yo haría lo mismo, aplazando la cuestión para el día siguiente. Por fortuna teníamos camas separadas. *Chilivistra* se desnudó aprisa, esparciendo su ropa por el cuarto, y se metió en el lecho. Yo también me acosté.

Pero no pude disfrutar ni un momento de calma porque la furiosa mujer me atormentó con fingidos lloriqueos, y con estos lastimeros reproches: «Podías hacerte cargo, hombre desvanecido y sin seso, de que por culpa tuya estoy yo en pecado mortal. Esto es tan verdad como Dios es mi padre. Yo vivía en santa ignorancia de ciertos desvaríos, y tú has venido con seducciones infernales a manchar mi conciencia. ¡Ay Virgen mía! ¿Quién me había de decir que yo pasaría del estado angélico al estado de condenación por las artes de este pillete vicioso, sin ley ni Dios?»

Callado escuchaba yo tales desatinos, y mordiendo la sábana para no disparatarme en denuestos contra Silvestra, me decía: «A esta loquinaria le rompo yo un hueso antes que amanezca, y si logro contenerme, mañana la dejo plantada, aquí o donde me parezca mejor.» Furiosa *Chilivistra* porque yo no quería contestar a sus invectivas, me tiró una bota que vino a dar en mi frente. Más benigno que ella, contesté a su disparo tirándole una almohada. No acabó aquí el bombardeo. Viendo caer sobre mí la otra bota de ella, le arrojé yo las dos mías, a lo que contestó *la plaza enemiga* lanzándome un vaso de agua que tenía en la mesa de noche.

Ya no pude aguantar más. Me levanté. Vistiéndome con calma vi que Silvestra se volvía de cara a la pared y se arrebujaba en las sábanas, como para prevenirse contra el vapuleo que merecía.

XV

Defendiéndome del frío con mi gabán y la manta de viaje me tendí en un sofá de Vitoria, no sin requerir mi cachava, cuyo auxilio me pareció necesario en expectación de lo que ocurrir pudiera. Contra lo que esperaba, mi basilisco permaneció silencioso entre las sábanas, y a la media hora el rumor de su respiración me advirtió que se había dormido. Yo también descabecé algunos sueñecillos sobre el duro sofá.

Apenas entraron por las rendijas del balcón las primeras claridades del alba, me sorprendió la voz de *Chilivistra* en los tonos más dulces que usar solía cuando su magín recobraba el normal equilibrio: «¡Ay, Tito, ven! Hazme el favor. He despertado con terribles dolores en la paletilla derecha. ¡Ay, ay! Ya se me corren por la espalda hacia el costado. Acércate, dame unas friegas como tú sabes hacerlo, por toda esta parte. Anda pronto, que no puedo respirar.»

Acudí a ella, y sin hablar palabra le di los deseados refregones, recordando que había estado en un tris el dárselos de acebuche. «¡Ay, Tito —me dijo plañidera—, qué arisco estás! Ni siquiera me preguntas cómo he pasado la noche. Yo he dormido algo, ¿y tú?... ¿Pero qué haces, tonto? ¿Te vuelves al sofá sin decirme nada? Llégate otra vez aquí y friégame más fuerte, que aún no se me ha quitado el dolor.»

Mientras yo le raspaba la piel con verdadero ahínco, la fierecilla me habló de esta manera: «Ya recuerdo. Estás enojado por lo que pasó al acostarnos. Tú eres un gran pillo, y yo me disloco cuando me figuro que no me quieren... En mi cama tengo una de tus botas y en la tuya deben estar las dos mías. Vaya, no se hable más de eso, y veamos en todo ello la fuerza del querer. Se me metió en la cabeza que le pisabas el pie a Polonia; esta idea, y el decirme ella que eres muy guapín me sacaron de quicio.»

Había pasado el arrechucho. La gata nerviosa pedía reconciliación con suaves mayidos. Como siempre prefiero la situación de paz a la de guerra, accedí a las paces para evitar mayores disgustos. Junto a ella dormí largo rato, y ya serían las nueve cuando me despertó con fuertes empujones, diciéndome: «¿No oyes tocar a misa? Levantémonos, vistámonos a escape. Hoy no me quedo sin misa, y tú irás conmigo, que buena falta nos hace a los dos.»

Al volver de la iglesia, la simpática Polonia nos dio el desayuno en la planta baja de la casa, donde tenía taberna y estanco. Junto a nosotros tomaba la mañana el fornido carlistón en quien vi la noche antes las insignias de teniente, el cual nos dijo que si a Durango íbamos él nos llevaría gustoso. De diez a once saldría en aquella dirección conduciendo un convoy de víveres. Aceptó Silvestra el galante ofrecimiento, y poco después emprendimos nuestra marcha en un carro de la impedimenta carlista. Nada de particular nos ocurrió en el camino. A la caída de la tarde, cuando ya nos aproximábamos al fin de nuestro viaje, paró el convoy junto a un robledal espeso. El teniente, que iba a caballo, se acercó a nuestro carro y nos dijo:

«Antes de seguir adelante, quiero decir a ustedes que yo me quedaré a cenar esta noche en una casa de campo que encontraremos cerca de San Pedro de Tavira. Es la quinta de Aizpurúa, hoy propiedad de mi prima Pepita Izco. Sabiendo que son ustedes amigos de Pepita, les invito a que pasen allí la noche. Estoy bien seguro de que en ello tendrá mucho gusto mi parienta.»

Al oír mi dama el nombre de Pepita Izco palideció, y su labio temblicón indicó la inminencia de otro estallido de celos. De un brinco descendió del carro; yo hice lo mismo, tratando de contener los bufidos de su enojo ante los soldados que ya se arremolinaban en torno nuestro. Sin cuidarse del público que en derredor teníamos, el basilisco agarrome las solapas del gabán y me increpó en esta forma desatinada y virulenta: «¡Malvado!, anoche, mientras yo dormía, concertaste con este teniente... ya lo veo, ya... que te trajese a la casa de tu antiguo amor, Pepita Izco... ¡Bien, muy bien!... ¿Es ello propio de un caballero?»

Al decir esto me estrujaba, y llenando de arañazos mi rostro, me desanudaba la corbata. Yo no hice más que rechazarla con alguna violencia. El teniente acudió a contenerla. Sofocado y casi sin aliento, apenas pude formular algunas palabras en mi defensa. «Esta señora está loca —afirmé—. Llévenla donde quieran. Yo me vuelvo a Ochandiano.» Y dejando a Silvestra rodeada de los del convoy, fui a sacar del carro mi maleta, para poner en ejecución inmediatamente lo que había dicho. En esto, sentimos por el robledal toques de corneta y ruido de tropas. Era un destacamento de la división de Lizárraga, que según después supe iba a Portugalete.

Pronto se vio aquel trozo de la carretera lleno de soldados. El Capitán que mandaba a los de Lizárraga reconoció al instante a la fierecilla, y se fue hacia ella gozoso, saludándola con estas voces: «¡Oh, *Chilivistra*! ¿Tú aquí, mujer? ¿Qué te pasa, qué es esto?» Ella, lívida, las manos en alto, la boca espumante, vociferaba contra mí con los dicterios más atroces: infame, traicionero, burlador de mujeres honradas, enviado de Satanás...

En tanto, los del convoy me apartaban hacia otro lado, y por sus miradas y actitudes comprendí que todos se ponían de parte de la señora. Prodújose una confusión tan grande que no pude darme cuenta de lo que pasaba. Luego vi que el convoy se ponía en marcha, llevándose al basilisco en el mismo carro que hasta allí nos condujo. En pie seguía dando gritos, entre los cuales percibí estos acentos trágicos: «¡Matarle, fusilarle!»

El Capitán de la columna se llegó a mí, diciendo risueño y zumbón: «Hola, Tito, gran Tito, ¿viene usted a proclamar la *República Pontificia*?» Fijándome en él caí en la cuenta de que era un muchacho durangués, muy simpático por cierto, llamado Mendía y vecino de mi hermana Trigidia. Al reconocerle abrí mis brazos con efusión, diciéndole: «Amigo, deme usted un abrazo. ¡Qué alegría tan grande!»

—¿Alegría dice? —exclamó el Capitán—. ¿Y quiere abrazarme? ¡Pero si debe usted renegar de mí! Le tengo a usted por hombre sospechoso.

Conozco bien sus ideas, y seguramente no viene usted aquí a cosa buena. Me veo, pues, precisado a detenerle. Venga usted conmigo.

—Deténgame y lléveme a donde quiera. Es usted mi salvador.

—¡Su salvador!... ¿Por qué?

—Porque al librarme de esa tarasca me ha sacado de la más horrenda esclavitud. Dice usted que me lleva preso, y yo digo que esa prisión equivale a mi libertad.

El Capitán ordenó a un soldado que llevase mi maleta, indicándome que a su lado marchara. Obedecí, y platicamos tranquilamente, andando por senderos para mí desconocidos. Cerrada la noche, entramos por ásperas cañadas entre matorrales espesos.

«Debe usted agradecerme, señor Tito —me dijo el Capitán—, que no le haya dejado ir a Durango, donde tiene usted no pocos enemigos; hay allí personas que desean cobrarle el bromazo que nos dio con aquella pamplina del *Imperio Hispano Pontificio*. Se ha librado usted de que le contesten al discurso con una tanda de cardenales... Además, le diré por si lo ignora, que su padre don Matías Liviano no está ya en Durango: hace un mes se fue con su hija Trigidia y sus nietos a Motrico, buscando mayor sosiego. Ignacio Zubiri está en el Cuartel Real de don Carlos.»

La noticia de la ausencia de mi padre y hermana turbó un poco mi espíritu. Pero estas desazones, así como la idea de mi cautiverio, eran compensadas por la felicidad de haber sacudido el insufrible yugo de *Chilivistra*. A las dos horas de camino por terreno quebrado, vadeando arroyos y franqueando divisorias, empecé a sentir cansancio y desaliento, dándome cuenta de la gravedad de mi situación... ¿A dónde me llevaban? ¿Qué sería de mí entre aquellos hombres fanáticos, que subordinaban toda ley de humanidad a las absurdas pretensiones de un Rey de fantasía?... No estaba yo acostumbrado a las marchas militares sin descanso ni respiro. Aquellos sectarios de inflamado corazón y temple duro tenían piernas de acero. Para engañar el tiempo y la fatiga amenizaban la constante andadura con alegres cantorrios.

El Capitán callaba, y de rato en rato, con frase breve, hacía por estimularme a que pusiera mi paso perezoso al aire y compás de la columna incansable. Ladridos de perros venían a nosotros de una parte y otra, añadiendo las notas campesinas al tumulto de nuestras pisadas. Avanzaba la noche, fría y oscura, sin que el formidable aliento de los recios campeones, ávidos de tragarse las leguas y de medir con sus pies el terreno sin fin, diera señales de amenguarse. A la madrugada, ya era yo como un muerto que se movía por máquina... Al clarear el alba distinguí casas; vi algunos paisanos que salían a nuestro encuentro; oí terminachos y salutaciones en vascuence. Entrábamos en un pueblo. Mis pobres huesos dieron gracias a Dios.

«¿Descansaremos en este lugar?» —pregunté a Mendía. Y éste secamente me respondió: «Nosotros no descansamos; hemos de seguir a marcha forzada algunas horas más. Usted se queda aquí a disposición del comandante de la Fortaleza. Se registrará su maleta y su ropa a fin de saber qué mensajes o encomiendas trae. Deseo que no resulte nada contra usted. Adiós, amigo.»

En esto llegamos a una plazoleta empedrada y llena de baches. Vi acercarse a unos hombres de boina, embozados en sus capotes. Uno de ellos traía un farol que tristemente pestañeaba en la oscuridad, pues la aurora, mensajera del rubicundo Febo, apenas hendía los horizontes con sus dedos de rosa...

Metiéronme por angosta puerta en una tenebrosa estancia, y a la luz del farol macilento me tomaron el nombre, edad, profesión, etc. Mis respuestas se ajustaron completamente a la verdad. Luego hicieron registro escrupuloso en toda mi ropa, tentándola por una y otra parte, por si entre los forros sonaba ruido de papeles. Los que yo llevaba en el bolsillo, entre ellos mi credencial de Delegado Secreto y algunos apuntes, los entregué antes que me los pidieran. Después me quitaron las botas, sospechando que en ellas escondía algún parte o reservada confidencia. Iguales pesquisas hicieron en el sombrero.

Cuando el registro hubo terminado, el que parecía jefe de los tres que conmigo estaban, me dijo en mal castellano: «Aquí quedarte a las resultas de lo que contenga el contenido de estas papelorias.» Sin más razones, reintegrado en el uso de mis botas, gabán y sombrero, lleváronme por un pasillo de dos ángulos y me metieron en un aposento cuadrilongo, donde vi, a la luz del consabido farol, por un lado un mal avío de estera, jergón y manta, y al otro una silla. En tan regio alojamiento me dejaron, recomendándome la paciencia con frases medio vascas, medio castellanas, y salieron cerrando la puerta con dos vueltas de llave y corriendo un cerrojo, que rechinó como risotada del Infierno.

Reconociendo aquel antro con fugaz mirada, pude apreciar en uno de sus muros una reja que daba al campo. El techo era de bóveda, las paredes renegridas, el suelo mitad de ladrillos, mitad de tierra. Mis pobres huesos me pedían el descanso, y yo lo pedí para ellos y para mi cerebro al hinchado jergón, que por ser de hoja de maíz tocó diferentes piezas de música cuando en él me acosté... Creo que de un tirón dormí todo el día y la noche siguiente. Anidaban en mi cárcel el tedio, la tristeza y la desesperación. Pero yo saqué del fondo de mi alma el caudal recóndito de mi estoicismo para defenderme de las ideas negras.

Corrían los días, sustrayéndome con su lentitud somnífera la noción exacta de su valor cronométrico. El único ser humano que me visitaba era una diligente abuelita, que me traía mi alimento por mañana y tarde: medio pan y una ración de rancho, no mal guisado, ni tampoco escaso. Mi carcelera, que no carecía de espíritu de caridad, solía dolerse de mí con palabras dulces y consoladoras dichas en una mixtura de vascuence y castellano que me hacía mucha gracia. Un día, no sé si al tercero de mi prisión, o al octavo o al quinto, me obsequió con estas frases que traducidas copio: «Mire, señor; le voy a traer, si usted quiere, a un curita del pueblo para que le vaya preparando.»

—¿Preparándome?... ¿Para qué?

—No se asuste, señor. Nuestra fe nos manda que tengamos la conciencia siempre muy limpia de alas para poder volar hacia Dios cuando éste lo disponga. Nadie se ve libre de un torozón o de un súpito a la cabeza. Por eso le digo: ¿qué pierde con estar preparadito?

Llamaban a mi guardiana *Maribatista*, y era tan buena que de su cuenta me llevaba bizcochos, higos pasados, o alguna otra golosina para mi regalo.

La primera visita que me hizo el jefe de la Fortaleza no fue anterior al décimo día de mi cautiverio, según mis imperfectos cálculos del curso del tiempo. Entró en mi calabozo una mañana, regañando con áspero acento a dos tagarotes que le acompañaron hasta la puerta: «¡Pero qué brutos *seis*! —gritaba—. ¿No *vus* dije que metierais aquí un *talburete*? ¿Queréis que el preso y yo hablemos *asentados* en una sola silla?» Pronto trajeron una banqueta, y al punto quedé solo con el terrible fantasmón que en aquel instante disponía de mi suerte. Era un viejecillo seco, de alta estatura, de manos sarmentosas. Si por su habla y acento se me reveló como hijo de Castilla, por su edad entendí que era un veterano de la primera guerra, reducido en la segunda a ejercer funciones sedentarias.

Con rudezas de forma, tras de las cuales traslucí un fondo de humanidad y cortesía, me dijo el viejo carlistón que mis papeles entrañaban prueba plena de intentos alevosos contra la causa del Rey, intentos que sin duda venían de muy alto, por lo cual, él y sus compañeros habían decidido remitir todo el papelorio al general en jefe, a fin de que éste resolviera *lo procedente* en caso tan grave. Añadió que aún estaba yo vivo *motivado a que* él no quería cerrar mi boca antes que Lizárraga, Elío o Dorregaray metieran sus dedos en ella, para saber de dónde venía aquella infamia de querer comprar a los jefes carlistas con el judío dinero liberal.

«Pues lléveme usted —dije yo con viveza—, lléveme pronto a presencia de uno de esos generales, ante quien declararé, como ante usted declaro, que soy inocente y pruebas tengo de ello.» La respuesta de mi cancerbero fue indecisa, con un dejo de sorna castellana: el general era quien había de decidir si se dignaba escucharme o si por primera providencia debía yo ser pasado por las armas... Ya me lo dirían *para mi conocimiento y efectos consiguientes.*

XVI

No me afligieron más de la cuenta estos siniestros augurios. Envuelto en la toga de mi resignación, esperaba sereno las derivaciones probables de mi cautiverio. Además confiaba en el auxilio de mi divina Madre, que seguramente no me dejaría perecer a manos de aquellos bárbaros. Una noche desperté arrebatado de súbito alborozo y salté del jergón creyendo ver, viendo mejor dicho, el rostro inefable de *Mariclío* asomado entre los barrotes de mi reja carcelaria. Palabras fervorosas se escaparon de mis labios, y oí claramente esta contestación de la excelsa Señora, mil veces augusta:

«Nada temas, hijo: yo estoy al cuidado de ti. Imita mi paciencia, imita mi serenidad ante estas guerras tan inverosímiles ¡ay!, como verdaderas. Estamos dentro de un absurdo vestido de realidad, Carnaval sangriento.

Escribiremos una Historia que no será creída por los venideros, y al leerla, si es que la leen, pensarán que hemos escrito cuentos disparatados para educar a los niños en la barbarie y en la imbecilidad.»

Al recostarme de nuevo en mi jergón, dilucidaba yo con vagas cavilaciones si lo que había oído me lo dijo la Madre o me lo cantaron las armónicas hojas de maíz, gimiendo bajo mi cuerpo... Rodaron días sin otra visita que la de la señora *Maribatista*, amén de las que me hacían de noche alimañas audaces, ávidas de aprovechar los restos de mi pitanza. La viejecilla continuaba dadivosa y afable, y me entretenía con amena charla mientras trajinaba en mi calabozo haciendo una limpieza elemental. Rara vez al traerme la comida dejaba de añadir alguna fineza, y una tarde me obsequió muy gozosa con un pedazo de mazapán y un Niño Jesús de alfeñique, obra de las monjas vecinas.

Hecho a la soledad y a la meditación pasaba yo mis horas revolviendo el copioso archivo de mi vida pasada, rememorando mis adversidades y bienandanzas, trazando síntesis históricas para un libro que seguramente no escribiría nunca, y comunicándome por la fuerza expansiva de mi espíritu con seres que me habían divertido sin hacerme ningún daño: *Leona la Brava*, *don Florestán*, *Graziella*, José Ido, sin olvidar las pedantescas figuras simbólicas de *Doña Gramática* y sus vetustas compañeras.

Una noche, después de beberme una botella de vino blanco que a hurtadillas me llevó *Maribatista*, mi encendido cerebro me trajo la visita de seres, que si eran vivos fuera de allí, no eran dentro de mi calabozo más que simples fenómenos espectrales. El primero que entró fue Serafín de San José, el cual, fieramente, tirándome de los pies como para despertarme, me decía: «Si me hubieras traído contigo como Contador y maestro de Partida Doble, no te verías como te ves. Con la mitad del dinero que te dio el Gobierno para la compra de cabecillas, habríamos dado la paz a España... y con la otra mitad nos hubiéramos divertido tú y yo lindamente... Contando con este negocio ofrecí yo a Cabeza un aderezo de brillantes... Y ahora ¿qué aderezo le daré, como no sea una ristra de ajos?... ¡Ja, ja!»

Se me apareció luego *Graziella*, dando el brazo a un bulto negro en quien vi un esbozo de la figura de don Hilario. La diablesa, con mirada burlona, se sentó junto a mí, produciendo en la paja del jergón un ligero estallido de risa.

«Para que salgas de estos trances, Tito salado —me dijo—, voy a ponerte en el dedo del corazón el anillo de Astaroth, hijo de Astarté, la infernal divinidad que yo reverencio.» Sentí en efecto el roce del *anillo al entrar en mi dedo. El informe bulto negro tiró del brazo de Graziella*, y ambos salieron dejando tras de sí los ecos o salpicaduras de una cháchara zumbona.

No fue aquella noche sino otra, cuando la ingestión de medio azumbre de chacolí, obsequio de *Maribatista*, me produjo la visión de un espantable murciélago que se coló por la reja, y después de chillar revoloteando junto al techo, se posó cerca de mí, deslumbrándome con sus ojos de fuego. Era el propio *don Florestán*, con su melena, perilla y pómulos pintados. De su hocico ratonil escuché estas grotescas manifestaciones: «Acabo de escribir al Séptimo Carlos una carta de su abuelo don Carlos María Isidro, en la que le dice que afane para sí todo el dinero que traes y te ponga en libertad, dejándose de más guerras y nombrándote su Chambelán Honorario.»

En una de las siestas que yo comúnmente dormía, me fueron a ver *Leona* y *Doña Gramática*. Díjome la primera que ya era duquesa de Mula, y que para evitar la fealdad de esta palabra, la concesión del título decía: *Duquesa de la Mula del Nacimiento*. Había tomado a *Doña Gramática* como aya o maestra del buen decir para no hacer mal papel entre la grandeza...

Segunda y tercera visita recibí del áspero comandante castellano, y en ambas no hizo más que repetir o parafrasear lo que me había dicho en la primera. Una mañana fui sorprendido por bullicio de multitudes, congregadas en el campo que rodeaba mi cárcel. Más tarde, oí pasos y voces de tropas en acción. Sonaron tiros lejanos, algún tiro próximo, y a esto siguieron chillidos de mujeres no lejos de la reja de mi calabozo... Pensé que de aquella batahola podría resultar mi liberación; pero no fue así.

Al anochecer entró en mi celda el comandante, seguido de tres descomunales guerrilleros, notificándome que el general de la División reclamaba mi persona, para someterme a un interrogatorio *conforme había lugar en justicia*.

«¿Puedo saber a dónde voy?» —le pregunté.

Y él, rígido y seco, me contestó repitiendo el cuento del loro: «*Usted, seor Tito, irá aonde o leven.*»

116

Laconismo tan áspero me enfadó; pero el estoicismo selló mis labios. Sacáronme al pasillo y del pasillo a la calle, donde vi grupos de soldados que se iban a poner en marcha. Despidiome el comandante con una mirada lastimera y un saludillo militar. En cambio, los adioses de *Maribatista* fueron de ternura casi materna, con el aditamento de unas lonchas de jamón y unos bollitos, que me dio envueltos en un número de *El Cuartel Real*. Ya que la pobre mujer no pudo darme noticia del lugar a donde me llevaban, por ella tuve conocimiento del tiempo que había durado mi prisión. Cincuenta y dos días estuve recluido en aquel antro que, visto por fuera, se me representó cual un resto vetusto de construcción feudal. Como apenas podía yo tenerme a causa de mi dilatada inmovilidad, me metieron en un carro de víveres, atándome los pies para que no me fugara.

Y aquí me tenéis otra vez, llevado por valles y montes hacia lugares desconocidos, donde se decidiría la solución adversa o favorable que mi Destino me deparase. La noche era fría y clara, con hermosa Luna creciente, cielo limpio, atmósfera de hielo. Un individuo de los que custodiaban el carro tuvo lástima de mí y me cubrió con una manta de munición. Al abrigo de ésta traté de adormecerme. Tocándome las manos y las sienes aprecié en mí un estado febril, y ello fue causa de que la pesada modorra me trajera visiones fraguadas en mi propia caldera cerebral, imágenes absurdas que al desvanecerse no dejaron rastro en mi memoria.

No sé decir a mis compasivos lectores en qué día y hora terminó el suplicio de mi segunda caminata, conducido por amenos valles y verdes montes en un convoy carlista. Solo apunto que el Sol alumbraba en el cenit cuando paró la caravana. ¿A qué lugar de Vasconia me habían llevado? No lo sabía. También ignoraba si el general que reclamara mi presencia era Lizárraga, Mendiri, Dorregaray o Cástor Andéchaga, pues estos cuatro nombres sonaron en mis oídos durante la penosa marcha.

Desatados mis pies, dos mozarrones me llevaron en vilo a un aposento bajo, espacioso y mal oliente. Yo no podía moverme, debilitado por la inanición y abrasado por la fiebre intensísima. En mi horrible turbación pude hacerme cargo de que me hallaba en un improvisado Hospital de Sangre. Así me lo revelaron gemidos, ayes dolorosos que a mi lado sonaban... Un hombre, que por las trazas era médico, se acercó a mí, y después de reconocerme minucioso, ordenó que me arropasen con mantas o capotes, prescribiendo brebajes de quinina y alimentación muy moderada.

Desde la visita del *físico* ceso en las referencias directas de mi persona porque estuve privado de conocimiento en largos días, conservando solo un brumoso recuerdo de la horrenda sed, del amargor de la quina, y del repugnante gusto de los caldos que me daban.

Cuando mis sentidos empezaron a recobrarse, pude advertir que muchos de mis compañeros de Hospital se morían lindamente, y oí los azadonazos de los que a la parte de afuera les cavaban la sepultura. Otros, destrozados por las balas, venían a sustituir a los fenecidos... Mujeres, que parecían monjas por su parda vestimenta y luengos rosarios, andaban entre nosotros con blando pisar de alpargatas. Eran enfermeras bondadosas, calladas y solícitas.

Mi renacer a la vida fue un vertiginoso cavilar sobre la impía guerra civil, monstruo nefando que solo me mostraba sus extremidades dolorosas. Dos Ejércitos, dos familias militares, ambas enardecidas y heroicas, se destrozaban fieramente por un *quítame allá ese trono y un dame acá ese altar*. No era fácil decir cuál de estos dos viejos muebles quedaba más desvencijado y maltrecho en la lucha. En sin fin de páginas de la Historia del mundo se ven hermosas querellas y tenacidades de una raza por este o el otro ideal. Contiendas tan vanas y estúpidas como las que vio y aguantó España en el siglo XIX, por ilusorios derechos de familia y por unas briznas de Constitución, debieran figurar únicamente en la historia de las riñas de gallos. Así lo pensaba yo en aquellas horas siniestras de mi vida, y así lo pienso todavía.

Ahora voy a dar a mis joviales lectores un plato de gusto, contándoles que una mañana fui conducido por las blandas mujerucas y algunos militares de indecisa graduación a una estancia del piso alto, ancha y luminosa, donde me dieron alimento escogido para fortalecerme en mí convalecencia. Diéronme también una cama bien mullida, y en derredor mío vi un mediano ajuar de cómodos mueblecitos. Encontrábame allí como el pez en el agua y mi sorpresa fue tan grande como mi alegría cuando un vejete modoso y limpio, de porte un tanto sacristanesco, y una monja gordita, risueña y algo cojitranca, me dijeron que ya no corría peligro de ser fusilado. Por mi vida se interesaban personajes altísimos, y aun damas y princesas. No nece-

118

sito decir cuánto me holgué de aquel feliz cambiazo en mi destino... No riáis, parroquianos maleantes que entretenéis vuestra ociosidad con estas lecturas, no riáis y esperad lo que resta de mi cuento.

Mis nuevos guardianes no sabían qué hacer para facilitar de un modo grato mi reparación orgánica. Menudeaban las comiditas sabrosas, alternadas con tragos de confortantes licores. De añadidura, me asearon y compusieron, poniéndome muy elegantito. Por efecto de aquel dulce trato y de las cosas estupendas que pasaron ante mi vista, hube de reconocer en mí el trastorno más delicioso y la ensoñación más bella que yo había gozado en mi existencia de historiador y de poeta. A la hora de comer presentáronme cierto día una linda mesa pulquérrima con todo el aderezo de vajilla y cristalería que pide un yantar lujoso. Mandáronme sentar en el único sillón colocado a la cabecera de la mesa. Frente a mí, a bastante distancia, había un gran ventanal, y junto a él extensa hilera de figuras femeninas cuyos rostros no podía distinguir por estar ellas de espaldas a la vivísima luz del Sol. La figura del centro, si no era *Mariclío*, se le parecía mucho.

Dada la señal de empezar la comida por mis guardianes, que permanecían en pie detrás de mí, avanzaron hacia la mesa dos señoras de las que formaban fila junto al ventanal. La una era la titulada reina doña Margarita de Parma, esposa de Carlos VII; la otra doña Isabel II, que aunque destronada conservaba su rango mayestático. Ambas señoras recibían de manos del maestresala y de la monja los platos exquisitos y me los servían con soberana gentileza... Yo no sabía qué decir ante tan inauditos honores, y por no estar callado repetí con turbada voz los famosos versos: *Nunca fuera caballero-de damas tan bien servido...*

Del grupo de las señoras, destacáronse otras para compartir con las reinas el honor de servirme: eran la Infanta doña María Isabel Francisca, viuda de Girgenti, y doña Blanca, esposa de don Alfonso de Borbón y Este... Las reinas y princesas, así como las otras damas que ponían ante mí los ricos manjares, retirando después los platos ya vacíos, me agraciaban con sonrisas y donosos mohínes sin pronunciar palabra.

Inmóvil en su puesto ante el ventanón permanecía la Madre *Clío*, como presidiendo la escena de cuento infantil en que yo era estupefacto protagonista. No pude contener mis ganas de conversación, y desde mi sitial dirigí a la Madre estas regocijadas expresiones: «Te veo, Señora, sin distinguir claramente tu semblante augusto. Pero aunque no te viera te reconocería por el bromazo que me das, ordenando que me sirvan de comer testas más o menos coronadas y altísimas princesas de sangre real. Ello es el signo fantástico de la soberana protección que concedes a tu siervo humilde, indigno amanuense de tus sacros Anales...»

¡Jesús, qué delirio! Por Júpiter y don Pedro Calderón, ¿soñar es vivir?... Dormí hondamente la mona, empalmando la tarde con la noche, y a la siguiente mañana, apenas me vestí y acicalé, llegose a mí con su blando andar de alpargatas mi monjita guardiana, y así me dijo: «Un ayudante del teniente general don Antonio Dorregaray ha venido con el recado de que éste le espera a usted para conferenciar.»

—¡Ah, no sabía...! —exclamé requiriendo mi gabán y sombrero.

—¿Pero no sabe que llegó anoche el general? ¡Pues poco ruido que hicieron las tropas al distribuirse en sus alojamientos! ¿Nada oyó usted? Claro... ha dormido entre tarde y noche dieciocho horas seguidas...

Las últimas palabras de la buena señora fueron para decirme que estábamos en el valle de Luyando, y que corría la segunda quincena de abril. Inmediatamente salí con el ayudante, que me llevó por la carretera, sorteando baches y montones de grava. A un lado y otro vi soldados que ocupaban caseríos y tiendas de campaña. En corto tiempo llegamos a un grupo de casas, entre las cuales se destacaba una con gran portalada señorial guarnecida de escudos. La muchedumbre de oficiales que vi al entrar, me indicó que aquél era el alojamiento del teniente general Dorregaray. Subimos al primer piso, y el ayudante me metió en una estancia que parecía biblioteca, con alta estantería de nogal bruñido por el tiempo.

Retirose el ayudante, después de decirme que esperase un momento, y a los diez minutos de estar allí vi aparecer al caudillo carlista don Antonio Dorregaray, cuyo semblante conocía yo por los retratos que en aquella época prodigaban los periódicos ilustrados. Era un hombre fornido, membrudo, de negra y espesa barba partida, despejada frente y expresivos ojos. Desde el primer momento advertí en él cierta benevolencia mezclada de curiosidad. Hízome sentar frente a sí, junto a una mesa donde vi números de *El Cuartel Real*, una escribanía de cobre con plumas de ave mojadas de tinta, y algunos pliegos sueltos a medio escribir. Presidía la estancia un retrato litográfico de Carlos VII, montado en brioso corcel de flotantes crines, que lanzaba por narices y boca los vahos espumosos de su fogosidad.

XVII

Inició el general nuestro coloquio con estas palabras corteses: «Días ha que deseaba yo hablar un rato con usted. Antes de tratar de los papeles que se le recogieron al ser detenido, debo decirle que han llegado a mí referencias de su persona. Por Carlos Calderón, a quien usted conoce, sé que es usted historiador de nota.»

—De afición no más, mi general —respondí con modestia—. Mientras llega el caso de examinar los hechos históricos, me dedico a estudiar los caracteres que los producen. Al venir aquí me traje el bosquejo de la figura militar de V. E., y si quiere le daré una muestra de la escrupulosa fidelidad con que hago mis investigaciones.

—Suprima tratamientos y siga.

—Nació usted en Ceuta en 1823, y a los doce años ingresó como Cadete de Infantería en el Ejército de don Carlos María Isidro. Tenía usted el empleo de Subteniente cuando se acogió al Convenio de Vergara, pasando a prestar servicio activo en el Ejército Nacional. Con el mismo grado de Alférez guerreó usted a las órdenes de Oraa y Espartero para someter a los carlistas que aún asolaban el Maestrazgo. Se batió usted en el sitio de Castellote y en la toma de Morella... El 48 y 49, siendo ya teniente, operó usted contra la facción Montemolinista que se organizó en las Provincias Vascongadas, y por sus méritos le hicieron Capitán. En julio del 54 se adhirió usted al movimiento de Vicálvaro, a las órdenes del general don Leopoldo O'Donnell, y ascendió a comandante. Dos años después se le condecoró con la Cruz de San Fernando de primera clase por su animosa conducta en las turbulencias que ocurrieron en Madrid. El 59 fue usted a la guerra de África en el Batallón de Alcántara, uno de los que componían la brigada de vanguardia del Primer Cuerpo, mandado por el general Echagüe. Tomó usted parte en las más lucidas acciones de aquella guerra, y el 9 de enero del 60 se le dio, a petición suya, el mando de las fuerzas de presidiarios armados. En 4 de mayo se le nombró ayudante de campo del general de la división en la que servía, y en este puesto logró usted el grado de teniente coronel.

—¡Oh, qué hermosa guerra! —exclamó Dorregaray, dilatando su espíritu en remembranzas placenteras—. ¡El Serrallo, Castillejos, Montenegrón, Tetuán!... Siga, siga.

—Después de la guerra de África hizo usted servicio de guarnición en diferentes poblaciones, demostrando siempre sus grandes conocimientos en Táctica, Ordenanza y Ciencia militar. Poseía usted, además de la Cruz de San Fernando concedida en 1856, la de San Hermenegildo, que le fue otorgada el 58, y otra de San Fernando de primera clase, que se le dio por su bravo comportamiento en la batalla de Wad-Ras. El 62 se le impuso el hábito de la militar orden de Santiago... Vea usted, mi general, qué bien enterado estoy de los méritos y servicios del teniente coronel don Antonio Dorregaray hasta que, en los últimos meses del 68, sus ideas le llevaron a ingresar de nuevo en el Ejército absolutista.

—Está muy bien, señor mío —dijo Dorregaray, reforzando los conceptos con expresivas cabezadas—. Si completa usted el estudio de las personas con el examen imparcial de los hechos, será usted un historiador digno de tal nombre.

—Me falta decir que conozco y trato a muchos distinguidísimos militares que fueron y son amigos de usted: los hermanos Pieltain, Primo de Rivera (Rafael y Fernando), Martínez Campos, Pavía y Alburquerque, Nandín y Moya, ayudantes de Prim, Echagüe, Zabala, y algunos paisanos ilustres como el marqués de Beramendi, el barón de Benifayó...

—Bien, basta ya —dijo el caudillo realista cual sin quisiera apartar de sus ojos una nube de tristeza—. Tengo mis afectos repartidos en uno y otro campo... Pero dejemos esto, y vamos al asunto que motiva nuestra conferencia. Los papeles de usted... Ese extraño nombramiento de Delegado Secreto para someter por el soborno a los jefes carlistas, paréceme monstruosamente falso por la enormidad del intento, y verosímil por la perfección de la escritura. Conozco muy bien la firma de García Ruiz, que conmigo se ha carteado más de una vez; las firmas de Echagaray y del Director del Tesoro también me son conocidas, y por tanto...

Hube de interrumpir al caudillo, anticipándole mi sincera y leal explicación de aquellos farandulescos papeluchos. Eran un bromazo que me dio al salir de Madrid el más sutil calígrafo que existe en estos reinos. A la objeción lógica que vi apuntar en los labios de mi sagaz interlocutor, me adelanté diciéndole: «Naturalmente, se asombra usted de que yo, conociendo la falsedad de estos papeles, los haya traído conmigo al pasar del campo liberal al campo absolutista. Comprenderá usted mi torpeza cuando se entere de que padezco desvaríos mentales, que alteran temporalmente mi fiel apreciación de las cosas, y cuando de añadidura sepa que salí de Madrid bajo la sugestión insana de una mujer histérica, antojadiza y atrabiliaria, que me hacía ver lo blanco negro...»

—Ya, ya. ¿Hembra tenemos? ¡Malo, malo! —exclamó don Antonio, conteniendo la risa y sacando del bolsillo del pecho los documentos de autos—. Entre los papeles del señor don Proteo Liviano hay un plieguecillo, escrito con lápiz en letra de mujer bastante garabatosa, que dice así: *Pesquemos primero a los pájaros gordos. A Dorregaray 50.000 duros... A Cástor Andéchaga 25.000... Etc.*

—Me parece que con ese ridículo apunte de la dama estrambótica que me acompañaba queda bien clara mi inocencia, y donde digo inocencia ponga usted tontería o flaqueza mental.

Antes de que me lo preguntase le di cuenta de mis amores con *Chilivistra*, del endiablado carácter de ésta, no bien conocido hasta que juntos emprendimos el viaje, de las querellas y ruidosas trifulcas que nos separaron, largándose ella con mil demonios a no sé dónde y cayendo yo en horrible cautiverio por más de dos meses, del cual me sacó la magnanimidad del hombre generoso en cuya presencia estaba.

«Por lo que aquí hemos hablado —dijo Dorregaray—, y por los nuevos informes que de usted me dio esta madrugada Carlos Calderón al partir para Miravalles, queda usted indultado, señor don Proteo.»

En este punto se levantó, y rompiendo en cuatro pedazos los mágicos documentos que me acreditaban como corruptor de caudillos facciosos en el campo inmenso de la fantasía, los arrojó en el suelo con ademán desabrido... Creyéndome libre le pedí licencia para retirarme. Pero él, deteniéndome con un gesto, me indicó que aún faltaba algún rabito por desollar hasta poner término a nuestra entrevista.

«Ya sabe usted —me dijo— que hemos puesto sitio a Bilbao. Esta plaza tan importante no tardará en ser nuestra. Ahora no se nos escapa como se nos escapó en los famosos días de Luchana... Sabrá usted también que Serrano y Concha embarcaron en Santander para Castro Urdiales, y piensan atacarnos por las líneas de Somorrostro.»

—Es la primera noticia que tengo de eso, mi general. Soy un pequeño historiador que ignora la Historia viva que le rodea.

—¿Y tampoco sabe usted que con Serrano y Concha vienen Primo de Rivera, Martínez Campos, Tassara, Echagüe y otros amigos míos...?

—¡Qué he de saber, pobre de mí, si me han tenido ustedes más de dos meses encerrado en Yurre y en Luyano!

—Pues si está usted a oscuras de todo lo que pueda interesarme —dijo Dorregaray un tanto malhumorado—, quédese en libertad y tome la dirección que más le convenga.

—Considere, mi general, que adonde quiera que vaya tendré que pasar por entre tropas carlistas, y si éstas han de volver a encarcelarme prefiero que sea usted el que disponga de mi suerte, llevándome consigo.

—Me refiero yo, señor Liviano —indicó don Antonio con un dejo de socarronería—, que usted, hombre un tanto alocado y de imaginación que tira siempre a los desvaríos, querrá irse con los suyos, que a estas horas andarán por los vericuetos de Somorrostro. Yo le daré un caballejo, unas alforjas con víveres y salvoconductos para que vaya usted hasta Valmaseda, franqueándose de las tropas de Cástor Andéchaga o Lizárraga, únicas que puede usted encontrar en ese camino. Desde Valmaseda póngase usted en manos de la Providencia y de sus santos tutelares para llegar a donde estén los suyos, a quienes tengo por tan alocados y fantasiosos como usted. Dios se la depare buena... Otra cosa: si se tropieza usted con Arsenio Martínez Campos dígale que le espero... Donde él verá. Adiós, amigo.

Con todo rendimiento me despedí de aquel hombre que tan gallarda y generosamente se había portado conmigo. Para colmo de bondad cumplió al instante su oferta, proporcionándome un caballo con alforjas a la grupa. En ellas, junto con los víveres, acomodé mi ropa, desembarazándome del estorbo de la maleta. El mismo ayudante que me llevó a presencia del general, me entregó dos salvoconductos, en cuyas márgenes había trazado Dorregaray expresivas líneas recomendándome a Lizárraga y Andéchaga. Ganoso de aprovechar el tiempo despedime de mis buenos guardianes, y entre alborozado y medroso partí hacia el valle de Llanteno, dirección que me indicaron como la más fácil para llegar a Valmaseda.

No quiero entreteneros con pormenores de mi caminata, en la cual nada de particular me ocurrió. Al otro día, cerca de Santa Coloma, encontré tropas de Andéchaga. Hablé con el veterano cabecilla, que me acogió hidalgamente, invitándome a seguir en su compañía. Así lo hice, y en el lugar de Antuñano, el guerrillero me indicó la ruta más breve para llegar a Valmaseda, donde quizás encontraría tropas e Lizárraga. Mi jaco, que era una buena pieza, me llevó en algunas horas a la capital de las Encartaciones, donde tuve la suerte de no topar con la facción de Lizárraga y sí con un buen almuerzo caliente que me restauró de cuerpo y espíritu. Eran las diez de la mañana de un día de abril, cuyo número estaría seguramente en los almanaques, pero no en mi flaca memoria.

Después de dar a mi valiente rocín el descanso y pienso que se le debían, me lancé a la ventura por un camino que a mi parecer al encuentro de Serrano y Concha me llevaba. La Providencia iba conmigo. ¿Iría también invisible mi excelsa Madre? Dígolo porque unos aldeanos, a quienes pregunté si me había equivocado en el camino de Múzquiz, me respondieron: «Va bien, señor; tuerza por la carretera que encontrará pronto a mano derecha, y todo seguido llegará, si le dejan *los cristinos* que andan por esos montes.»

Seguí la indicada ruta, y al meterme en las encañadas de una sierra (que según después supe se llama de Saldoja) me vi sorprendido por una turbamulta de soldados carlistas a pie y a caballo, que en veloz retirada venían hacia Valmaseda. Eran sin duda los vencidos en un reciente combate. Sus caras atristadas, su andar presuroso, las inflexiones de su lenguaje vasco, que unidas al ademán resultaban inteligibles, me revelaron que iban en humillante fuga. Algunos me injuriaron, en otros advertí una hostilidad nada tranquilizadora. Tuve miedo de que, por lo menos, me quitaran el jaco, ya que no descargasen en mi propia persona la rabia de su vencimiento...

Cuando pasaban los últimos de la dispersa manada, mi buena suerte me deparó a la derecha del camino una venta o parador. Picando espuelas a ella me fui, con ánimo de guarecerme por si venía nuevo tropel de guerreros desmandados. En la venta solo había dos mujeres, las cuales, a mis primeras palabras en demanda de hospitalidad me contestaron en purísimo castellano y con acento muy cortés. Eran de Castro Urdiales, hija y madre, y estaban solas porque los dos hombres de casa habían tenido que ir con sus carros, llevados a la fuerza, a portear víveres y municiones en un convoy de Mendiri.

«¡Ay, señor! —me dijo la más joven—. Desde ayer, por todo el terreno de aquí a Somorrostro, en los altos de Las Muñecas y en la parte de Montellano, no han cesado los tiros de fusil y los zambombazos de la Artillería. Todavía hay para rato y no se sabe quién lleva las de perder. Ha venido de Madrid, según dicen, un general que llaman el de la Concha con otros tales. El Serrano parece que ahora va por delante. ¡Menudas trapatiestas vamos a tener, señor!»

La vieja, que con mirada de águila exploraba las lejanías, saltó diciendo: «Me *paiz* que al carlista le zurran la badana. Hacia aquí vienen algunos más huyendo de la quema. Por la encañada de allá abajo veo un montón de ellos, *espavoridos*, que corren buscando la vuelta de Güeñes. Señor; si es usted moro de paz, puede guarecerse en el pajar hasta que pase esta tremolina. Comida no tenemos, como no sea un poco de cecina que asaremos en las brasas. Vino sí lo hay, y no faltan cerezas en aguardiente.»

Cuando esto decía la buena mujer, arreció de un modo espantable el tiroteo, y distinguíamos el humazo de los disparos como blancos vellones que surgían incesantemente en los términos remotos. Quedeme en relativa tranquilidad al abrigo del ventorro, y al amparo de aquellas tal vez encantadas princesas, que así curaban de *mi rocino* como de mi humilde persona. Todo aquel día duró el estampido de las lejanas batallas. La ventera más joven me señaló diferentes puntos de donde venía ruido de volcanes en erupción, entre ellos unos picachos que a mano derecha y a larga distancia se parecían, donde el humo de la pólvora formaba espesa nube.

Relacionando días después aquella visión con lo que en el campo liberal me contaron, vine a comprender que mi ventera me había señalado, sin saberlo, el formidable paso del general Concha por los desfiladeros de Las

Muñecas. Como he dicho, todo el día siguió el tremendo chocar de ambos ejércitos, y durante la noche, agazapado en el pajar, oí distintamente el zumbido aterrador de los carlistas en retirada por los caminos y veredas colindantes.

El día siguiente amaneció cerrado de nieblas. Desde muy temprano empezó el fuego de fusilería y cañón. Salí de mi escondite, advirtiendo que el ruido bélico se extendía marcadamente hacia mi derecha. Nada se veía. Pedí a la mesonera anciana noticia de los lugares que la niebla blanquecina en aquella dirección ocultaba, y me dijo: «Lo más cerca por ese lado es Avellaneda; luego sigue Galdames de Suso y de Yuso; después Abanto, y al cabo Portugalete.»

Arreció el rumor de batalla conforme avanzaba el día. Por la tarde llegaron al parador dos viejos, con la noticia de que los carlistas habían sido destrozados y de que el Ejército *Cristino* también tenía muchas bajas... Horas después vimos que por una loma distante pasaban de izquierda a derecha tropas que parecían liberales. No pudiendo contener mi curiosidad impaciente enjaecé mi caballo, y despidiéndome de las bondadosas mujeres, me lancé a buen trote en la ruta que me pareció conducente al lugar de Avellaneda... Antes de anochecer me encontré cerca de los míos. Alegría retozona inundó mi alma. Metiéndome entre ellos reconocí el Regimiento número 38, *León*.

XVIII

Al instante me puse al habla con los soldados que consideraba como mi familia política y militar. Entre los oficiales reconocí a un joven teniente, sobrino de don Romualdo Palacios, el cual me dijo que las divisiones de Letona y Martínez Campos estaban ya cerca de Portugalete, pues las líneas carlistas habían sido forzadas y el enemigo, poniendo pies en polvorosa, dejaba libre el camino de Bilbao. Descansamos algunas horas en Avellaneda, y al salir de madrugada con el mismo Regimiento, vi el suelo, a un lado y otro del camino, sembrado de cadáveres. A las cuatro horas de marcha oí de nuevo fuego lejano. Dijéronme que hacia Galdames de Suso se estaban batiendo todavía. Encontramos tropas que creo eran de la retaguardia de Martínez Campos. Muchos hombres se ocupaban en enterrar muertos. Era un espanto, un horror. ¿Y esto para qué? ¿Qué finalidad tenían aquellos cruentos combates, con sacrificio de tantas vidas generosas? Luego os diré, lectores de mi alma, las ideas que empezaron a bullir en mi mente al presenciar la pavorosa escena.

Entre los oficiales que dirigían los enterramientos encontré a Palazuelos, aquel teniente que en Miranda facilitó mi viaje a Vitoria con la enfadosa *Chilivistra*. Abrazándome me dijo: «De *Puerto Rico* he pasado a *Saboya* número 6, y aquí me tiene usted, en la División de Martínez Campos.» Aquella misma tarde, pasado Abanto, Palazuelos y dos oficiales más, despachando juntos y aprisa un ligero tente-en-pie, me hicieron una descripción sintética de las bravas acciones que franquearon el paso hacia la ría de Bilbao. Contáronme la muerte de Andéchaga y el audaz movimiento del marqués del Duero por la cumbre de Las Muñecas, que envolvió al enemigo atacándole de flanco hasta ponerle en dispersión presurosa.

Según el relato de aquellos amigos, las pérdidas nuestras habían sido dolorosas. Mucho más lo fueron las de los carlistas. Los cadáveres eran como jalones que marcaban el paso de la Historia en aquellos trágicos días... Amaneció el 1.º de mayo, día feliz en concepto de los liberales. Colocado yo en un altozano próximo al lugar de Cabreces, viendo a nuestro Ejército en el término de aquella jornada truculenta, lancé al aire vago y a los vapores de la tierra ensangrentada pensamientos que si entonces tenían algo de profético, luego se resolvieron en una apreciación clara y justa de la hispana vida. Sin duda me inspiraba la Madre, cuyo aliento fecundo penetró en mi cerebro; sin duda la Madre augusta me sugirió después el criterio clarísimo con que, andando el tiempo, he podido juzgar los sucesos que entonces vi... Escribo estas líneas cuando el paso de los años y de provechosas experiencias me ha dado toda la claridad necesaria para iluminar el 2 de mayo de 1874.

Ved aquí lo que pensaba y pienso: liberales y carlistas se desgarraron cruel y despiadadamente por dos ideales que luego han venido a ser uno solo. ¿Cabe mayor imbecilidad de una parte y otra? Los liberales derramaban a torrentes su sangre y la sangre enemiga sin sospechar que entronizaban lo mismo que querían combatir. Los carlistas se dejaban matar estoicamente, ignorando que sus ideas, derrotadas en aquella memorable fecha, reverdecerían luego con más fuerza de la que ellos, aun victoriosos, les hubieran dado.

El 2 de mayo, la suerte me deparó el honor de acompañar al general Concha cuando en un vaporcito entró por la ría de Bilbao hasta llegar al casco de la ciudad, recién liberada de un sofocante asedio. No puedo describir el júbilo del vecindario. Era una locura, un delirio. Las aclamaciones abrasaban el aire, infundiendo en las almas el fuego de una nueva vida. Bilbao creía que inauguraba una era de grandeza nacional, de cultura, de emancipación del pensamiento, de todo cuanto podían dar de sí la pujanza mental y la nativa riqueza de aquel pueblo. Al recordar hoy los sublimes momentos de aquel día, ayes de gozo, alaridos de esperanza, me parece que oigo burlona carcajada del Destino. Sí, sí; porque la Restauración primero, la Regencia después, se dieron prisa a importar el jesuitismo y a fomentarlo hasta que se hiciera dueño de la heroica Villa. Con él vino la irrupción frailuna y monjil, gobernó el Papa, y las leyes teñidas de barniz democrático fueron y son una farsa irrisoria.

Los desdichados carlistas, que entonces lloraron su retirada, vinieron luego a instalarse sin rebozo en la ciudad opulenta, y a dar en ella carta de naturaleza a las ideas sombrías que no pudieron imponer con las armas. Pero si el hierro vizcaíno ha servido para forjar las cadenas que cercan la vida de un pueblo llamado a influir derechamente en la reconstrucción de España, también las almas oprimidas recibieron del acero la dureza y temple con que han de romper algún día el asedio moral que les ha puesto la barbarie... Hablando de esto no hace mucho, la excelsa Madre me dijo: «Tito del alma: aquellas peleas que viste el 74 fueron juego y travesuras de chicos mal criados.»

Pasados los ruidosos alegrones del 2 y 3 de mayo en la invicta Villa, me instalé en Portugalete, acomodándome en la propia casa donde se alojaban el teniente Palazuelos y otros amigos de *Saboya* y *Ciudad Rodrigo*. En aquel período de descanso menudearon las comilonas en diferentes sitios próximos a la ría, pues ya se sabe que donde hay bilbaínos no pueden faltar las alegres cuchipandas campestres. En una de éstas me contaron (no respondo de la veracidad) que los generales afectos a la dominación borbónica propusieron a Concha la proclamación del príncipe Alfonso, como el mejor entretenimiento para pasar el rato. Mala cara puso el general en jefe al oír tal despropósito, y aun se dijo que reprendió ásperamente a los que con tanta prisa querían atropellar los acontecimientos...

El 13 de mayo, bien presente tengo la fecha, emprendimos la marcha... El general Concha, con noble ardimiento, quería llevar la guerra a lo que él llamaba *el corazón del carlismo*, Navarra... Acompañando a los de *Saboya* me puse en camino, montado en el trotón que me dio Dorregaray. Mi cabalgadura, con el largo descanso y los buenos piensos, iba tomando trazas de corcel brioso y era la envidia de mis amigos. Éstos, con graciosa burla, le pusieron el nombre de *Babieca*. Por la misma ruta que yo había traído fuimos con otros muchos Regimientos y Batallones hasta Valmaseda, donde pernoctamos. Al día siguiente recorríamos el Valle de Mena hasta Bercedo y Medina de Pomar.

No describiré los movimientos de la numerosa hueste que llevaba consigo don Manuel de la Concha... Solo diré que de Medina de Pomar marchamos a Villasante y desde allí seguimos por el Valle de Tobalina, orilla izquierda del Ebro, en dirección de Sobrón. Interpretando mal el pensamiento de nuestro general pensé que nos llevaba a Miranda. Pero no fue así. Desde Puentelarrá fuimos a Salinas de Añana; allí supe que Concha, al frente de una división, había entrado en Orduña, donde impuso un fuerte tributo, volando después la fábrica de pólvora. El 18 de mayo, se reunieron en Nanclares las diferentes fuerzas de aquel Ejército. El 19 estábamos todos en la capital de Álava.

En los cinco o seis días que pasé en Vitoria ocurrieron acontecimientos históricos de extraordinaria importancia, y me apresuro a referir el que estimo de mayor interés: mi repentino encuentro con la destornillada mujer a quien los Anales de *Clío* dieron el claro nombre de *Chilivistra*. Iba yo por la calle de la Zapatería, abstraído en vagos pensamientos, cuando un siseo que no podía confundir con ninguna otra expresión humana me obligó a detenerme. Era ella, ¡Dios!... Hacia mí vino presurosa, alargando los brazos como para estrecharme en ellos. ¿Qué había de hacer yo? Dejarme abrazar, dejarme besuquear, recibiendo en el rostro su saliva y sus lágrimas, y oír estas lastimeras voces entremezcladas de amargor y dulzura:

«¡Ay, Tito de mi vida, lo que habrás sufrido!... Cuéntame... ¿Has estado preso en el campo carlista?... Culpa mía fue tu desgracia... ¡Perdóname!...

Muy mal me porté contigo, lo reconozco... ¡Ay; cuando te cuente yo mis infortunios verás a qué pruebas tan duras me ha sometido el Señor!... ¡Oh, qué dicha tenerte a mi lado!... Hace días que no ceso de pedir a la Virgen Santísima me conceda el favor inefable de recobrarte... La Virgen me ha oído... y aquí estás... Aquí te tengo... Dime tú ahora: ¿has venido con ese Concha?...»

Los atropellados conceptos de Silvestra no tuvieron fin hasta que accedí a llevarla conmigo, colgada de mi brazo, por las calles curvas de la ciudad vieja. Observé en *Chilivistra* una desdichada transformación de la persona en lo tocante a la vestimenta y aliño del rostro. Venía mal trajeada, el cabello en desorden, ojerosa, revelando el descuido de las artes de tocador con que acicalar y componer solía su faz bella. Lo primero que me dijo al sosegar su ánimo fue que acababa de salir del convento de las Brígidas, donde había permanecido tres semanas en durísimos ejercicios espirituales, con toda la severidad de ayunos y mortificaciones y el sin fin de rezos que le fueron impuestos por su confesor. La causa de estos rigores me refirió enseguida con la tranquilidad propia de un alma cristiana. Había sufrido tan áspera penitencia para limpiar su alma de los pecados más graves a que nos induce la humana flaqueza.

«¡Ay, Tito adorado! —prosiguió parándose frente a los pórticos de la Colegiata de Santa María—. Entremos en la casa del Altísimo y en ella te contaré... Quiero que seas mi segundo confesor...»

En la cavidad oscura del templo, Silvestra me guiaba como lazarillo, pues mis ojos deslumbrados por la luz solar nada veían. Ella, como rata de iglesia, iba fácilmente de una parte a otra en el recinto tenebroso. Nos sentamos en un lustroso banco bajo el coro. En el fondo de la nave y en alguna capilla distinguí macilentas luces, que con el tintineo de campanillas me indicaron que había misa en algunos altares. Como *Chilivistra* había oído ya tres, puso más atención en mi persona que en el Santo Sacrificio.

«Te contaré mis ansias —me dijo con susurro—, sin ocultarte los horrendos pecados que me han traído a esta tribulación. Todo lo sabrás. No quiero tener secretos para mi Tito, que es bueno, indulgente, y sabe perdonar... Pues verás: estuve unos días en Durango, otros en Elanchove, donde me ocurrieron cosas que hoy tengo por secundarias y te las contaré después.

Vamos a lo principal, vamos a lo gordo. De mi tierra me vine aquí, atraída por la amistad de mis parientes los Baraonas, y al mes de estar en Vitoria haciendo vida de recogimiento y devoción, conocí a un sujeto que dio en acosarme y perseguirme con requerimientos amorosos. En todas las casas conocidas, así los Romarates como los Trapinedos y los Prestameros, me lo encontraba. Es un hombre que ya pasó de la juventud y aún no está en la madurez de la vida, muy pulcro y atildado, de trato finísimo y palabra dulce y sonora, como nacido en el riñón de Castilla, Ávila, patria de Santa Teresa de Jesús.»

—Y ese señor tan finústico —dije yo, poco interesado en aquella historia—, ¿será también místico y extático como su paisana?

—No te diré que sea místico —prosiguió *Chilivistra*—, pero de palabritas devotas y de lindas frases tocantes a la Santa Religión, y aun a la misma Teología, se valió el muy tuno para cortejarme... No te rías... El buen señor estaba desatinado por mi frialdad y resistencia. Me esperaba en la calle, y andando junto a mí, en voz baja me decía cosas... ¡Ay, Tito, qué cosas!... La verdad... tiene el hombre una imaginación, una labia, un modo de expresarse que... vamos... Yo, muerta de vergüenza, callaba y me ponía muy colorada... Una tarde me llevó a la Florida y nos internamos en los paseos más reservados.

—Vaya, mujer, acaba pronto. ¡Tantos rodeos para venir a parar en...!

—Si el hombre se hubiera mantenido en el terreno del amor puro, o como quien dice platónico, menos mal. Pero buscaba el melindre, quería llevarme a la deshonestidad, al desenfreno, a la impureza... Una noche, paseándonos por la Plaza, sentía yo mucha sed porque había comido bacalao asado... Llevome a una Cervecería para que refrescáramos... ¡Ay, perdóneme Dios el mal pensamiento!... Yo creo que aquel hombre me echó en la copa de cerveza una droga endiablada, incitativa y *calórica*, que me trastornó por completo.

—En fin, que...

—Sí, hijo, sí... ¡Qué desgracia, ay!... Como él es viudo y vive solo, iba yo a su casa... De este desvarío, que fue sin duda obra del Enemigo Malo, resultó para mí el bochorno que puedes imaginarte... Todo el pueblo se enteró. Los Baraorias, los Trapinedos, los Prestameros, los Romarates... ¡ay!... Me dieron de lado... Ahora que conoces mi mal, Tito mío, te diré lo que ha de causarte admiración y espanto. Aquel hombre que me arrastró al pecado con maleficio y artes corruptoras es... ¡asómbrate, Tito!... Es el Administrador de Rentas de Vitoria.

Antes que compadecer a *Chilivistra* sentime inclinado a reírme de su simplicidad. Mi estupor subió de punto cuando me dijo, cambiando el tono patético por el que familiarmente usamos en los negocios: «Comprenderás que con Eulogio Mentirola, que así se llama el asaltador de mi virtud, hablé de tu Delegación Secreta, y más de una vez me dijo que tiene orden de pagar los libramientos y espera que tú vayas a cobrarlos. Ya lo sabes. Si quieres, yo te llevaré a su casa o a su oficina, identificaré tu persona y...»

Para mi sayo me dije: «Esta mujer está loca rematada y lo mejor que puedes hacer, Tito, es poner tierra por medio.» Y en alta voz proseguí: «Pero tú, después que el confesor te sacó de ese oprobio y con la penitencia y los ejercicios espirituales en las Brígidas has restaurado tu pureza, ¿vuelves a caer en las garras del espíritu maligno?»

—¡Ay, hijo... Si supieras! Él me persigue, me acosa, no me deja vivir... Anhelo ser buena y no puedo... Pero esto acabará, si tú quieres, Titín. Decídete: te presentas a Mentirola, cobras el primer libramiento y yo, aquí donde me ves, estoy dispuesta a ir contigo para tender el anzuelo a Dorregaray... Ya te dije que ése es el primero a quien debes enganchar... En Oñate le tienes: me consta.

Comprendiendo ya que la enajenación mental de la pobre Silvestra no tenía remedio, la compadecí de veras. Díjome que vivía con la familia del Capellán de las Brígidas y que a la mañana siguiente me visitaría en mi hospedaje, fonda de Pallares. Dicho y hecho: estaba yo vistiéndome cuando se metió en mi cuarto, y con lenguaje atropellado y febril, viva expresión de su demencia, repitió la enmarañada historia: el Administrador... El libramiento... los cincuenta mil duros... Oñate... Dorregaray...

Fingiendo pesadumbre le dije: «Hoy no puede ser. Dejémoslo para dentro de unos días. ¿No sabes lo que pasa? Tenemos interceptado el camino de Aránzazu y Oñate. Dorregaray, que ha sustituido a Elío en el mando en jefe del Ejército carlista, ocupa los altos de Arlabán. Hoy saldrán de aquí fuerzas considerables que manda Concha para batir a don Antonio si se atreve a bajar al llano.» A esto añadí el socorrido embuste de que tenía que unirme inmediatamente al Cuartel general de Concha: Don Manuel me había llamado con urgencia, y tal y qué sé yo. De esta suerte logré despachar a la pobre mujer, cuyo desconcierto cerebral influía, sin darme cuenta de ello, en mi nada segura imaginación.

Oprimiendo los lomos de mi *Babieca*, salí con la columna del general Martínez Campos, una de las tres que mandó Concha al reconocimiento de Arlabán. Fuimos hacia Arriaga y Urrúnaga, que los carlistas abandonaron tras un ligero tiroteo. Echagüe se llegó por la izquierda hasta Ulibarri Gamboa. Por el centro, otra columna avanzó hasta Villarreal, al mando de no sé quién. Se vio claramente que Dorregaray no aceptaba la batalla, permaneciendo en las alturas con sus doce batallones. Al día siguiente, cuando regresábamos a Vitoria, hervían en mi pensamiento las consideraciones escépticas que desde la liberación de Bilbao formaban mi criterio sobre aquellas vesánicas campañas.

En las alturas de Arlabán teníamos a Dorregaray, que empezó su carrera en el absolutismo, y después de servir con gloria y provecho en el Ejército liberal, volvió a la liza bajo las banderas de don Carlos. En el llano de Álava, se agolpaban armados hasta los dientes los que compartieron con don Antonio las fatigas de la guerra de África y de las contiendas familiares del liberalismo. Habían sido amigos: lo serían siempre...

Con sutileza de imaginación introducíame yo en el cerebro del de arriba y de los de abajo, y encontraba la percepción de un solo ideal. ¿Qué querían, por qué peleaban? Debajo del emblema de la soberanía nacional en los unos y del absolutismo en el otro, latía sin duda este común pensamiento: establecer aquí un despotismo hipócrita y mansurrón que sometiera la familia hispana al gobierno del patriciado absorbente y caciquil. En esto habían de venir a parar las mareantes idas y venidas de los Ejércitos, que unas veces peleaban con saña y otras se detenían, como esquivando el venir a las manos.

Discurría yo, metido en las entendederas de aquellos hombres, que si por el momento no era lógico el acuerdo entre ellos, no tardaría el tiempo en dar realidad a mis maliciosas conjeturas. Concluirían por hacer paces, reconociéndose grados y honores como en los días de Vergara, y la pobre y asen-

134

dereada España continuaría su desabrida Historia dedicándose a cambiar de pescuezo a pescuezo, en los diferentes perros, los mismos dorados collares.

XIX

Mayor interés que los toques proféticos que acabo de colocar a mis lectores tiene en la Historia la noticia siguiente: cuando a partir hacia Logroño me disponía, con el grueso del Ejército de Concha, volvió a presentárseme *Chilivistra*, ya restituida felizmente a su prístino estado de compostura y arreglo personal. No era ya la figura luctuosa, mísera y lastimera de los días anteriores. En su rostro advertí los discretos afeites que comúnmente usaba. Venía risueña, aliviada o quizás totalmente restablecida del dolor en que la sumergieron sus deslices escandalosos con el Administrador de Rentas. ¿Fue todo ello una farsa, un caso más de las aberraciones histéricas? Las personas atacadas de este mal inventan historias lúgubres, aflictivas, y acaban por creérselas.

El lenguaje y actitud de la que fue mi costilla falsa eran de una perfecta tranquilidad de espíritu, con ráfagas de alegría. Habíase colocado de nuevo en el terreno de sus primitivos afanes, y ansiaba continuar conmigo la odisea romántica en busca del errante marido y de la inocente criatura. No quise contrariarla por temor a que saltase de la mansedumbre a la cólera, mostrando una vez más el labio temblicón que tanto miedo me inspiraba. Con buenas palabras la entretuve, y acompañándola hasta su casa, allí la dejé asegurando que volvería por ella. Mi vuelta fue la del humo... Apresuré mi partida para librarme de aquella desdichada cuyos desvaríos morbosos no podía yo remediar, y me agregué a las primeras fuerzas que salieron en dirección a la Rioja. Iba con el temor de que Silvestra se lanzara en mi seguimiento, y adelanteme todo lo posible fiado en que, confundido entre las tropas, no podría fácilmente encontrarme la que había venido a ser enemiga de mi tranquilidad.

En Logroño supimos que los carlistas, rehaciéndose con tenaz esfuerzo del descalabro de Bilbao, reorganizaban y fortalecían sus huestes para salir al encuentro de Concha, en Navarra. Faltos de recursos, apelaban a la munificencia de las Diputaciones Forales y al patriotismo de los realistas pudientes; esquilmaban a los pueblos, y decididos a no perdonar medio alguno para adquirir dinero, llegaron al extremo increíble de afanar los fondos de la Santa Cruzada. Sin hacer caso del obispo, que puso el grito en el cielo al tener noticia de la exacción sacrílega, conminaron a todos los párrocos a que aflojaran sin demora *los parneses* de la Bula, alegando que se trataba de defender la Religión y que ya ajustarían ellos sus cuentas con el Papa.

En tanto, a espaldas de Concha surgían diferentes cabecillas aguerridos y ligeros de pies, que asolaban las tierras de Burgos, Palencia y Santander, mientras otros se corrían hacia el Alto Aragón. Tranquilamente organizaba nuestro general en jefe un poderoso Ejército, con innúmeros batallones, muchas piezas de artillería Plasencia y Krupp, y formidable contingente de caballería. Después de varias marchas y contramarchas, que el mareo de mi cabeza no me permite referir, me encontraba yo en el lugar de Allo hacia el 20 de junio. Me alojé con mis amigos de *Saboya* y *Ciudad Rodrigo* en el mesón de *La Jarra*, plaza del Ayuntamiento. Nunca vi una casa más divertida, por el sinnúmero de viajeros que salían y entraban durante el día y la noche. La guerra aumentó la caterva de huéspedes: tan pronto invadían la posada los oficiales carcas como los *guiris*, que con tal nombre eran conocidos en Navarra los liberales.

En el poco tiempo que allí estuve me sentí contento de la vida, gozando de mi libertad sin ningún enojo, rodeado de muchachos simpáticos y valientes a quienes miraba como a hermanos. Bestial apetito se despertó en mí, y en todo el día no cesaba de meter algo en el estómago. Muy tempranito me servían el desayuno: sopas de sartén con torreznos. A las diez me regalaban con media *pinta* de vino y una escudilla de aceitunas. Al filo de las doce ya estaba en la mesa la sacramental sopa de ajo; después el riquísimo *Chilindrón*, un guiso de cordero con *pementonicos de cuerno de cabra*; luego las magras con tomate, y de postre los blandos roscos y el mostillo dulzón.

Por la tarde me iba con los oficiales *guiris* al casino de la placeta, conocido por *el de la Mormoña*. En él tomábamos café, coñac y algún piscolabis, para conservar las fuerzas hasta la hora de la cena. Ésta empezaba con la ensalada al uso navarro; seguía el abadejo en ajo arriero, y el lomo con *pementones* picantes. Y vengan *pintas* y más *pintas* para remojar y reblandecer el suculento comistraje, que terminaba con gran acopio de frutas secas y del tiempo.

Conociendo mi carácter comprenderá el lector que una de mis primeras ocupaciones en el simpático pueblo de Allo fue echarme una novia: tocole la vez a una linda muchacha, llamada Ruperta, hija del *nuncio*, nombre con que es allí conocido el pregonero, que anda de calle en calle anunciando al redoble de un tambor de llegada y venta de pescado fresco, y dando publicidad a los edictos de la Alcaldía. Mostrábase la moza blanda y accesible, y tales ventajas brindó el amor mío a su loca imaginación que desdeñó los obsequios y la palabra de casamiento que le había dado el *Ministro*, remoquete con que designan en aquellas tierras al alguacil de Ayuntamiento.

En fin, señores míos; las delicias de Allo, no menos gratas aunque sí más breves que *las delicias de Capua*, terminaron bruscamente con el son guerrero de cajas y clarines en la madrugada del día del San Juan, cuando aún ardía en la plaza del pueblo la enorme hoguera donde hacen chocolate las mujeres, a las doce de aquella noche, para celebrar la tradicional festividad.

La columna, división o lo que fuera se puso en marcha, y no me preguntéis el derrotero que yo seguí caracoleando en mi *Babieca* porque la mente del buen Tito no dominaba todavía la fácil comprensión de los movimientos militares... Solo supe de cierto que el general Concha emprendió la marcha después de organizar en Tafalla una numerosa hueste con la mar de batallones, que según después supe ascendían a cuarenta y ocho con los que le mandaron de Bilbao, de Medina de Pomar y de ambas Riojas. Las piezas de Artillería con que contaba eran, según oí, veinte Plasencias y treinta y tantos Krupp. Del número de caballos se hacían cálculos que me parecieron hiperbólicos.

El temporal de lluvias nos entorpeció algo el camino, y el 25 estábamos, según creo, en las estribaciones del monte Esquinza. En mis cortos alcances comprendí que se trataba de ocupar las entradas de Estella, donde estaba Dorregaray con veintiocho batallones. Unidos al grueso de la división de Martínez Campos escalamos sin dificultad las alturas del monte, que tenían los carlistas abandonado. Seguimos nuestros movimientos, y tras penosa marcha pernoctamos en Alloz. Otras fuerzas de nuestra división quedáronse en Lácar. Según oí, las tropas de Echagüe ocuparon a Murillo, y las de Rosell a Villatuerta y Arandigoya, después de desalojar de allí a los carlistas. El general en jefe no debía estar lejos.

En una parada que hicimos entre Allo y el monte Esquinza, tomé a mi servicio a un viejo muy despabilado, ágil, parlero y de carácter jovial, ajustándole por *ocho sueldos* diarios (léase reales) como asistente o espolique. Llamábase de nombre Fermín y de apodo *El Sargentico*. Pronto eché de ver sus buenas cualidades: era un andarín fabuloso, conocía palmo a palmo el suelo navarro, y daba razón de todos los habitantes de los pueblos que recorríamos. Para que me fuera más simpático figuraba entre los pocos *guiris* que en tal terruño existían. En los descansos cuidaba al *Babieca* como si fuera hijo suyo; en las lentas marchas me daba conversación, cautivándome con su charla donosa; indicábame los nombres de los montes, pueblos y ríos que encontrábamos al paso.

En Alloz, divagando por las calles, me dio cuenta minuciosa de todas las chicas bonitas del pueblo, sus familias y viviendas. Ya me había descubierto el flaco, y queriendo halagarme me ilustraba en todo lo referente al bello sexo. Seco y avellanado, insensible al cansancio, así como al frío y al calor, no llevaba más equipo que la camisa de lienzo, el chaleco de pana, faja, calzón, peales, y en la cabeza *el zorongo*, que es un pañuelo de colores ceñido a estilo aragonés. Cuando se le apagaba el cigarrillo a medio fumar se lo ponía detrás de la oreja.

Salimos de Alloz y marchamos por terreno quebrado horas y horas, entre pueblos cuyos nombres me iba diciendo mi espolique con la puntualidad de un experto geógrafo. No me pidáis, lectores míos, que os dé cabal noticia de los complicados movimientos tácticos de aquel nutrido Ejército en extensión tan considerable. Estas complejas acciones de guerra las describen los historiadores después que han sucedido, valiéndose de planos y documentos guardados en los archivos del Estado mayor Central. *A priori* y en el curso de los sucesos no hay quien puntualice los varios accidentes marciales.

En la mañana del 26 me encontré, sin saber cómo ni por qué, en el Cuartel general de don Manuel de la Concha. Éste tenía todo dispuesto para dar la batalla; pero hubo de retrasarla por la tardanza de un convoy que le era indispensable para racionar y municionar debidamente a las tropas.

La impaciencia y malhumor del general en jefe se comunicaron a cuantos estaban cerca de él. Por fin, a las tres de la tarde, en vista de que el convoy no llegaba, ordenó atacar al enemigo. Yo me retiré a retaguardia porque no había ido a la campaña con miras heroicas. *El Sargentico*, que todo lo sabía o lo adivinaba, me dijo que la línea carlista se extendía desde Dicastillo hasta el puerto de Eraul, y que el pueblo que atacaban los nuestros era Abárzuza. Hubo un momento en que estuve muy cerca del general Concha; le vi a caballo, revestido de su impermeable, echando los anteojos al lugar del combate.

No bien empezaron a disparar los cañones, estalló en los aires una horrísona tempestad de truenos, rayos, centellas y demonios coronados. El espectáculo que daban juntamente el cielo y la tierra, confundiendo su furor y estruendo, pertenecía ¡vive Dios!, al orden de las cosas más sublimes que pueden verse en la vida. No sabré yo deciros que mis ojos percibieron los pormenores de la lucha, ni tampoco preciso el tiempo que duró. Solo sé que después de abrasar con incesante fuego a los pueblos enemigos, lanzáronse contra ellos en frenética legión las tropas de los generales Echagüe y Martínez Campos. Al anochecer eran nuestros los lugares de Abárzuza, Zurucuáin y Montalbán.

Llegada la hora del reposo, que tan bien habían ganado los esforzados combatientes, consulté yo con mi espolique a dónde iríamos a repararnos del cansancio, del hambre y la mojadura, y el buen Ferminico me dijo guiñando el ojo: «Señor; vámonos a Zurucuáin, donde tenemos la posada de mi primo Matías, que nos dará un trato superior. Además, para que usted se alegre un poco, le diré que en ese pueblo hay chicas *mucho guapas.*»

Ni sosiego ni comodidad tuve en la posada de Zurucuáin por causa del gran gentío que la invadió aquella noche, y en cuanto a las lindas mozas de que me habló *El Sargentico* declaro a fe de buen galanteador que no las vi por ninguna parte. De madrugada supimos que el convoy que esperaba el general Concha había llegado a Murillo, y que se habían circulado órdenes a todo el Ejército para el combate del siguiente día.

En la mañana del 27, las tropas de Martínez Campos rompieron el fuego amenazando con coronar la sierra de Estella, que domina el pueblo de Zurucuáin. Mi amigo Palazuelos me dijo que el general en jefe había dado orden de no consumar la operación hasta que la columna que estaba en Abárzuza tomase Murugarren y el caserío de Muru. La misma orden se dio a los que atacaban al pueblo de Grocín. Martínez Campos repartió entre su gente las primeras raciones del convoy, y los que operaban en Abárzuza no pudieron ser racionados a tiempo. Por esta contrariedad, se pasó la mayor parte del día sin hace otra cosa que entretener en fuego a los carlistas mientras hacía sus preparativos el grueso del Ejército liberal.

Por fin, a las cuatro de la tarde, comenzó el ataque. Don Manuel de la Concha (y esto lo aseguro como historiador *de visu*, pues no estaba yo lejos de él) se situó con dos batallones y los Regimientos de Caballería *Numancia*, *Pavía* y *Talavera*, en una excelente posición alta, donde se habían emplazado treinta cañones Krupp para batir los atrincheramientos de Muru y Murugarren. Se rompió el fuego y la artillería, corregida el alza, causó enormes estragos en las trincheras carlistas. A galope tendido corrían los oficiales de Estado mayor con órdenes a las columnas que luchaban en Abárzuza, Villatuerta y Zurucuáin, previniéndoles que sostuvieran el fuego sin tirarse a fondo sobre el enemigo. Los carlistas tuvieron que abandonar sus trincheras varias veces por el horrendo destrozo que en ellos hacían nuestras granadas. Espantosa confusión se produjo en el campo enemigo. La terrorífica escena ponía los pelos de punta.

El general Concha dio a sus edecanes breves y fulminantes órdenes. Éstos las transmitieron con la velocidad del rayo al brigadier Blanco y al general Reyes. Momentos después, las masas de Infantería se lanzaban como avalancha impetuosa en dos columnas, la una contra Murugarren, la otra contra el caserío de Muru. Eran doce los batallones que avanzaban, seis en cada columna. Los carlistas, solo en Murugarren, tenían catorce batallones.

En lo más recio del combate llegó un aviso del brigadier Beaumont comunicando que las fuerzas de su mando eran furiosamente atacadas por los facciosos, los cuales habían abandonado sus trincheras para caer contra Abárzuza. Con ayuda de un mal catalejo y por las explicaciones de mi espolique, yo me daba cuenta de estas terribles peripecias. Los doce batallones que avanzaban contra Murugarren y Muru fueron embestidos del mismo modo que la columna Beaumont. El choque fue tremendo, como una pelea

140

de gigantes furiosos. Al cabo, los nuestros retrocedieron, acuchillados a la bayoneta.

Los treinta cañones empleados en la altura escupían a torrentes la mortífera metralla. Concha, con gesto de rabia y ronco acento imperioso, daba órdenes y más órdenes. La formidable Artillería logró al fin contener el ímpetu de los valientes realistas, obligándolos a buscar el refugio de sus trincheras. Por segunda vez treparon nuestros soldados con increíble arrojo por las fragosidades de Murugarren y Muru, y de nuevo fueron atajados en su avance. Descompuestos retrocedieron hasta la carretera. Pero los cañones, vomitando fuego, pusieron nuevamente a raya a los bravos batallones de don Carlos. En tanto, hacia Zurucuáin y por las líneas Villatuerta-Arandigoyen y Murillo-Grocín, oíamos fuerte tiroteo. Eran las columnas allí destacadas, que entretenían a una parte de la legión absolutista hasta que se les ordenase realizar acción más decisiva.

Atento a los incidentes de la lucha, el general en jefe ordenó que las columnas de Reyes, Blanco y Beaumont se concentraran en una sola. La concentración tardó en efectuarse por estar harto diseminadas estas fuerzas. Pasaba el tiempo, caía la tarde, la artillería empezaba a sentir escasez de municiones, apuntaban en nuestro Ejército síntomas de desaliento, y el combate seguía sin resultado práctico.

Cansado de esperar a los batallones del general Reyes, se decidió Concha a intentar el esfuerzo supremo. Dejó los tres Regimientos de Caballería en la altura donde estaban emplazados los cañones, para que protegiesen esta posición y aseguraran el flanco derecho. Llevose consigo los dos batallones de Infantería y con ellos se unió a los dieciocho que acababan de reconcentrarse. Al frente de estas fuerzas se lanzó al asalto, cuando ya el Sol, enrojeciendo las nubes de Occidente, se hundía en el horizonte. Arreció el combate con creciente furia. Las tropas de Reyes no llegaban. Concha enviábale de continuo órdenes apremiantes para que acudiera pronto en apoyo de sus movimientos. Y decidido a jugar el todo por el todo, ascendió al frente de sus tropas hacia las trincheras carlistas.

Ante el soberano arrojo del caudillo enardeciéronse los soldados, y seguían a su general como si no hubieran sido arrollados momentos antes. Yo, moviéndome a impulsos de una fuerza magnética, fui detrás de los combatientes. Concha trepaba impertérrito, unas veces a pie y otras a caballo, según los accidentes del terreno. Al llegar a cierta altura, el general y los demás jefes tuvieron que dejar los caballos al cuidado de los ordenanzas. Con éstos quedé yo, teniendo de la brida a mi *Babieca*. Me uní a Ricardo Tordesillas, asistente de don Manuel de la Concha, y ambos nos pusimos al amparo de unos árboles donde creíamos librarnos de las balas enemigas.

La artillería continuaba teniendo a raya a los carlistas, que ya no se atrevían a salir de sus trincheras. El avance de Concha fue tan rápido que llegó a cincuenta metros del enemigo cuando aún no se le habían incorporado los batallones del general Reyes. Por falta de este apoyo no se pudo dar fin y remate al supremo esfuerzo. A las siete y media de la tarde, Concha no tuvo más remedio que aplazar el ataque definitivo, dando por frustrada en aquel día la operación. Empezó a descender, dirigiéndose con los demás jefes a donde aguardaban los caballos.

Llegó el general donde estábamos Tordesillas y yo, ocultos a la vista de los demás asistentes por un matorral espeso. Con voz displicente dijo a su ordenanza: «Ricardo, el caballo.» Éstas fueron las últimas palabras que pronunció en el mundo de los vivos... En el momento de cruzar la pierna derecha por la grupa del caballo, una bala, que lo mismo pudo venir del cielo que del mismo infierno, le atravesó el corazón. Con débil gemido expiró el primer soldado español de aquellos maldecidos tiempos.

XX

A las voces de Tordesillas acudieron los que estaban más próximos. El cuerpo del general en jefe cayó en tierra. Tal fue la consternación y el espanto de los primeros espectadores de la terrible escena, que todos quedaron un momento mudos. Los ayudantes de Concha, creyendo que aún vivía el caudillo, le desabrocharon el impermeable y levita, haciendo saltar botones y rasgando ojales. Nada vieron que no indicase la seguridad de una muerte instantánea. Pronto se formó un grupo espeso en el cual nadie osaba determinar cosa alguna. ¿Qué pensar, qué decir, qué hacer...?

Por fin, entre los ayudantes y Tordesillas discurrieron lo único práctico en trance tan fatídico. Ante todo urgía apartar de allí el cadáver. Con gran trabajo, por la pesadumbre del recio cuerpo exánime, colocaron éste sobre un caballo y sigilosamente fue conducido al pueblo de Abárzuza, evitando que las tropas pudieran darse cuenta de la catástrofe. La triste caravana, fatal término y desenlace de un acto militar que debió ser glorioso, deslizábase furtiva por los campos como una decepción horrenda, o una burla del Destino que quiere sustraerse a la mirada humana, y aun a los ojos de la Historia. La media luz crepuscular, alumbrando este paso solemne y medroso, daba a la escena la intensa melancolía de las grandezas caídas súbitamente en los abismos de la nada.

El primer jefe que se presentó en Abárzuza fue el general Echagüe, que enterado del desastre tomó el mando del Ejército a pesar de hallarse muy enfermo. No olvidaré nunca la cara del conde del Serrallo cuando vio el cadáver de su amigo y maestro. El dolor concentrado y mudo no tuvo jamás expresión más fiel que la que le dieron aquellas facciones duras, angulosas, de soldado curtido en cien combates. La primera determinación de Echagüe fue convocar Consejo de generales y brigadieres. Se reunieron sin demora los que estaban más cerca de Abárzuza: Beaumont, Burriel, Reyes, Blanco, Bargés y el coronel de Artillería señor Echaluce. Por unanimidad acordose la retirada del Ejército a Tafalla para el amanecer del siguiente día. Y al cabo se circularon órdenes a fin de que el movimiento se realizase aquella misma noche.

Las tropas se pusieron en marcha. El desfile de las de la derecha fue protegido por las del centro. Las de la izquierda mantuviéronse en sus posiciones hasta que desfilaron todas las demás. El cadáver del marqués del Duero fue colocado con misterio sigiloso en un furgón de Artillería, y los heridos quedaron en Abárzuza confiados a la humanidad del enemigo. Como el éxito de la operación dependía del tiempo que se ganase y de que los carlistas no advirtieran la retirada, se apresuró ésta todo lo posible y se tomaron minuciosas precauciones. Determinose prohibir a los vecinos de los pueblos por donde había de pasar la tropa el encender luz ni fuego en las casas; se advirtió a todo el Ejército que nadie podía fumar, del general en jefe para abajo; se conminó con penas severísimas al que imprudentemente produjera el menor ruido. De este modo, bajo la protección del silencio y de las sombras, realizose el prodigio de que antes de amanecer hubiera desfilado ya la muchedumbre armada, incluso la Artillería y los convoyes, por delante de las posiciones de Villatuerta, sin que los realistas sospechasen siquiera lo que ocurría en el campo liberal.

Ya era día claro y nos aproximábamos a Oteiza cuando los carlistas se dieron cuenta del fúnebre desfile. Tarde conoció el enemigo su engaño, y fue inútil cuanto intentó para molestar a nuestras tropas. Las columnas delanteras donde iba el furgón mortuorio avivaron el paso. Las de retaguardia, combinadas con las fuerzas de Rosell y de Reyes, tomaron posiciones y contuvieron el tardío movimiento de los soldados de Dorregaray, retirándose después por escalones con el orden más perfecto. No se perdió ni un hombre, ni un fusil, ni un cañón, ni una acémila, ni un carro del convoy: la retirada dispuesta por Echagüe en Abárzuza fue una brillante aunque triste página militar. En las encarnizadas acciones del día 27, las bajas del Ejército de Concha habían sido: 121 oficiales y 1.300 individuos de tropa fuera de combate, más 268 extraviados y prisioneros.

Seguimos a buen andar, bordeando los montes de Baigorri; hicimos una corta parada en Larraga para tomar alimento; y dejando a la derecha los altos de Val de Ferrer, a media tarde llegamos a Tafalla, donde tuve el descanso que mis asendereados huesos imperiosamente reclamaban. Mi oficioso espolique me buscó cerca de la plaza un alojamiento muy aceptable. Allí platiqué con mis amigos, comentando cada cual según su entender las bravas refriegas y el inmenso desastre que mató en flor las hermosas esperanzas del Ejército liberal. Enaltecieron todos el saber estratégico, la genial maestría y la bravura del héroe muerto que trajimos en mísero furgón, ocultándolo como si fuera un robo que se había hecho a la Fatalidad.

Entre los oficiales que conmigo formaban corro alrededor de una mesa, bebiendo y fumando, había un teniente de Infantería muy desahogado, sobrino según creo de una persona de alta significación en la política, el cual, colmando de alabanzas la figura militar del marqués del Duero, aseguró (sabiéndolo de buena tinta) que el primer acto de éste al entrar en Estella, si a entrar llegara, hubiera sido proclamar Rey de España al príncipe Alfonso. La irrespetuosa manifestación de aquel jovenzuelo llevó nuestro coloquio al vértigo de las disputas políticas, y se oyeron las opiniones más peregrinas, diferentes en estilo y criterio, flemáticas unas, ardientes las otras. Queriendo yo poner término a la controversia dije estas palabras: «Caballeros; no pierdan el tiempo discutiendo lo que pudo pasar y no ha pasado... Descuiden que todo se andará. Lo que hizo Concha lo harán otros, y estas peleas horribles acabarán poniéndose todos de acuerdo para llegar a un feliz arreglito, cuya finalidad será que nos gobierne el nuncio.»

Antes de entregarme al descanso fui al Ayuntamiento, a punto de las diez, deseoso de presenciar las primeras honras que se tributaron al grande hombre muerto, reuniendo en un solo acto el esplendor militar y la escasa pompa religiosa que en aquel pueblo pudo ostentarse. Arreglado y compuesto el cadáver, sin que desaparecieran las huellas de una muerte gloriosa en el campo de batalla, le colocaron en un ataúd decoroso. Paños negros y blandones encendidos completaban el triste cuadro. Las facciones del héroe apenas habían sufrido alteración. Ignoro si hubo o no embalsamamiento. Permanecía tal como le vi en el instante de caer del caballo: el ceño fruncido, apretados los labios cual si aún durase el dolor de la herida que le mató, el corto bigote rígido, la frente surcada de arrugas. Por un momento creí yo adivinar dentro de aquel cráneo la visión de su postrer arranque frustrado, y el agotamiento de su voluntad al expirar el día.

Bien dijo el que dijo que tras de las pisadas duras de la tragedia suele ir el blando paso de la comedia. Así lo quiere la complejidad tumultuosa de nuestra vida, y yo lo confirmé aquella noche con el descomunal contraste que voy a referiros. Hallábame en mí cuarto con *El Sargentico* y a meterme en la cama me disponía, cuando sonaron golpecitos en la puerta. Fugaz presagio cruzó por mi cerebro. El sonido seco de la madera me delataba los nudillos de una persona conocida. ¿Sería *Chilivistra*?... Sí, sí; era ella, ¡Dios!... Apenas pronuncié yo el *adelante*, abriose la puerta y penetró de rondón la señora mística y destornillada. Venía bien arregladita, con el hábito de los Dolores. En su bello rostro notábase, fresco y reciente, un discreto aliño de colorete y polvos.

«Pero mujer, ¿qué es esto? —exclamé indicándole un sillón cojitranco—. ¿Qué buscas, qué quieres, cómo has venido aquí?» Y ella, serena y flemática, me contestó: «Desde lejos he seguido tus pasos, sabiendo día por día y hora por hora dónde estabas. Razón tuve de tu alojamiento en cuanto llegamos aquí, a eso de las diez. En esta misma posada buscamos albergue. Tú no te enteraste porque habías ido al Ayuntamiento a ver el cadáver del pobrecito Concha.»

—Según eso, no has venido sola —exclamé yo, aterrado ante la idea de habérmelas con el elegante caballero, Administrador de Rentas de Vitoria.

—Solita hubiera venido —afirmó Silvestra—, sin más compañía que mi anhelo de verte. Pero traigo conmigo dos personas respetables que, compadecidas de mis infortunios, no han querido separarse de mí en todo el viaje, y me seguirán, según dicen, hasta donde yo vaya. Una de estas buenas almas es el Capellán de las Brígidas. La otra, una señora mayor con quien hice conocimiento en el trayecto de Vitoria a La Guardia. Es dama muy principal, de finísimo trato y mucho saber. Conversamos, intimamos y nos hicimos muy amigas.

Oyendo a la voluntariosa mujer me maravillaba de los enredos e imaginarias historias que se traía. Mi estupefacción llegó al colmo cuando me dijo, para darme pormenores de sus compañeros de viaje: «El Capellán de monjas, para que te enteres, es el padre Carapucheta, que como recordarás, estaba de Rector en el Oratorio del Olivar. La dama es una matrona de regia estirpe... No te rías... que a ti te conoce mucho y te llama su muñeco. Su nombre es... ¿no lo adivinas?... *Doña Mariana.*»

Este nombre retumbó en mi cerebro como el eco de un cañonazo... Se nublaron mis ojos, no sabía lo que me pasaba. «Tú —dije a Silvestra, poniendo mis manos trémulas junto a su rostro—, o padeces un mal que te sugiere los absurdos más desatinados, o posees una imaginación que deja tamañitos a todos los inventores de fábulas, a todos los poetas del mundo. Si esa *Doña Mariana* no es engendro de tu caletre enfermizo, quiero verla ahora mismo. Pronto, pronto.»

Grave y serena se levantó *Chilivistra*, y cogiéndome la mano, me dijo: «Pues ven a verla. Bien cerca la tienes. Dos puertas más allá, en este mismo pasillo. Ven, Tito, ven.»

Momentos después, mis ojos, asustados de su propia visión, distinguieron la imagen o la persona de *Mariclío* en una estancia mal alumbrada, anchurosa, con las paredes cubiertas de viejos cuadros al óleo ennegrecidos por el tiempo. En un sofá de dos cabeceras y respaldo de crines, modelo antiquísimo que solo se ve ya en alguna fonda de pueblo, estaba la excelsa

Madre, apoyada en una de las cabeceras, en actitud de tristeza y cansancio. Adelánteme hacia ella con timidez y respeto...

Las primeras palabras articuladas por sus labios augustos determinaron súbitamente en mí la transformación de lo interno y lo externo, de todo cuanto yo llevaba en mi espíritu y de lo que mis sentidos podían apreciar. La estancia creció desmesuradamente, la figura olímpica se agigantaba, y su voz llegó a mis oídos como lejana música. Mi turbación no me permitió retener el justo sentido de aquella música. Creo que me dijo: «Lo que has visto de esta guerra estúpida yo también lo vi... La Fatalidad, ley que viene de muy alto, impidió al gran soldado dar un golpe decisivo... No creas que puedan concluir estas luchas de otro modo que por conciertos y cambalaches como los de Vergara... Tu pobre España gemirá, por largos años, bajo la pesadumbre del despotismo que llaman ilustrado, enfermedad oscura y honda, con la cual los pueblos viven muriendo... y se mueven, gritan y discursean, atacados de lo que llaman *epilepsia larvada*... Debajo de esta dolencia se esconde la mortal *tuberculosis*...» Si tales no fueron sus expresiones textuales, no creo equivocarme respecto al sentido de ellas.

Desde que oí a la Señora subió de punto el desvarío de mis pensamientos. Se me olvidó el nombre del pueblo donde me encontraba. «¿Pero dónde estás, Tito?» —me pregunté... Vi a *Chilivistra* arrastrando por los polvorosos ladrillos de la inmensa habitación la cola negra de un vestido como los que usan las damas en la Corte. Me senté a distancia de la Madre en una banqueta de nogal lustroso. Creí advertir que el sofá de antiguo modelo no estaba próximo a la pared, y que por aquel hueco discurrían las figuras descendidas de los cuadros viejos, tomando las negras apariencias de *Doña Gramática* y *Doña Caligrafía*.

Transcurrió un lapso de tiempo, que ignoro si fue de minutos o de horas. Silvestra se llegó a mí, diciéndome: «Quiero que conozcas a mi segundo acompañante, el bendito Capellán padre Carapucheta.» Ausentóse un momento, y reapareció trayendo de la mano a un sujeto esmirriado y larguirucho, vestido de luenga sotana. ¡Dios, Jehová, Lucifer! El hombre que hacía reverencias frente a mí era el mismísimo Ido del Sagrario. «¿Pero es usted don José?» —dije o creí decir yo. Y él, dilatando su boca en larga sonrisa, habló en su habitual estilo: «*Francamente, naturalmente*, señor don Tito, no podía venir a estas tierras sin disfrazarme... Sabrá Vuecencia que al llevar a mi hija Rosita, el mes pasado, a la feria de Huete, que es el pueblo de Nicanora, me fue robada en Fuentidueña de Tajo por la partida carlista que manda el cabecilla Santés. Desesperado salí a recuperarla. Dijéronme que su raptor se la llevó a Navarra, y aquí me han dicho que ahora podré encontrarla en tierras de Guadalajara o de Cuenca. Ayúdeme usía en mi empresa y Dios le dará el Reino de los Cielos.»

Al oír estos desatinos, me llevé las manos a la cabeza creyendo que de ella se me escapaba la razón y todo el sentido de la realidad. Salí de la estancia como alma que lleva el diablo, gritando: «¡Favor, socorro!...» Dando tropezones y metiéndome en diferentes cuartos llegué por fin al mío, donde me encontré frente a un hombre escueto, con chaleco de pana y *zorongo*. Cogiéndole de los brazos le zarandeé mientras le decía: «¿Qué hace usted aquí?... ¿Quién es usted?... ¿Dónde estoy?»

Turbado me contestó el buen hombre: «Señor, ¿qué le pasa? Soy *El Sargentico*. ¿No me conoce ya?... De aquí salió usted despierto y vuelve dormido.»

XXI

Con solícitos cuidados, mezclando en su lenguaje la expresión seria con la festiva, mi buen espolique se esforzaba en serenarme. Hízome tender en la cama, y sentado junto a mí apuró razones y cuchufletas para traerme a la percepción de la realidad. Yo le dije: «Quedamos en que tú eres *El Sargentico*. Bien:*El Sargentico*. Sobre eso ya no hay duda. Dime ahora cómo se llama este maldito pueblo donde estoy, pues mi memoria es esta noche como una jaula rota de la que se escapan todos los pájaros.» Al oír el nombre de Tafalla, repetido tres veces por mi espolique, agarré el vocablo y me lo metí en la casilla más honda de mi cerebro.

«Ya me vuelve poco a poco el sentido —dije incorporándome en el camastro—. Tafalla es esta ciudad, y a ella hemos traído un muerto que se llama... ¡ah, ya me acuerdo!... El general Concha... Y ahora, Fermín, contéstame a otra pregunta. Pero has de prometerme, por la salvación de tu alma, decirme la verdad. Vamos a ver, ¿no crees tú como yo que estamos en una casa encantada?...»

—Como encantada por achaque de brujería o maleficio, no lo creo, señor —replicó mi espolique—. Ahora, si achacamos a encantamento el golpe de gente, el rebullicio, el entrar y salir de oficiales, curas, mujeres de toda laya... Con perdón... todos pidiendo de comer, comiendo el que puede, éstos borrachos por el mosto, aquéllos por el meneo de los naipes... Si es así, la casa de Irucheta está dada, como quien dice, a todos los demonios.

Con la grata conversación de *El Sargentico*, mi ánimo iba entrando en su normalidad. Sentí sueño, me metí en la cama, y cuando mi espolique quiso retirarse le ordené que se quedase a dormir en mi cuarto. Yo tenía miedo de que se repitiesen las morbosas aberraciones que me atormentaron antes de media noche. En un sofá de enea arregló lindamente su cama mi escudero con dos mantas y un maletín que convirtió en almohada. Dormí algunos ratos. En mis instantes de desvelo agradábame oír a los serenos cantando las horas.

La del alba sería cuando hirió mis oídos una música dulcísima, un coro armónicamente concertado con voces agudas y graves, tan hermosas por timbre como por su cabal afinación, música deliciosa, solemne y mística, que a mi parecer pasaba por la calle cual bandada de angélicos cantores que al término de la noche se retiraban de la Tierra al Cielo. Embelesado por aquel divino cántico, en cuyas vocalizaciones distinguí el nombre y alabanzas de la Virgen María, me incorporé en el lecho y afiné mi oído para que no se me escapase ni un acento de tan incomparable salmodia.

«¿Qué es esto que oigo?» —pregunté a Fermín, notando que remuzgaba desperezándose.

—Señor —me contestó al momento—. ¿No sabe que estamos en la tierra de los cantores? Todo navarro nace músico antes que carlista. Eso que oye es *el alba*, como decimos por acá, un canticio *mucho precioso* que los serenos echan al retirarse, alabando a la Virgen Santísima. Sereno hay aquí que cuando suelta la *melodia* da quince y raya a los tiples de las iglesias... ¡Ay, señor, si hubiera usted oído a un chico del Roncal que vino a Pamplona poco tiempo ha!... ¡Aquello sí que era voz! Por gracia cantó algunas mañanas con los serenos, y los vecinos salían en paños menores a los balcones para oírle más a gusto. Voz de tenor tan fina y bien timbrada diz que no se ha oído jamás, como no sea en los coros que festejan al Padre eterno. Por toda

Navarra se corre que han venido unos maestros de Madrid para llevarle a cantar óperas en el Teatro Real.

Ya entraba la luz solar en la habitación cuando dije a mi espolique: «Mientras yo me levanto vete callandito a la cocina, manda que me aderecen la riquísima esencia de castañas que aquí llaman café, y me la traes con abundante leche bien caliente para desayunarme. Para ti pides el chorizo y panazo que te gusta. En cuantico que metamos ese lastre en el cuerpo recogemos nuestros bártulos, bajamos de puntillas sin que nadie nos vea, pagamos la cuenta, ensillamos el jaco y salimos pitando de esta condenada Tafalla.»

Largo rato empleó *El Sargentico* en dar cumplimiento a mi encargo, y cuando me ponía delante el cocimiento de achicorias y la leche aguada, me dijo tranquilamente: «Bueno, señor: nos escapamos de tapadillo sin que nadie nos vea. Muy bien. Y ahora le pregunto yo: ¿a dónde vamos?»

La pregunta del viejo navarro me dejó suspenso. ¿A dónde iríamos? El problema era grave. Hallábame perplejo y atontado, discurriendo a qué punto del globo terrestre debíamos encaminar nuestros pasos, cuando un súbito estremecimiento como sacudida de terremoto me hizo saltar en la silla. Mas no fue temblor del suelo propiamente sino dos tremendos golpes en la puerta, los cuales, por la dureza de la percusión, debieron de ser dados con nudillos de piedra. «¡Ay! —grité—. No abras, *Sargentico*... Sí, sí; abre, que si no, puede que nos derriben la puerta.»

Franqueada la estancia vi en el umbral una mujer de espigada estatura, vestida de luengos paños negros que caían hasta sus pies con pliegues estatuarios. La blancura de su rostro era blancura de alabastro, y su voz, como articulada por una boca de piedra, heló mi sangre cuando me dijo: «La señora doña Silvestra y el padre Capellán han ido a la iglesia de Santa María y San Pedro. Allí está también la soberana Madre. De su parte vengo a decir al señor don Tito, que le espera sin demora en aquel lugar: *Clío* necesita dar órdenes a su gentil muñeco.»

Al decir la última palabra se apartó para darme paso. Yo alargué mi mano y toqué la suya: era de mármol... Temblé de frío y de pavura... Miré al *Sargentico* y vi que se santiguaba... «No temas —le dije tratando de sobreponerme a la turbación—. La Señora que me llama es mi Madre, es también la tuya, porque tú, Fermín, antes de estar a mi servicio y desde que estás en él, si no has escrito la Historia la has hecho. Todos hemos sido y somos modeladores de la vida de los pueblos.»

Salimos, apoyado el uno en el otro, pues ambos flaqueábamos de las piernas... En la calle, cuando dije a Fermín que me guiara a la iglesia de Santa María y San Pedro, me sentí otra vez navegante en el piélago de las cosas suprasensibles. «Mejor —pensé avivando el paso—. Bien venido sea el mundo quimérico. Bendita sea la sinrazón que es casi siempre el molde de la razón.»

Lo primero que vi al entrar en la iglesia y llegamos a una de las capillas, fue un delicioso absurdo que en pocas palabras refiero... ¡Ido del Sagrario estaba acabando de decir misa, con casulla encarnada! Al pronto dudé. Pero cuando se volvió de cara a los fieles para decir el *ite, missa est*, reconocí sus inequívocas facciones. Al retirarse el oficiante hacia la sacristía, calado el bonete y llevando en sus manos el sagrado cáliz, no pude reprimir las ganas de soltarle una chirigota. «Vaya, don José —le dije—, que sea enhorabuena: esto es mejor que ir a la compra.»

Vi a *Chilivistra* surgir de un grupo de mujeres arrodilladas, y cuando iba hacia ella, una mano blanda me tocó en el brazo. Era la Madre, que me dijo con acento jovial: «Ven aquí, perdulario; ahora no te me escapas. Salgamos al pórtico y hablaremos.» Se me presentaba *Mariclío* en la forma más humana, ajustada estrictamente al tipo de señora principal, como tantas otras que vemos en el mundo físico. No advertí en ella ni el menor asomo de figura olímpica ni de fantástica evocación pagana. Su rostro y porte eran los de una matrona hermosa, aunque algo madura. Llevaba un trajecito de merino y su mantilla negra; en la mano el libro de Jenofonte, *Agesilao*, impreso en griego, que yo pude ojear cuando *Clío* me visitó en la fonda de Cartagena.

Al salir al pórtico me llevó la Madre a uno de los poyos más distantes de la puerta, donde charlamos tranquilamente en el lenguaje más opuesto al que suelen usar las almas del otro mundo. «Esta vez, como siempre —me dijo—, has de cumplir fielmente mis órdenes. Forzoso es seguir los pasos de una guerra, que juzgo hermanando dos calificativos tan distintos y antitéticos como lo son de *infantil* y *sangrienta*. Creyérase, mi querido Tito, que estos niños grandes se matan por el gusto de la destrucción, y que el fin sin fin de las batallas, encuentros y emboscadas, no es otro que disminuir la población hispana. Vuestros políticos y vuestros guerreros estiman como el mal el crecimiento de la raza. Hay que matar, matar sin tregua para que se acorte el número de los españoles que viven y comen... Has visto, en sus diferentes fases, la guerra en el Norte. Conviene que la veas en el reino de Valencia y términos fronterizos de Castilla. Vete, pues, yo te lo mando, en compañía del buen Capellán padre Carapucheta y de la desdichada señora a quien sus conterráneos dan el gracioso nombre de *Chilivistra*.»

Como yo, sin oponerme a sus mandatos, indicara que las genialidades de Silvestra me amargaban la vida, la excelsa matrona rebatió mis escrúpulos con estas sendas razones: «Has de persuadirte, hijo mío, de que en el carácter borrascoso y tornadizo de tu *Chilivistra* tienes un perfecto símbolo de la vida española en el aspecto político, y estoy por decir que en el militar. Tan pronto es cariñosa y tierna como altiva y marimandona. El amor la dulcifica hoy, y mañana la endurece el orgullo. Inventa con lozana imaginación fábulas absurdas y acaba por creerlas. Se finge deshonesta sin fundamento real de sus mentirosos pecados. En ella habrás observado que al fuego del sentimentalismo sustituye rápidamente el hielo de los negocios menudos, todo ello sin criterio fijo, sin noción alguna de la realidad. En su desconcertada cabeza es un mito el Administrador de Rentas de Vitoria; mito es también ese marido errante, y por fin, personaje de leyenda es el hijo que busca.»

Asombrado escuché el admirable juicio que en cortas razones hizo *Clío* de la histérica dama, y acabó de maravillarme con esta discreta síntesis: «Fíjate bien, hijo mío, y verás que con el sistema puramente *Chilivistril*, y conforme al voluble proceso mental de tu amiga, gobiernan a España las manadas de hombres que alternan en las poltronas o butacas del Estado, ahora con este nombre, ahora con el otro. También ellos invocan el sentimentalismo patriótico cuando les conviene, o se entregan a los espasmos del despotismo cuando no hallan salida por la vía patriótica, o sea la vía liberal. También ellos inventan historias para domar las fieras oleadas de la opinión y acaban por creer lo que engendró su propia fantasía. Tus gobernantes son creadores de mitos, y mostrándolos al pueblo andan a ciegas sin saber lo que quieren ni a dónde van... Resígnate, pues, a llevar contigo este emblema de la vida nacional en la cristalización que llamamos política militante. *Chilivistra* será para ti lección viva, que hora tras hora te mostrará los capitales defectos de tu patria, para que aprendas a precaverte contra ellos con la mira de que algún día seas llamado a gobernar la Nación.»

El talento de la Madre, con ser divino y de tan extraordinarias luces adornado, no acabó de llevarme al convencimiento. Pero, sin dejar salir de mis labios la menor objeción, declaré que obedecería ciegamente sus mandatos. Donosa y risueña me dijo la Señora que en todo tiempo no me inspiraría conducta y acciones que no fueran para mi provecho, y con dulzura materna me encareció que desechase toda sensación de miedo cuando ella creyese necesario llamarme a su presencia. Respondile que la noche anterior me había sobrecogido el verme de improviso y sin preparación alguna frente a tan excelsa divinidad, y que asimismo me turbé horriblemente aquella mañana cuando recibí sus órdenes por la mensajera más clásica y más helénica que vi en mi vida: una estatua de mármol. «¡Pero, hijo del alma —exclamó la celeste Musa, soltando una deliciosa risa que también me pareció helénica—, si el recado para que vinieras aquí te lo mandé con la criada de la fonda!»

En esto, llegaron al pórtico Silvestra y el enigmático sujeto en quien se fundían las dos personalidades del cura Carapucheta y del filósofo simple Ido del Sagrario. Reunidos los cuatro, *Mariclío* se mostró impaciente y nos incitó a partir sin demora. En mis manos puso una carterita que contenía, según me dijo, cuanto dinero pudiera yo necesitar para un largo viaje. Antes de que preguntase a dónde íbamos, afirmó que *Chilivistra* y el señor Capellán marcarían nuestro derrotero. Preparado tenía un buen coche con cuatro poderosos caballos, que podríamos dejar cuando se nos presentase coyuntura de recorrer largos trayectos en ferrocarril.

Antes de emprender tan aventurada correría, no debía yo olvidar a mi buen espolique Fermín, ni al espejo de las cabalgaduras, el gallardo y sufrido *Babieca*. Pero la Madre, que todo lo había prevenido, declaró que a su cuidado quedaban *El Sargentico* y mi corcel, agregando que ella guardaría y conservaría con toda solicitud al hombre y al bruto, para que yo los recobrase en el punto y hora en que tan dulces prendas me fueran necesarias. Llamé al escudero fiel, que a corta distancia nos oía, y con pocas palabras le enteré del acuerdo. Quedó muy complacido de servir, por plazo más o menos largo, a la más alta Señora que en estos reinos existe.

En fin, lectores de mi alma, que no sé si llamar severos o socarrones, sabed que me llevaron a donde esperaba el coche, que en él metieron los equipajes de los tres viajeros, que por un callejón cercano vi que se retiraba *Mariclío* entre dos estatuas de mármol vestidas con negras y ajustadas túnicas, que al *Sargentico* se le humedecieron los ojos al despedirme, y que a mis oídos llegó lastimero relincho de mi *Babieca*, encerrado en una cuadra próxima. ¡Adelante con la Fábula, adelante con la Historia! El coche partió a escape por la margen del río Cidacos. ¡Arre, caballitos, arre hacia lo desconocido, hacia las alturas, hacia los abismos, hacia el ensueño!...

XXII

Como mi pobre cabeza tardó horas y horas en recobrarse de aquel vértigo, no me es fácil determinar el lugar y momento en que cambiamos el coche por el ferrocarril. Sí recuerdo que al anochecer íbamos en un tren mixto, de cuya dirección no pude enterarme hasta que Silvestra dijo que estábamos cerca de Las Casetas. Poco antes de esto, tras penosa lucha entre mi razón y mi fantasía, llegué al convencimiento de que no llevaba traje sacerdotal aquel don José, que en boca de Silvestra era el padre Carapucheta y en la mía el señor Ido del Sagrario.

En la estación que empalmaba la línea de Castejón con la de Madrid a Zaragoza, bajamos a restaurar nuestras fuerzas con el comistraje que dan las fondas ferroviarias, y entre una sopa aguanosa y un pollo más duro que la pata de un santo deliberamos sobre la ruta que nos convenía seguir. Opinó *Chilivistra* que debíamos continuar en tren hasta Calatayud, y de allí internarnos por Daroca hacia la provincia de Teruel. El don José, cuya delgadez era ya transparente, sostuvo la conveniencia de llegarnos por el ferrocarril hasta Guadalajara, donde él tenía que tomar lenguas acerca del asunto que a tales trotes le llevaba. Yo, Proteo Liviano, mensajero de los Dioses, envolviéndome en una serenidad majestuosa les dije que mi opinión era no tener ninguna, y que me dejaría llevar a donde la dama gordita y el caballero flaco determinasen, ora fuese a las delicias del Paraíso Terrenal, ora fuese al mismísimo Infierno.

De la deliberación de mis dos compañeros de viaje resultó que haríamos una paradita en Calatayud. Paradita fue que en la ciudad aragonesa que los antiguos llamaron *Bílbilis*, patria del poeta latino Marcial, estuvimos tres días. Ello sucedió porque nos metimos en una fonda con ánimo de pasar la noche, y apenas viose Silvestra bajo techo se puso tierna, indolente, mimosa, aquejada de esa insana languidez que solo se cura con los melindres afectivos. Estábamos en la faceta de los arrumacos pasionales. Ya vendría la contraria. ¡Dios!

Respondí a los arrullos de mi amiga por mantener la paz en nuestra errante comunidad; yo no tenía prisa en cerrar aquel paréntesis de descanso, ni el bueno de don José mostrábase impaciente: pasaba todo el día recorriendo calles y visitando conventos... Al tercer día de nuestra parada le cogí a solas en su estancia y así le dije: «Ya mi cabeza está despejada y no le vale a usted su disfraz de capellán ni toda esa monserga que se trae. Usted es mi patrón, el gran filósofo Ido del Sagrario, sujeto que con ninguna otra criatura humana puede confundirse.»

—Sí, señor: soy el que Vuecencia dice y no puedo ser otro —me contestó Ido un tanto lacrimoso—. Pero, *francamente*, *naturalmente*, ¿qué he de hacer yo si esa doña Silvestra se ha empeñado en que soy el padre capellán don José Carapucheta?... Veréis, Ilustrísimo Señor: fui a Vitoria buscándole las vueltas a la pobre hija que me robaron, y me encontré a *doña Chilivistra*. Esta señora... ya sabe usted que está loca perdida... Me metió en el enredo de vestirme de cura para poder penetrar con seguridad en el riñón de Navarra... En el riñón entramos y del riñón salimos. Luego se nos apareció esa *madama Clío*, sabedora de todo lo que ha pasado en el mundo y de lo que ha de pasar, y gracias a la supradicha *madama*, que mil años viva, me veo junto *al hombre del gran poder*, quien seguramente me llevará a donde encuentre lo que busco.

—Sí, sí, no tenga usted duda: rescataremos a Rosita —dije yo pavoneándome al recobrar mi papel de consolador de todos los afligidos.

—Pues bien, Ilustrísimo Señor. Si ahora vamos Vuecencia y yo a *doña Chilivistrilla*, y le decimos que yo no soy el padre Carapucheta sino el marido de Nicanora, verá Vuecencia cómo le tiembla el labio y nos pega a los dos.

—No le diremos nada; descuide don José. Y si para mantenerla en su engaño fuese menester que dijera usted misa en cualquiera de los pueblos por donde hemos de pasar, la dice usted, yo le ayudo, ella la oye, y *pax Christi.*

—*Amén*... Ahora hablemos de otra cosa. Si esa señora se obstina en ir al Maestrazgo, no cuenten conmigo. He pasado estos días enterándome de las cosas de la guerra, y sé que toda esa parte de Teruel y Albarracín es un volcán. *Francamente, naturalmente*, no he venido yo al mundo para que me fusile un Cucala, un Bonet, u otro de esos bárbaros matarifes.

—Estamos conformes. ¿A dónde quiere usted que vayamos?

—A donde dije en la estación de Las Casetas. A Guadalajara, Ilustrísimo Señor.

—Pues allá iremos. Yo convenceré a doña Silvestra.

Al día siguiente habríamos llegado a la ciudad que goza fama de ser el emporio de los bizcochos borrachos, si a mi Silvestra no se le hubiera metido en la chola hacer otra paradita en Alhama. Seguía la racha voluptuosa. Ya me iba yo cansando de paraditas, mimos y empalagos de sentimentalismo dulzón. Y gracias que en todas las estaciones siguientes no propuso más que otras dos paradas, una en Medinaceli para ver el sepulcro de Almanzor, otra en Sigüenza porque había hecho promesa de ofrecer sus pías devociones a la gloriosa mártir Santa Librada... Con estas lentitudes, ya corrían los primeros días del mes de julio cuando entramos en la capital de la Alcarria.

Apenas instalados en la posada de donde parten las diligencias para Brihuega y Pastrana, olvidó *Chilivistra* su terca obstinación de visitar el Maestrazgo, país entonces erizado de peligros que en su magín enfermo se revestían de formas románticas. Ilusionada por nuevas ideas imaginó que sería muy divertido dar un vistazo al país donde se cría la exquisita miel y a los verdes oteros poblados de aromáticas hierbas... A todas éstas, el pobre Ido andaba desatinado por la población, donde no le faltaban amistades y conocimientos. Díjome una tarde que había tenido noticias desconsoladoras; mas para confirmarlas era preciso que fuéramos a Huete.

A *Chilivistra* no le pareció bien abandonar la región melífera. Antojósele además tomar las aguas de La Isabela, en Sacedón, que según decían eran excelentes para conservar la tersura del cutis. En estas disputas acerca del punto a donde debíamos ir pasaron dos días más. Por fin determiné yo alquilar un buen coche para irnos por el camino de Pastrana hacia la provincia de Cuenca, después de asegurar a Silvestra que cuando despachásemos un asunto particular del señor Capellán la llevaríamos a zambullirse en las aguas de La Isabela.

De mala gana emprendió la vizcaína el viaje, y por el camino nos daba la tabarra volviendo su enojo contra el padre Carapucheta, de quien decía que iba siempre huroneando los conventos de monjas, con las cuales a hurtadillas se refocilaba. Oía con resignada humildad estas cosas el bueno de Ido, cuya inquietud y zozobra se mostraban en lo escuálido del rostro y en el crecimiento de la nuez.

Rodando por desiguales caminos llegamos a Huete avanzada la mañana de un luminoso día de julio, y don José, apenas nos quitamos el polvo en el parador de *Santa Clara*, encaminose al monasterio del mismo nombre, situado a corta distancia de nuestro alojamiento. Más de dos horas permaneció el manso filósofo en la casa monjil, conferenciando con una tal Sor Inés de la Transverberación, prima carnal de Nicanora.

En el largo tiempo que pasamos esperando a Ido, noté que a *Chilivistra* le tembliqueaba el labio. Ya venía la racha de la impertinencia borrascosa. «Bonito papel estamos haciendo —me dijo— tapándole los vicios a este capellán que parece una mosquita muerta y es un tenorio de monjas. Opino que debemos dejarle aquí, marchándonos nosotros hacia La Isabela, donde encontraré el remedio para estos granitos que me han salido en las piernas. Míralos, Tito, y te convencerás de que me son precisas aquellas aguas, que instaló Fernando VII para pulimentar la epidermis de su segunda mujer, la reina doña Isabel de Braganza.»

Hice cuanto pude para contener y amansar a Silvestra con blandas razones. Llegó por fin el buen Ido, consternado, y llevándome aparte discretamente me dijo: «Ilustrísimo Señor; ya sé a ciencia cierta que mi adorada Rosita está en Cuenca, en una casa de esas que llaman... Con perdón... Mancebías públicas, y yo llamo templos del escándalo.»

—Pues vámonos allá, don José —repuse yo—, y salvaremos de la infamia a esa sacerdotisa de Venus.

No necesito decir los artificios amorosos que puse en juego, halagos que prodigué y patrañas que discurrí, para convencer a *Chilivistra* de que debíamos ir a Cuenca. Con todo, momentos hubo, a poco de arrancar el coche, en que don José y yo estuvimos a dos dedos de ser abofeteados por el basilisco; poco faltó para que sus blancas y afiladas uñas se clavaran en mi rostro. La lucha duró hasta que el sueño y la fatiga rindieron a la fierecilla, andados ya dos tercios del camino. Nocturno fue aquel viaje y fecundo en molestias de todo género. Ya era más de media noche cuando entramos en Cuenca. Nuestros pobres huesos y nuestros desmayados espíritus tuvieron descanso en la mejor fonda de la Carretería, parte llana de la ciudad.

Al siguiente día, 12 de julio, fecha que no se me olvidará mientras viva, el molimiento de nuestros cuerpos nos retuvo *en las ociosas lanas* más tiempo de lo que acostumbrábamos. Levantose Silvestra de mal talante, que manifestaba con agrias y descomedidas voces, y agarrando sus libros de rezos y su rosario requirió mi compañía para ir inmediatamente a la Catedral, pues quería prosternarse ante el sepulcro del bendito San Julián, obispo de Cuenca.

Salimos los tres y nos dirigimos por la Carretería hasta una vetusta puente sobre el río llamado Huécar, la cual une la ciudad vieja con los arrabales. Como poseo un gran sentido topográfico, andando me enteraba de la estructura de aquella ciudad celtíbera, visigoda, arábiga o no sé qué, asentada en varios montículos rocosos. El conjunto del viejo caserío escalonado en diferentes anfiteatros, donde al parecer los cimientos de unas casas pisaban las techumbres de las otras, era de lo más pintoresco que yo había visto en mi vida. Pasado el puente entramos en una calle que, según me dijo Ido, se nombraba *de Las Cocheras*. Allí nos separamos; el filósofo torció a la derecha en busca de las casas públicas y pecaminosas, donde creía encontrar a su desdichada hija. *Chilivistra* y yo, por la empinada y tortuosa ruta que nos señaló don José, subimos hasta la Catedral.

Aquel día estaba mi basilisco en la plenitud de sus vesánicas impertinencias. Por la menor cosa reñíamos. Si tropezaba yo en un pedrusco (y hay que ver, señores, lo que eran aquellos empedrados, los partidos losetones y los peldaños puntiagudos), se ponía furiosa y me increpaba de esta manera: «Hoy estás cargantísimo. No se puede ir contigo a ninguna parte... Claro,

¡como no te dejo ir con el bigardo del Capellán Carapucheta a jugar con las monjitas!... A mí no me toques, no me des la mano, que yo sola sé andar muy bien. No tengo las piernas de trapo como tú.»

El interior de la Catedral me impresionó grandemente por la majestad y elegancia de sus líneas ojivales, diluidas en un doble misterio de silencio y oscuridad. El presbiterio y el ábside me parecieron espléndidos, las verjas magníficas. Silvestra oyó dos o tres misas en diferentes capillas, y luego estuvo arrodillada largo rato ante el altar de San Julián, un armatoste greco-romano del estilo más antipático y pedantesco. Beatas vejanconas no cesaban de llegarse a los mármoles del sepulcro para besuquearlos y llenarlos de babas. Apenas se apartó del altar mi basilisco para marcharnos, adelantose a darle agua bendita un hombre de buena estatura, vestido con decorosa modestia, de negra barba, pelo rizoso, facciones de varonil belleza y edad como de cuarenta o cuarenta y cinco años. Al acercarme yo, le oí decir: «¿No me reconoce usted, Silvestra?» Y como ella dudara observándole, él prosiguió: «Soy primo de Delfina Gay, y en su casa nos hemos visto algunas veces, ¿no se acuerda? Mi nombre es Avelino Palomeque.»

—¡Ah! ya, ya, Palomeque —dijo Silvestra agradeciéndole con su más delicada sonrisa— ¿Es usted de aquí?

—No, señora; yo nací en Toledo. Pero estoy en Cuenca desde muy niño y en ella tengo mis negocios: dos fábricas de harinas y los molinos de San Antón.

Salimos los tres. El gaznápiro de Palomeque iba junto a Silvestra, dándole conversación, y a mí ni me saludó ni me hacía caso. Le pagaba yo este desaire con la moneda de mi desprecio. Mirándole bien recordé haberle visto en la casa de Delfina y en la tienda de ataúdes. Era un carlistón rabioso, fanático, muy cerrado de mollera. Al llegar a una calle, que luego supe se llamaba *de Caballeros*, tan pendiente que por ella había que andar a gatas, se paró el cerril carcunda y dijo estas palabras, volviendo su rostro hacia mí como para que yo me enterase bien:

«No pasarán dos días, y casi estoy por decir que no pasará ni uno, sin que entren en Cuenca las tropas del Ejército Real del Centro, mandadas por Sus Altezas los Serenísimos Infantes don Alfonso y doña María de las Nieves. Creo que no ha de hacer resistencia este pueblo donde hay pocos liberales, y esos pocos tontos de remate... Si usted teme el fuego y las balas, póngase en salvo hoy mismo, señora doña Silvestra. Puede usted refugiarse en mi casa, donde estará más segura que en ninguna parte. Soy viudo y vivo con mi madre, mi hermana y una hija mía de catorce años.»

Luego seguimos bajando hasta la plaza de San Vicente. Palomeque invitó a *Chilivistra* a comer en su casa aquel día, anunciándole que iría a buscarla a la fonda. El basilisco, con no poca sorpresa mía, aceptó diciendo al carcunda que se arreglaría deprisa y corriendo para no faltar a la hora.

Solos otra vez Silvestra y yo, nos dirigimos a la fonda por la puerta que llaman del Postigo. Íbamos a escape, yo silencioso, ella punzándome con sus acres intemperancias. «Aprende, tonto —me dijo—. Ese caballero sí que es fino y galante. Tú, en cambio, eres un avefría y no sabes tratar con damas.» Poco después de las doce llegó Palomeque a nuestro alojamiento. Silvestra, bien apañadita de ropa y pergeñada de lindos accesorios, sin omitir ninguno de los retoques de su bella faz, se fue con él, dejándome en una soledad deliciosa.

Cuando Ido no había vuelto de sus diligencias, me lancé solo por las calles de la ciudad baja, después de comer. Por un momento se me ocurrió volver a la Catedral para pedirle a San Julián que me concediera el inmenso favor de librarme para siempre de la fémina mortificante y tornadiza. Pero me detuvo el extraordinario movimiento que notaba en las calles: iban y venían hombres y mujeres en actitud de recelo y alarma. Acerqueme a un grupo y no tardé en conocer la causa de tal agitación. Del pueblo de La Cierva, distante unas cuatro leguas de Cuenca, había llegado una mujer con la noticia de que allí y en Pajarón estaban los carlistas: la mar de batallones, con unos llamados *zubabos* que parecían fieras, y el don Alfonso y la doña Blanca. En otro grupo oí que de Palomera, distante solo una legua, acababan de llegar emisarios que también anunciaban la presencia de las bárbaras legiones.

Antes de amanecer caería sobre Cuenca la turba desmandada, feroz y hambrienta, y se haría dueña de la ciudad riscosa si las peñas y los corazones no le oponían una brava defensa.

XXIII

Recluido en el cuarto de la fonda, pasé la noche muy agitado por el tumultuoso ruido que de la calle venía. Además, me inquietaba que Silvestra no hubiera vuelto a mi lado, no porque me hiciera falta su presencia, sino por el temor de que le hubiera ocurrido algún desavío. Al manso filósofo le esperé hasta la madrugada; mas tampoco vino a la mansión hospederil. Pensé que había encontrado a su hija, o que las diabólicas sacerdotisas venustas le retenían en sus nefandos cubículos. Al amanecer, las cornetas tocaron diana cerca y lejos, las unas en el interior de la ciudad, las otras en el campo, ocupado ya por los carlistas. Me asomé un momento a la ventana de mi cuarto, y vi en las crestas de los cerros humazo de fusilería. Poco después empezó el tiroteo en los términos cercanos. Dijéronme que los sitiadores atacaban la Puerta del Castillo, y que ya eran dueños de un barrio del mismo nombre, situado extramuros de la ciudad.

Bajé al comedor, donde el patrón y otros que con él estaban me dieron noticias desconsoladoras. Las fuerzas que habían de defender a Cuenca eran harto débiles: cuatro compañías de la Reserva de *Toledo*, un escuadrón de Lanceros del Regimiento de *España*, otro de Carabineros, algunos Guardias civiles, y dos centenares de Voluntarios, gente por punto general poco aguerrida. Las fortificaciones se reducían a unas verjas de hierro, arrancadas de las iglesias para ponerlas en las entradas de la ciudad vieja, y a unos cuantos remiendos echados de cualquier manera en la vetusta muralla. Cuatro cañones con insuficiente servicio de artilleros eran las únicas piezas disponibles para tener a raya al enemigo.

El fuego siguió muy nutrido durante la mañana. Poco antes de las once, los vecinos de los arrabales, creyéndose poco seguros en aquella parte de la ciudad, empezaron a trasladarse a toda prisa a la ciudad alta. Mi patrón y su mujer, personas sencillas y afables, se empeñaron en llevarme consigo. «Caballero —me dijo el fondista—, aquí no puede usted quedarse, porque esto está muy malo. Véngase con nosotros. Allá, en los altos de la Plaza de San Nicolás, tenemos una casita en paraje resguardado de los zambombazos que atizan esos perros. Coja usted su ropa y los efectos de valor; nosotros salvaremos lo que podamos. Bueno que se lleve el diablo nuestros intereses, pero la vida no queremos perderla... ¡Ay, caballero: lo peor para la pobre Cuenca es que tenemos el enemigo en casa! Muchos vecinos, muchas familias de acá son carcundas hasta los tuétanos. Conque hágase cargo...»

Por el puente de la Puerta de Valencia me llevaron a un barrio de calles pinas, angostas y oscuras. Entramos en una casa de no sé cuántos pisos: la escalera no tenía fin. En un desván lleno de pobretería de ambos sexos hallé albergue que parecía seguro de las balas, mas no lo era de insectos y alimañas molestas. En aquel camaranchón traté inútilmente de conciliar el sueño. Pasada la infernal noche, decidí cambiar de alojamiento, y bajé a otros pisos donde encontré mejor compañía, personas amables que me dieron pan y vino para sostener mis fuerzas. Entre los allí refugiados había un chico de tipo gitanesco, vivaracho y más listo que el hambre, el cual salía y entraba a cada momento, trayéndome noticias de lo que ocurría.

Por aquel galopín supe que se habían apoderado los sitiadores de la Carretería y calles inmediatas, saqueando casas y tiendas con infernal estrépito. Supe también que los carlistas quisieron parlamentar junto al Instituto; pero el brigadier don José de la Iglesia, gobernador militar de la Plaza, hombre tan chiquitín como bravo, les mandó a escardar cebollinos... Mientras el chiquillo andaba recorriendo los sitios donde más empeñada era la lucha, mi patrón, dolorido y suspirante, me dijo: «Caballero, nos quedamos sin agua. Esos cafres han cortado el acueducto en el caserío de la Cueva del Fraile.» La patrona, llorando, agregó: «¡Ay, Virgen Santísima, mañana no habrá ya pan en Cuenca! El poco que amasaron hoy se lo arrebata la gente en la calle, y los pobres que están batiéndose no tienen qué comer.»

Por la tarde, volvió despavorido el chicuelo contándonos que había un fuego horroroso en la cuesta de Tarros, Matadero, Jardín de las Carteras, Retiro, San Miguel y las Angustias, con la mar de muertos y heridos. Una vieja que vino después nos dijo que los Voluntarios, con el cañón que habían puesto en una de las ventanas del Instituto, estaban abrasando a los carcas. Otra vieja, con las sayas en la cabeza, compareció ante nosotros y nos largó un relato terrorífico del fuego que hacían los carlistas desde las casas contiguas a las puertas del Postigo, Valencia y convento de la Concepción. Los pobres carabineros, soldados y voluntarios que defendían aquellos lugares caían como moscas.

La noche fue pavorosa. Los insectos y la fetidez de las habitaciones atestadas de gente expulsáronme de la casa. Bajé a la calle, prefiriendo que me matase una bala a morir de asfixia y asco. Tirado en el suelo, entre un ciego, dos lisiados, un sin fin de mujeres, y rapaces medio desnudos, me enteré de que los caribes que llamaban *Zuavos* habían intentado vadear el Huécar, siendo rechazados por unos cuantos Lanceros. Las llamas de los incendios daban a la ciudad un aspecto de siniestra desolación.

El hambre, el miedo y el cansancio me obligaron a meterme en el zaguán de una casa, y arrimándome a un bulto que debía de ser un durmiente envuelto en mantas, descabecé algunos sueños. Al amanecer, noté que el tiroteo había disminuido considerablemente... Dijéronme que los carlistas desmayaban por la tenaz resistencia del pueblo en el día anterior.

A media mañana, advertí grande animación en la ciudad. Corría la noticia de que se aproximaba una columna de tropas del Gobierno mandada por un tal señor Calleja. «¡Ay, Dios mío —exclamaba todo el mundo—, que venga pronto ese Calleja!» Contagiado yo de estas públicas alegrías, y sintiendo los horrores del hambre, trepé por los empinados escalones de una calleja angosta, en busca de un alma caritativa que me diera un pedazo de pan. Torciendo a mano derecha, vi venir hacia mí un esqueleto que me estrechó en sus brazos. ¡Por San Julián bendito! El esqueleto cuyos huesos chocaron con los míos era don José Ido del Sagrario.

«¡Ay, don José de mi alma! —exclamé con grande alegría—; ¿está usted muerto?»

—Por milagro no estoy muerto —me contestó Ido—. Sepa Vuecencia que una bala me atravesó de parte a parte.

—A ver, a ver; enséñeme esa tremenda herida.

—No es de cuidado. Mire, ha sido en el chaquetón. El proyectil lo pasó de parte a parte... ¡Ay, don Tito, toda la noche buscándole! No ha sido mala suerte encontrarle ahora para poder decirle...

—Cuénteme, don José; ¿ha encontrado a la niña?

—Sí señor. Estuvo algunos días en una casa de picaronas; pero ya ¡gracias a Dios!, ha ido a parar a lugar más honesto, aunque no del todo limpio. ¡Ah, señor, déjeme usted que suspire!

—Yo también suspiro, don José, pero de hambre.

—¿Hambre Vuecencia, Ilustrísimo Señor? Pues aquí tengo yo pedazos de pan para Usía. Cómalo, que es bastante bueno.

Vi el cielo abierto. Me abalancé a los mendrugos, y para comerlos con más comodidad me senté en un escalón, en medio del arroyo. Lo mismo hizo Ido, y en aquel momento se nos acercaron unos pobres perros que olieron el pan. No tuvimos más remedio que darles algo de lo que nos sobraba.

«Ya que este corto desayuno me aclara un poco las entendederas —dije al filósofo—, prosiga el cuento de la infeliz Rosita.»

—Pues nada: que hace días está al servicio de un señor Canónigo, muy apersonado y muy galán, que la tiene en su casa en calidad de doncella para todo y con honores de sobrina. Allí he pasado yo toda la noche bien resguardado de esta horrenda trifulca, y de allí salí a buscar a Vuecencia para llevármele conmigo.

—¿A casa del Canónigo?... ¡Sí, hombre, vamos! Allí estaremos bien seguros, porque supongo que el amo de Rosita será carcunda neto.

—Sí que lo es, pero buena persona y muy torero, con perdón. Está loco por la niña... Vamos, vamos... Pero ¡ay de mí!, buscando a Vuecencia me he perdido en el laberinto de estas rinconadas y costanillas, y no sé por dónde volver allá.

En esto, oímos que de la parte baja venía, con gran clamor de gente, estruendo de cataclismo. Unos ancianos que subían nos dijeron que, en la calle de la Moneda, los bravos defensores arrojaban petróleo con la bomba de incendios del Municipio sobre las casas de la calle de los Tintes, ocupadas por los carlistas. No pudiendo realizar su intento, lanzaban a mano el líquido inflamable contenido en botellas. Huyendo de la quema seguimos calle arriba, acelerando el paso. Don José, casi sin resuello, me dijo: «¿No sabe, don Tito, que ayer tuvieron los carlistas una gran pérdida? El cabecilla Segarra quedó muerto de un balazo junto al convento de la Concepción, al atacar la Puerta de Valencia.»

—¿Segarra? Pues en el Infierno nos espere muchos años... Vamos, vamos a ver si podemos dar con la casa del Canónigo. Preguntaremos al primero que pase para que nos oriente. ¿Cómo se llama ese señor?

Detúvose Ido perplejo, y llevándose un dedo a la frente me dijo: «¡Ay, señor don Tito!, el apellido del Canónigo es de tal manera enrevesado y estrambótico, que no sé si lo podré recordar ahora. Ayer, cuando él me lo dijo, lo apunté en un papel, y toda la noche lo estuve repitiendo, sílaba por sílaba, para ver si me lo clavaba en la memoria... Espere Vuecencia un poco... Déjeme pensarlo... Ya tengo algunas sílabas, pero otras me faltan... Calma, calma...»

Mediano rato aguardé a que terminase su trabajo mental el cuitado filósofo. Luego, con semblante risueño, me dijo: «Ya, ya tengo las sílabas todas. Ahora falta el acento... Espérese otro poco, Ilustrísimo Señor... Tengo que arrimarme a la pared para poderlo decir seguido... y he de agarrarme la nuez, vea Vuecencia, la nuez, que se me quiere escapar cuando pongo el acento... Allá va. El Canónigo que ahora es tío de Rosita se llama de apellido Pagasaunturdua.»

XXIV

—Después de pronunciar ese nombre —dije yo— es preciso tomar alguna cosa, por ejemplo, una copita de Jerez. Vamos a ver si ese bendito Canónigo nos la da.

—Excelentísimo Señor —replicó Ido—, llevando por única guía ese nombracho no llegaremos nunca. El tío de mi niña hace poco tiempo que ha venido a esta Catedral desde la de Calahorra, y apenas se le conoce. Además, señor, no hay un solo conquense que sepa entender ni pronunciar el trabalenguas de ese apellido.

Llegamos a una plazoleta en la que Ido reconoció que había confundido la torre de la Catedral con la de *Mangana*, y cuando discutíamos la dirección que debíamos seguir para enmendar nuestro rumbo, nos vimos envueltos en un tumulto de gente que nos llevó consigo como barredera humana al grito de *¡Abajo todo el mundo! ¡A las Puertas, al Instituto, que vienen los nuestros! ¡Ya está ahí Calleja! ¡Viva Calleja!* Imposible resistir al torbellino patriótico. Corriendo, más bien rodando, descendimos por las calles de guijas puntiagudas. A mi lado se puso, chillando desaforadamente, el chiquillo gitanesco y vivaracho que me había servido de informante histórico en los primeros encontronazos entre conquenses y carlistas. «Quieren entrar —me dijo— por la calle de la Moneda. Allí hay fuerte quemazón. Pero no saben ellos quién es Calleja. ¡Viva, viva Calleja!»

Fuimos a parar cerca del Instituto, y allí nos encontramos a nuestro fondista y a un sin fin de mujeres llorosas, que se disputaban los corruscos de pan... No sé el tiempo que duró aquella situación equívoca en que alternaban los gritos de entusiasmo con las expresiones de desaliento. Por fin corrió entre la muchedumbre ansiosa esta desoladora noticia: «El que viene no es Calleja ¡maldita sea su alma!, sino un cura guerrillero que llaman *el de Flix*, con dos batallones de fieras desbocadas... ¡Perdición, ruina, muerte!...»

Esta triste realidad alentó a los carlistas residentes en Cuenca. Propalaron por todas partes que los sitiadores entraban ya en la ciudad, sembrando el desaliento, y muchos defensores se retiraron de sus puestos, convencidos de que era inútil toda resistencia. Sin saber cómo, nos encontramos Ido y yo en la miserable casa donde pasé la primera noche de asedio, y en uno de sus aposentos nos guarecimos, esperando la suerte que nuestro adverso Destino nos deparara. Allí supimos por algunos Voluntarios que los defensores que ocupaban el Jardín de las Carteras se habían retirado y la facción era ya dueña de algunas casas de la calle de la Moneda.

La última página de la tenaz resistencia fue gloriosamente escrita por el gobernador militar, brigadier don José de la Iglesia, que levantando barricadas disputó palmo a palmo la ciudad a las salvajes hordas realistas. En esta postrera jornada pereció heroicamente el teniente coronel de la Reserva de *Toledo* don Francisco de la Peña. En tanto, el brigadier La Iglesia, sereno en medio del peligro, al frente de cuarenta hombres, se retiraba lentamente mandando hacer fuego de trecho en trecho. Al llegar a la parte más empinada de la calle de San Pedro, agotados todos los recursos y siendo la retirada imposible, hizo señal de parlamento. Los carlistas, que estaban a pocos metros, destacaron un pelotón mandado por un jefe. La Iglesia se desciñó la espada, y entregándola al cabecilla, puso término definitivo al esfuerzo gigante de los humildes y beneméritos defensores de Cuenca.

Desde aquel momento cambió con súbito giro el panorama histórico, trocándose el honrado choque de las armas rivales en feroz desbordamiento de los vencedores, que hollaron con cínica barbarie las leyes de la Guerra y los elementales principios de Humanidad. Contaré los horrores, crímenes y vergüenzas de las jornadas de Cuenca en los días 15, 16 y 17 de julio, con toda la fidelidad que mi oficio me impone; contaré lo que vieron mis ojos espantados y lo que, visto por otros ojos, fue transmitido del alma de las víctimas y de sus allegados al alma dolorida de este humilde narrador. Ante la brutalidad de los hechos que fluctúan vagamente entre lo verdadero y lo inverosímil evitaré la mentira y la hipérbole, y no recargaré de negras tintas las perversidades de los hombres, ni aun cuando éstos, más que hombres, parezcan demonios.

Al penetrar en la ciudad las manadas realistas, fueron víctimas de su desenfreno las propias familias de los vencedores. Diose el caso de que algunos facciosos nacidos en Cuenca oyesen de labios de sus madres, al abrazarlas, súplicas implorando respeto para sus vidas y haciendas. Pero tales ansias traían aquellos bárbaros de celebrar su victoria con la saciedad de todos los apetitos, aun los más infames, que nada respetaron. Entraban en las casas, lo mismo por las puertas que por las ventanas, forzaban los muebles, sacaban ropa, dinero, alhajas, y luego porfiaban entre sí para repartirse el fruto del pillaje. Lo mismo expoliaron las casas liberales que las carlistas; no hicieron diferencias de clases ni de ideas, ni se acordaron para nada de la Religión que figuraba en su execrable bandera.

En una desdichada iglesia, cuyo nombre no recuerdo, afanaron con avara rapidez un soberbio pectoral, dos mantos de terciopelo de San Juan, y una corona, rosario y diadema de la Virgen del Puente. En los casinos rompieron los espejos, las mesas y sillas, hartándose de licores, cuyas botellas arrojaban a la calle después de vaciarlas. En el Instituto destruyeron el Gabinete de Física y el de Historia Natural, lanzando por las ventanas los aparatos y las colecciones zoológicas. Al ver la máquina eléctrica llegó a su máximum el ansia de destrucción, y mientras la pulverizaban decían: *¡Duro, duro con esto, que sirve para mandar partes al Gobierno!*

Se les veía correr de calle en calle y de casa en casa, dando alaridos de salvaje alegría. Algunos se desnudaron públicamente para vestirse la ropa blanca y los trajes que habían robado. Después de vestidos, dejaban en medio del arroyo los guiñapos llenos de porquería y miseria. Aunque uniformados, los *Zuavos de los príncipes* presentaban el aspecto más siniestro y repugnante por la desenvoltura cínica de sus maneras y la grosería de sus vociferaciones, en ronca mixtura de italiano y francés. Con hambre atrasada devoraban embutidos, lonchas de jamón y cuanto pudieron atrapar. Por toda la ciudad retumbaron destemplados toques de corneta y estas estridentes voces:*¡No hay para nadie cuartel!*

De los *Zuavos* y de los que no eran *Zuavos* huían las mujeres, lo mismo jóvenes lozanas que viejas tembliconas, corriendo a refugiarse en los sótanos más hondos o en los más altos desvanes. Aun allí eran perseguidas, pues aquellas bestias lujuriosas no solo habían perdido la vergüenza sino el sentimiento de la hermosura, de la gracia y de la juventud... Los facciosos no se limitaron a saciar sus groseros instintos, y movidos de criminal saña política, perseguían como perros rabiosos a los *cipayos*, que así llamaban a los liberales, y a los que habían contribuido con su denuedo a la defensa de la población.

Voy a referir a mis horrorizados lectores el trágico fin del comandante don Enrique de Escobar y Valdeolivas, que se hallaba en situación de reemplazo, recluido en su domicilio por larga enfermedad. Creyeron los carlistas que aquel *cipayo* había tomado parte en la defensa, y asaltaron su casa, en la calle de Cordoneros, subiendo atropelladamente hasta las habitaciones altas, donde el infeliz señor yacía en el lecho, asistido por su madre. Al verse rodeado de aquellas fieras que le insultaban profiriendo las amenazas más atroces, el desdichado enfermo perdió el conocimiento. La madre lloró, imploró, y no pudiendo ablandar los corazones petrificados por la incultura y el fanatismo, se abrazó a su hijo intentando en vano librarle de las acometidas de tales monstruos. Sobre el cuerpo de la pobre mujer llovieron golpes terribles. El comandante fue cosido a bayonetazos, y cuando ya se le escapaba la vida, arrancáronle de los brazos maternales y lo arrojaron por el balcón.

El cuerpo chocó contra las piedras, y yacía exánime en medio del arroyo, cuando apareció en la calle abigarrada muchedumbre, a cuya cabeza venía una mujer a caballo, como amazona de circo, radiante de fatuidad, decidida y altanera. Era la tristemente famosa princesa doña María de las Nieves, esposa de don Alfonso de Borbón. Los que la vieron venir pensaron que desviaría su caballo para no pisar el cuerpo expirante. Pero la terrible capitana de bandidos no se inmutó, y sin dar señales de ninguna emoción ante aquel espectáculo dejó que el animal pisotease a un honrado caballero moribundo.

XXV

Siguió la cruel amazona su sangriento camino hacia la Correduría. Era de corta estatura, flaca, rubia, de azules ojos: su belleza, completamente apócrifa, consistía tan solo en la marcialidad de su apostura y en su destreza hípica, cualidades de marimacho, no de mujer. En su rostro vi un mirar ceñudo y una rígida contracción de la boca que indicaban la sequedad del corazón confundida con la brutal soberbia. Llevaba boina roja con borlón de oro, traje negro de montar, altas botas de charol, en la mano un latiguillo que le servía de bastón de mando, y en el cinto un revólver. Tras ella iba el marido, que solo brillaba por su insignificancia junto a la marimandona. Llevaba boina encarnada con áureo borlón y dormán de Caballería. Seguía la caterva de jinetes, algunos con distintivos de oficiales, otros con escolta, todos de aspecto bárbaro y provocativo.

No sé a dónde iban en aquel instante. Pero, esclavo de mi obligación, he de referir las escenas más patéticas del drama conquense, y para ello haré uso del don de ubicuidad que, con otras atribuciones, me concede en casos tales mi divina Madre *Clío*. Sabed, pues, que aquella mañana presentose ante la Catedral el aparatoso y ridículo cortejo de la generala doña Nieves de Borbón, de Braganza o de los demonios coronados. Apeose la tal de un salto y entró en la basílica seguida del marido y de los jefes que componían su abigarrado séquito. Junto a ella se coló en el sagrado recinto un perro de presa que era su inseparable compañero. Ya se habían dado las órdenes para que el obispo saliese a recibirla y le cantase el indispensable *Tedéum* por la feliz entrada del Ejército Real en la histórica ciudad de Cuenca.

He aquí, lectores míos amadísimos y cristianísimos, al venerable Prelado señor Payá y Rico, plantado en el trascoro con todo su Clero, para recibir ceremoniosamente a la que representaba el poder majestático impuesto por la fuerza bruta. Con evangélica humildad acompañaron el obispo y Clero Capitular a los regios figurones, llevándolos al presbiterio, donde tomaron asiento en los sillones preparados para el caso. El *Tedéum* fue breve, llevado a paso de carga, a estilo militar. Berrearon los cantores de mala gana, y el alto Clero, con excepción del obispo, hizo gala de la pompa litúrgica y de su fanático servilismo.

Terminada la ceremonia con su canticio bostezante, acompañado de sonoros golpes de órgano, los príncipes *de la sangre* se aposentaron en el Palacio del obispo, próximo al templo diocesano. Ignoro si la ocupación de la morada episcopal fue por galante obsequio del señor Payá y Rico, o por *motu proprio* de la desenvuelta doña Nieves, que a sus indudables dotes de mando unía la frescura y desahogo que a las personas vulgares da la falsa conciencia del derecho divino. Su temple arbitrario se manifestaba lo mismo en la llaneza para incautarse del solar ajeno, que en la fea costumbre de tutear a las personas de más alta posición y jerarquía. Apenas instalada en el Palacio la trashumante Corte, se vieron llenas de uniformes las anchurosas estancias; el arrastrar de sables y el militar bullicio sustituyeron al murmullo sigiloso de una mansión eclesiástica.

En el salón de honor, decorado con un soberbio crucifijo, recibieron los príncipes comisión de señoras, comisión de notables, que eran lo más granadito de la carcundería conquense. Allí dictó la despótica doña Blanca los fieros bandos que causaron terror al sufrido vecindario. En el primero se ordenaba que los habitantes de la ciudad, sin distinción de clases, acudieran a demoler las fortificaciones, llevando ellos mismos los útiles y herramientas necesarios. En el segundo se disponía que acudieran las mujeres y señoras con vasijas llenas de agua a sofocar el fuego del Gobierno civil, incendiado por los carlistas. El tercero, inspirado por Judas, mandaba que todos los Voluntarios defensores de Cuenca se presentasen en los claustros de la Catedral, advirtiendo que de no hacerlo así serían fusilados donde quiera que se les encontrara. Los tres bandos se fijaron en las esquinas o fueron publicados por pregón, y decían que sus disposiciones habían de cumplirse *bajo pérdida de la vida*.

Obedientes a las draconianas órdenes de la que algunos llamaron *el Atila con faldas*, acudieron con palas y picos los pobres de chaqueta y los señores de levita a desbaratar las obras de fortificación. Y como a todos les iba en ello la pelleja, también corrieron a sofocar el fuego las menestralas y las señoras, transportando el agua en cántaros, barreños y pericos. Los Voluntarios defensores de la Plaza, entendiendo que serían indultados si hacían acto de arrepentimiento en el sagrado recinto de la Catedral, allá fueron cual ovejas sumisas y, con más paciencia que el amigo Job, esperaron el fallo benigno de la serenísima tirana.

¿Benignidad dijisteis? Espérense un poco, caballeros. Apenas estuvieron los voluntarios reunidos en los claustros de la basílica, llegó una cuadrilla de *Zuavos* que les maniató por parejas; sin pérdida de tiempo los condujeron a los sótanos del Palacio episcopal, y allí quedaron encerrados cual rebaño destinado al sacrificio.

En tanto, la soldadesca vencedora, harta de comistrajes y de vino, harta de volubles placeres, mas nunca saciada ni satisfecha en sus brutales instintos, continuaba la cacería y exterminio de *cipayos*. Pedro Díaz Escamilla, maestro alpargatero de la Casa de Beneficencia, voluntario que peleó en la calle de la Moneda, retirose herido, escondiéndose en un desván de su casa. Allí lo encontraron los carlistas, y después de rematarlo a tiros y bayonetazos le rompieron el cráneo con las culatas de los fusiles, haciendo saltar en pedazos la masa encefálica. A la viuda de este infeliz la martirizaron cruelmente pinchándola en la espalda, y a una muchachita hija del muerto le dieron a beber tila con pólvora *para que se le pasara el susto.*

A un pobre vendedor de frutas, *Anico el de la Ventosa,* a quien acusaban de haber matado a dos *Zuavos,* lleváronle a rastras por las calles con infernal gritería, y después de asestarle innúmeros bayonetazos, acabaron con él, junto al cuartel de San Francisco, quemándole la cara con petróleo. Un humilde dependiente municipal fue capturado cuando regresaba de llevar un parte del Ayuntamiento al brigadier Villalaín. Cediendo a instigaciones de un carlista conquense, aquel desventurado fue conducido en las puntas de las bayonetas por la Correduría, y en su sangre mojaron los asesinos la suela de las alpargatas *para reforzarla.* Junto a la Puerta del Postigo asesinó la soldadesca a un cartero, de quien dijo una mujer que había dejado de entregar algunas cartas a los carlistas del pueblo. La agonía de este desgraciado fue horrenda, pues su delatora se obstinaba en hacerle comer pan y pepino.

Por soplo de gentes malignas, que nunca faltan en casos tales, supieron los vándalos del *Dios, Patria y Rey*, que en una casa del Pósito se escondía un *cipayo* llamado Vicente Cornago, enfermo de viruela negra. Allá marcharon en tropel los asesinos, decididos a librar de penas al virulento. La pobre madre del enfermo creyó que mostrándoles el cuerpo de éste, cubierto de pústulas, les convencería de la verdad de la dolencia. Los menos feroces quedaron perplejos; mas otros, que sin duda eran fieras en figura humana, insistieron en asegurar que el *cipayo* era un enfermo de conveniencia y que aquellas costras serían pintadas. La embriaguez les enloquecía. Tras una espantable escena en que la madre trató de salvar la vida de su hijo, abrazándole con desesperado esfuerzo, se consumó el crimen odioso, entre salvajes gritos y carcajadas infernales de aquellos caribes.

Más horrores contaría; pero temo que mis buenos leyentes aparten sus ojos de estas páginas, bárbaramente ensangrentadas. Por mi gusto pondría siempre en ellas la miel de la Historia, aderezándola sabiamente con las hieles amargas que en todo tiempo afluyen de las humanas acciones. Mas tengo que rendirme a las brutalidades de una raza, que en sus accesos de locura suicida se divierte rasgando sus propias venas para morir de anemia.

Diré tan solo que a la mujer de un pobre zapatero, asesinado en la calle del Agua, dieron el pañuelo de la víctima empapado en su propia sangre, caliente todavía. A la esposa de un humilde agente de Orden público le ofrecieron el sable con que acababan de cercenar el cuello de su marido. No satisfechos los facciosos con ser asesinos y ladrones, fueron también incendiarios, y a más del Gobierno civil pegaron fuego a la Diputación provincial, a la Plaza de Toros y a otros edificios. Con enormes lavativas lanzaban petróleo a los pisos altos; con regaderas empapaban de líquido inflamable las plantas bajas. El inmenso ruedo de la Plaza de Toros, del que surgían llamas gigantescas, era como el cráter de un volcán.

Como infernal apoteosis de aquella fiesta de barbarie, clavaron los vándalos banderillas de fuego a los caballos heridos o enfermos que, locos de dolor, corrían por la ciudad, entre el chisporroteo y las detonaciones de la pólvora que abrasaba sus carnes.

XXVI

Mi privilegio de ubicuidad permitiome presenciar las pomposas audiencias que daba doña Nieves a los jefes de su mesnada de matachines: salían éstos llevándose el aplauso y albricias de su generala por los asesinatos y desvergüenzas con que castigaban al pueblo infeliz. En esto, anunciaron la llegada de una Comisión del Ayuntamiento que iba, con toda sumisión y protestas de fidelidad, a impetrar de Sus Altezas clemencia para los vencidos. Como medida preventiva, metieron a los comisionados en las habitaciones bajas donde estaban las cuerdas de Voluntarios presos. No quise dejar de ver a los que representaban el organismo municipal, algunos del antiguo Ayuntamiento, otros de la nueva hornada carlista. En todos vi caras afligidas y largas, y admiré las arrugadas levitas que habían sacado del fondo de los cofres para presentarse ante las reales personas, así como las chisteras abolladas y peinadas a contrapelo en las precipitaciones que la etiqueta les imponía.

Francamente, naturalmente, diré con mi amigo Ido que me acompañaba por las escaleras y pasillos de la casa episcopal, me dieron lástima los señores concejales tratados como perros, y aun el propio don Avelino Palomeque, concejal de nuevo cuño, me fue menos antipático, por verle en tan humillante situación. No pensaba yo hablarle, pero él se dirigió a mí con menos arrogancia de lo que yo esperaba, diciéndome estas palabras: «No pase usted pena por doña Silvestra, que está bien segura en mi casa, al lado de mi madre. Si los excelsos príncipes acceden a lo que les pediremos, todo se arreglará.»

—Quédese *Chilivistra* al lado de su señora madre —contesté yo cumplidamente—, que allí estará como en la gloria. Y si la nobilísima doña María de las Nieves la toma bajo su protección, miel sobre hojuelas. Silvestra es una malva como usted habrá visto, un carácter angelical, dulcísimo. Para mí será muy grato que permanezca en la honesta y sagrada casa de usted hasta que Dios fuere servido de poner término a los males que a todos nos afligen.

Díjome entonces el estirado señor Palomeque que si yo gozaba, como parecía, de algún predicamento cerca de la brava doña Nieves y de su augusto esposo, les hiciese presente la conveniencia de que fuera pronto recibida la Comisión municipal que ansiaba ofrecerles sus respetos. Sin negar yo mi supuesta influencia, respondí que hablaría de buen grado a los Serenísimos Infantes, procurando llevar a feliz término aquellas diferencias, y añadí que esperaran sentaditos a que de arriba viniera la orden de ser recibidos en audiencia solemne.

Volví con Ido del Sagrario al piso principal, y lo primero que vi fue el venerable obispo sentado en el banco del portero, aguardando ser admitido a la presencia de doña Nieves. Diferentes personas había en la antesala, y entre ellas... No sé si por testimonio de mis ojos o de mi exaltada imaginación... Creí distinguir la faz de *Mariclío* en un grupo de señoras que hablaban con Payá y Rico, lastimándose de la humillación que sufría. Estoy bien seguro de haber oído de labios del Prelado estas tristes palabras: «Ayer me pedían ustedes su protección: hoy la necesito yo.» Puse toda mi alma en cerciorarme de si era verdad la presencia de *Mariclío*, mas no pude obtener la certidumbre que buscaba porque el buen Ido me cogió de un brazo, y llevándome al cercano pasillo donde aguardaban varios clérigos en actitud expectante, me dijo: «Véngase acá, Ilustrísimo Señor, que quiero presentarle al Canónigo Pagasaunturdua. Este buen señor desea conocer a Vuecencia.»

Presentado al Canónigo, nos estrechamos las manos con familiaridad cortesana. Era un clerizonte guapo, joven y rollizo: su desenvoltura de lenguaje y ademanes revelaban el gusto del buen vivir y el menosprecio de las trabas y preocupaciones que entorpecen la existencia. Después de los saludos campechanos, quedamos en que honraría yo su casa aquella misma tarde para tomar juntos una copita de Jerez y fumar un buen habano.

Al volver a la antesala vi que entraba una caterva de vándalos, arrastrando los sables y metiendo mucha bulla. Entre denuestos y amenazas decían que la canalla *cipaya* trataba de asesinar a los príncipes, y que para castigar su intento sería conveniente acabar con ella. De estas inauditas barbaridades resultó que Sus Altezas dieron orden de despedir a la Comisión municipal, mandándola que se largara con viento fresco. Poco después fue admitido en audiencia el reverendo Prelado, y al gozar yo el extraordinario privilegio de presenciarla reconocí la proximidad de mi excelsa Madre, que por interés de ella y honor mío se dignaba ponerme en directo contacto con las verdades netamente históricas.

Vi a doña Nieves en pie frente a una mesa forrada de damasco. Rodeaban a la Infanta su insignificante esposo y unos cuantos bigardos de su cuadrilla: Monet, Grollo, Freixá, Villalaín, el cura de Flix y otros. La generala vestía un traje de amazona, cuya falda recogía con la mano izquierda; en la derecha empuñaba un latiguillo que era como el cetro de su realeza, lo mismo a caballo que a pie. El perro de presa no faltaba en aquel acto solemne, vigilante al lado de su ama. Con la boina roja encasquetada, los cabellos rubios mal recogidos en un voluminoso moño, el cuerpecillo tieso, la mirada fría, el rostro avinagrado, condensando en sus duras facciones toda la energía de un alma dominadora y salvaje, aguardó la entrada del obispo.

El venerable Payá se adelantó con sereno continente, y anticipando sus finas reverencias, rogó a la Infanta que perdonase la vida a los Voluntarios presos y que pusiera término a los actos de inhumana crueldad, tan contrarios a la Religión que el Rey don Carlos ostentaba en su bandera.

«Ya he dicho a las señoras —contestó colérica y nerviosa la terrible mujer— que mis soldados necesitan un poco de expansión, después de los trabajos y privaciones que han sufrido.» Y tras esto, atreviéndose a tutear a persona tan venerable, investida de la autoridad evangélica, esgrimió el látigo para imprimir acento y vigor a estas infames palabras: «Da gracias a Dios porque no hacemos contigo lo mismo que con todos esos miserables.»

Aguantó el obispo con firme ánimo la rociada y dijo, tarde ya pero aún a tiempo, lo que debió decir a los príncipes cuando entraron en Cuenca pidiéndole que les cantara un *Tedéum*. Allá va el verdadero *Tedéum* y la sagrada voz evangélica de un Prelado que sabe su obligación: «Señora: con esa conducta ni se conquistan tronos en la tierra ni coronas para el cielo. Adiós, adiós.»

Dio media vuelta el buen Payá, y retirose de la sala sin hacer la menor reverencia.

XXVII

Permitidme ahora, lectores muy católicos y muy amantes de nuestra patria, que os dé una opinión sincera y humana de la nefasta María de las Nieves, opinión que, sin excluir las execraciones que merece al mostrarse por primera vez en la candente arena de aquel torneo político y militar, contendrá las alabanzas que le corresponden como el modelo más extraordinario de fuerza y energía dentro del tipo femenino.

Al ponerse con su esposo al frente del Ejército Real del Centro, doña Nieves fue el alma de la facción; se impuso a todos los cabezas y cabecillas; erigiose en generalísima incuestionable; llegó a ser muy pronto la primera estratega, la primera autoridad táctica de sus cuadrillas, a las que disciplinó y gobernó dándoles apariencias de hueste organizada. Compartía con sus soldados las inclemencias del cielo y las fatigas de las penosas jornadas; compartía también con ellos los piojos, la bazofia, los mendrugos de pan, la dureza de los lechos de piedra en las sierras ásperas, la humedad y desamparo en las desoladas llanuras.

De este modo les llevó a la conquista de Teruel, tan difícil y cruenta que hubo de levantar el asedio y salir en busca de otras arriesgadas aventuras. Con su infatigable tropa, ella, que no conocía tampoco el cansancio, compartió la rabia de no haber podido ganar a Teruel, y en terrible avalancha cayeron sobre la pobre Cuenca, donde alcanzaron la gloria (que gloria fue para ellos) de plantar por primera vez en la capital de una provincia española el pendón del Carlismo.

Cuando se tuvo en Cuenca conocimiento de la entrevista de *doña Blanca* con el señor obispo, antes referida, dijeron algunos: *esa mujer es una hiena.* Pues yo os digo que será todo lo hiena que se quiera en determinada ocasión; pero me permito enmendar la frase de este modo: *esa mujer... Es un hombre*, el primer hombre del absolutismo, desde los tiempos de don Carlos María Isidro hasta la edad presente. En los días del asedio de Cuenca, cuando los Infantes tenían su Cuartel general en un lugar apacible de la Hoz del Huécar, la generala, que todo lo disponía y ordenaba como experto caudillo, viendo que la ciudad no se rendía tan pronto como ella deseara, llamó a Villalaín y le dijo: «Necesito que las tropas reales tomen al momento la ciudad. Apelo a tu bravura y no creo hacerlo en vano. Ve y tómala, yo te lo mando. Si en el término de una hora no se cumplen mis órdenes, fusilarás al jefe u oficial que flaquee en el cumplimiento de su deber.»

Chispazos del genio de Atila y del Tamerlán iluminaban el cerebro de aquella hembra temeraria y cruel, negación de su sexo. Desde el momento en que Cuenca cayó en poder de *las honradas masas*, la doña Nieves les permitió todas las brutalidades, crímenes, atropellos y vandálicas libertades que se han descrito, porque sabía que de este modo se captaba para siempre la voluntad y sumisión de aquellos forajidos. Consintiéndoles la saciedad de sus apetitos, les adiestraba para continuar peleando por ella y allanando los caminos por donde corría desenfrenada la feroz ambición del marimacho más genial que ha tenido España.

Aquella misma tarde, don José y yo volvimos la espalda a los horrores trágicos para penetrar en la mansión apacible del Canónigo don Plotino Pagasaunturdua. Abriónos la puerta Rosita, no sin precauciones, descorriendo cerrojos y quitando trancas de hierro. El buen Capitular no había llegado aún: estaba acompañando al señor obispo y dándole ánimos para soportar la tribulación que sufría. ¡Por Júpiter Capitolino y por la divina Cytherea, que me gustó Rosita! Estaba muy linda, tan limpia y bien apañada de ropa y aliños del rostro, que daban ganas de comérsela. Por hacer tiempo a que llegara su amo nos llevó al aposento alto en que moraba, en el cual admiré el buen arreglo y la comedida elegancia de un vivir modesto y dichoso.

Antes de repetir en mi presencia lo que a su padre había dicho respecto a su nuevo estado, quiso mostrarnos a los dos los diferentes regalitos que le había hecho su tío putativo: unos zapatitos de charol muy monos, todavía no estrenados; un vestido de merino negro muy honesto y apersonado, para ir a la iglesia; otro de percal sin colorines, pero adornado con mucho aquél; varias alhajillas de poco precio, de oro fino, que no llamaban la atención ni por sus dimensiones ni por su riqueza; medias negras de semiseda; zapatillas de abrigo para dentro de casa; peines y avíos de tocador; un rosario hecho con huesos de aceitunas del Huerto de las Olivas donde oró el Señor en Jerusalén; y, por último, un devocionario monísimo, con sus tapas de nácar y broche dorado para cerrarlo. Viendo y admirando estas cosas advertí en el rostro de Ido del Sagrario una mezcla singular de alegría y tristeza.

Cuando Rosita, un poco cohibida y vergonzosa, empezó a contarme las razones que tenía para no abandonar aquella casa, llamó a la puerta el Canónigo. La muchacha bajó, abrió, y poco después estábamos los cuatro en la sala donde el buen sacerdote recibía sus visitas. Desde el primer momento nos mostró don Plotino su llaneza y amabilidad campechana. No necesitó pedir el Jerez, pues Rosita se apresuró a traerlo, acompañado de bizcochos y de unos puros, no de primera, pero bastante aceptables. Como supondréis, la conversación recayó al instante en el asunto de actualidad que excitaba los ánimos en Cuenca. Sirviéndonos Jerez y excitándonos a no ser parcos en la bebida, el desahogado cura señor Pagasaunturdua nos dijo:

«Es preciso confesar que esa buena señora nos ha hecho un flaco servicio con venirse acá mandando las tropas de don Carlos. Quedárase la doña Nieves en Albarracín o en cualquier otra parte de los Estados del Centro, y no hubiéramos tenido aquí los desmanes y atropellos que ustedes han visto. ¡El demonio con la señora esa!... ¿Se enteraron ustedes del trato que dio esta mañana al señor obispo?»

—Sí que nos enteramos, señor don Plotino —repliqué yo—. Si usted me lo permite, le diré que ese trato y otro peor lo tenían ustedes bien merecido por haber salido a recibirla con palio y largarle luego el *Tedéum* con órgano, cantorrio y toda la pesca. ¿Por qué el señor Payá, cuando la vio entrar en la Catedral, no mandó al perrero que la pusiera en la calle?

—Eso no podíamos hacerlo, señor don Tito de mi alma —repuso Pagasaunturdua con humildad risueña, tras de la cual asomaban puntas y ribetes de ironía—. El señor obispo y el Cabildo cumplieron su deber. La Iglesia está siempre en su puesto, y no podía negarse a rendir honores a los Serenísimos príncipes, hermanos del Católico Rey, nuestro Señor... Comprendo lo que quiere usted decirme; tiene usted razón; déjeme concluir... Esta tarasca nos ha puesto en una gravísima tirantez de relaciones con el pueblo en que vivimos, y no sé en qué parará esto. En fin; creo que se van mañana tempranito. Dios vaya con ellos; la Virgen les acompañe... y que no vuelvan a parecer por acá.

—¡Desgraciado el pueblo en que caigan ahora esos serenísimos diablos! —exclamó Ido elevando los ojos al techo y atizándose otra copa.

Haciendo lo mismo, el Canónigo pasó a tratar de un asunto muy interesante: «Pues no se van con las manos vacías —nos dijo—. Como contribución de guerra, he aquí que arramblan con todos los fondos públicos y particulares que hay en Cuenca. Verán ustedes: a los vecinos les han sacado cerca de 800.000 reales; de la Caja provincial han sustraído bonos del Tesoro, libramientos y metálico, por valor de 90.000 pesetas mal contadas; de la

Delegación del Banco de España, casi 100.000; de Tesorería, en pagarés de bienes nacionales y metálico, más de medio millón.»

Lo restante de nuestro coloquio no merece mención. Al despedirnos del bondadoso don Plotino Pagasaunturdua, le preguntamos si podríamos contar con su ayuda para salir de Cuenca sanos y salvos. Él, con gallardía protectora, nos dijo: «No teman nada; si los Serenísimos se van mañana, como dicen, yo les respondo a ustedes de que podrán salir tranquilos, sin que nadie les moleste, ya se vayan por Huete, ya por San Clemente y Villarrobledo... Conque, adiós, señores, y descansar, que buena falta nos hace a todos... Usted, don José, no ponga esa cara triste ni haga pucheros: su hija está en mi casa como en la gloria. ¿Verdad, Rosita, que no quieres volver a Madrid?... Repito que su hija de usted, señor de Ido, al venir a esta su casa, ha pasado del Infierno a la Bienaventuranza... ¿Verdad, Rosita?... ¡Ay, señor Sagrario! Si usted la hubiera visto donde estuvo, no lloraría de verla aquí. Al contrario, bailaría de gusto.»

—¡Ah, sí, señor!... Pero ya ve usted... un padre... —rezongó el filósofo lagrimeando.

—Rosita está muy contenta. Vea usted esa cara —dijo el clérigo, acompañándonos hasta la puerta—. ¡Y ahora que la voy a llevar de viaje!... En cuanto llegue agosto tomo una licencia y me voy a Lequeitio, mi pueblo, para que Rosa respire las brisas del Cantábrico.

XXVIII

Camino de nuestro albergue (que era una cabrería de la calle de Pilares, donde pasamos la noche anterior con sosiego y buena compañía), iba yo consolando al buen Ido, lo que no me fue difícil, pues la fácil teoría del mal menor vino muy a pelo para el caso de la deshonra de Rosita. ¿Qué mejor solución podía esperar el desolado padre que ver a la niña reposando a la sombra de una protección tan benéfica como la de don Plotino? Obra fue de los hados... Estoy por decir que de la Divina Providencia. Por lo que el propio Ido me contara cuando llegamos a Huete, sabía yo los horribles temporales que había corrido la niña, desde que la raptaron en Fuentidueña de Tajo hasta que fue a caer en las inmundas mancebías. El cómo pasó Rosita de tal ignominia a las paternales manos del Pagasaunturdua, ni don José lo sabía, ni en averiguarlo teníamos interés. Nos contentábamos con celebrarlo y ver en ello una divina intriga tramada por los ángeles del cielo. Así debía decirlo el filósofo simple a su esposa Nicanora cuando le diera cuenta de la paz y tranquilidad que la niña disfrutaba. Era cosa de que toda la familia festejara el suceso alabando al Señor y encomendándose a la Santísima Virgen.

A nuestro cansancio debimos un profundo y dilatado sueño, entre cabras y honrados vecinos de Cuenca. Al despertar, avanzada ya la mañana, oímos gran trompeteo y bullanga: los forajidos se iban, con su condenada doña Nieves a la cabeza. Marchaban hacia Levante, llevándose prisioneros a los soldados del Ejército, a los Voluntarios liberales y a gran número de contribuyentes, personas de arraigo y posición. ¡Pobrecitos, buena les esperaba! ¡Infeliz Cuenca, infeliz España!

Decididos mi amigo y yo a poner pies en polvorosa, nos abocamos con nuestro protector don Plotino, el cual ya nos tenía preparada fácil salida en los carros de unos madereros que por San Clemente iban a Villarrobledo. Nos despedimos de Rosita, y en la tierna escena advertí que las lágrimas de Ido del Sagrario eran más de alegría que de pesadumbre. La sobrina del Canónigo dio a su papá un imperdible de oro muy lindo para que lo entregase como recuerdo de la tierna hija a la nunca olvidada madre. ¡Adiós, Rosita; adiós, don Plotino, trasunto de la Providencia; adiós, Catedral, obispo, vecindario cadavérico; adiós, Cuenca moribunda y trágica, aún envuelta en humo, en vapores de sangre, en ambiente de tristeza y desolación!

No quisimos partir sin informarnos del paradero de Silvestra. Mandamos un recado a la casa del concejal señor Palomeque; mas como este señor no nos diera ninguna respuesta, creímos perdida a la voluntariosa y antojadiza dama, de cuya reaparición daré noticias a mis buenos lectores en posteriores páginas, que ya no caben en este libro. No saldré de la patria de San Julián sin deciros que recobramos parte de nuestro equipaje y que momentos antes de partir vimos entrar por Carretería tropas a caballo, vanguardia de una columna mandada por el general Soria Santa Cruz, que el Gobierno envió el día 13 en auxilio de Cuenca. Entraban con extraordinarias precauciones, cuando ya en Cuenca no había ni un voluntario de la facción. ¡A buenas horas mangas verdes!

180

Salimos en la gratísima compañía de los madereros. Y no te digo adiós, lector pío, benévolo, buen católico y amante del orden social; no te digo adiós sino *hasta luego*, pues la deuda que tengo contigo de referirte lo de Sagunto, aplazada queda por apremios del tiempo y del espacio, superiores a la voluntad de vuestro leal y asendereado Tito. Otorgadme el respiro que os pido, y pronto me encontraréis camino de Sagunto, acompañado de las figuras representativas de la Restauración, *Chilivistra*, *Leona la Brava* y otras no menos interesantes personas que se aprestan a bailar conmigo y con vosotros en la nueva contradanza histórica.

Fin De Cartago a Sagunto
Santander-Madrid, agosto-noviembre de 1911.

Libros a la carta

A la carta es un servicio especializado para

empresas,

librerías,

bibliotecas,

editoriales

y centros de enseñanza;

y permite confeccionar libros que, por su formato y concepción, sirven a los propósitos más específicos de estas instituciones.

Las empresas nos encargan ediciones personalizadas para marketing editorial o para regalos institucionales. Y los interesados solicitan, a título personal, ediciones antiguas, o no disponibles en el mercado; y las acompañan con notas y comentarios críticos.

Las ediciones tienen como apoyo un libro de estilo con todo tipo de referencias sobre los criterios de tratamiento tipográfico aplicados a nuestros libros que puede ser consultado en Linkgua-ediciones.com.

Linkgua edita por encargo diferentes versiones de una misma obra con distintos tratamientos ortotipográficos (actualizaciones de carácter divulgativo de un clásico, o versiones estrictamente fieles a la edición original de referencia).

Este servicio de ediciones a la carta le permitirá, si usted se dedica a la enseñanza, tener una forma de hacer pública su interpretación de un texto y, sobre una versión digitalizada «base», usted podrá introducir interpretaciones del texto fuente. Es un tópico que los profesores denuncien en clase los desmanes de una edición, o vayan comentando errores de interpretación de un texto y esta es una solución útil a esa necesidad del mundo académico.

Asimismo publicamos de manera sistemática, en un mismo catálogo, tesis doctorales y actas de congresos académicos, que son distribuidas a través de nuestra Web.

El servicio de «libros a la carta» funciona de dos formas.

1. Tenemos un fondo de libros digitalizados que usted puede personalizar en tiradas de al menos cinco ejemplares. Estas personalizaciones pueden ser de todo tipo: añadir notas de clase para uso de un grupo de estudiantes,

introducir logos corporativos para uso con fines de marketing empresarial, etc. etc.

2. Buscamos libros descatalogados de otras editoriales y los reeditamos en tiradas cortas a petición de un cliente.

www.ingramcontent.com/pod-product-compliance
Lightning Source LLC
Chambersburg PA
CBHW050847180626
46814CB00007B/2655